ASAHI SENSHO
朝日選書
965

改訂完全版 アウシュヴィッツは終わらない

これが人間か

プリーモ・レーヴィ 著
竹山博英 訳

朝日新聞出版

SE QUESTO È UN UOMO
by Primo Levi

これが人間か／目次

地図／加賀美康彦

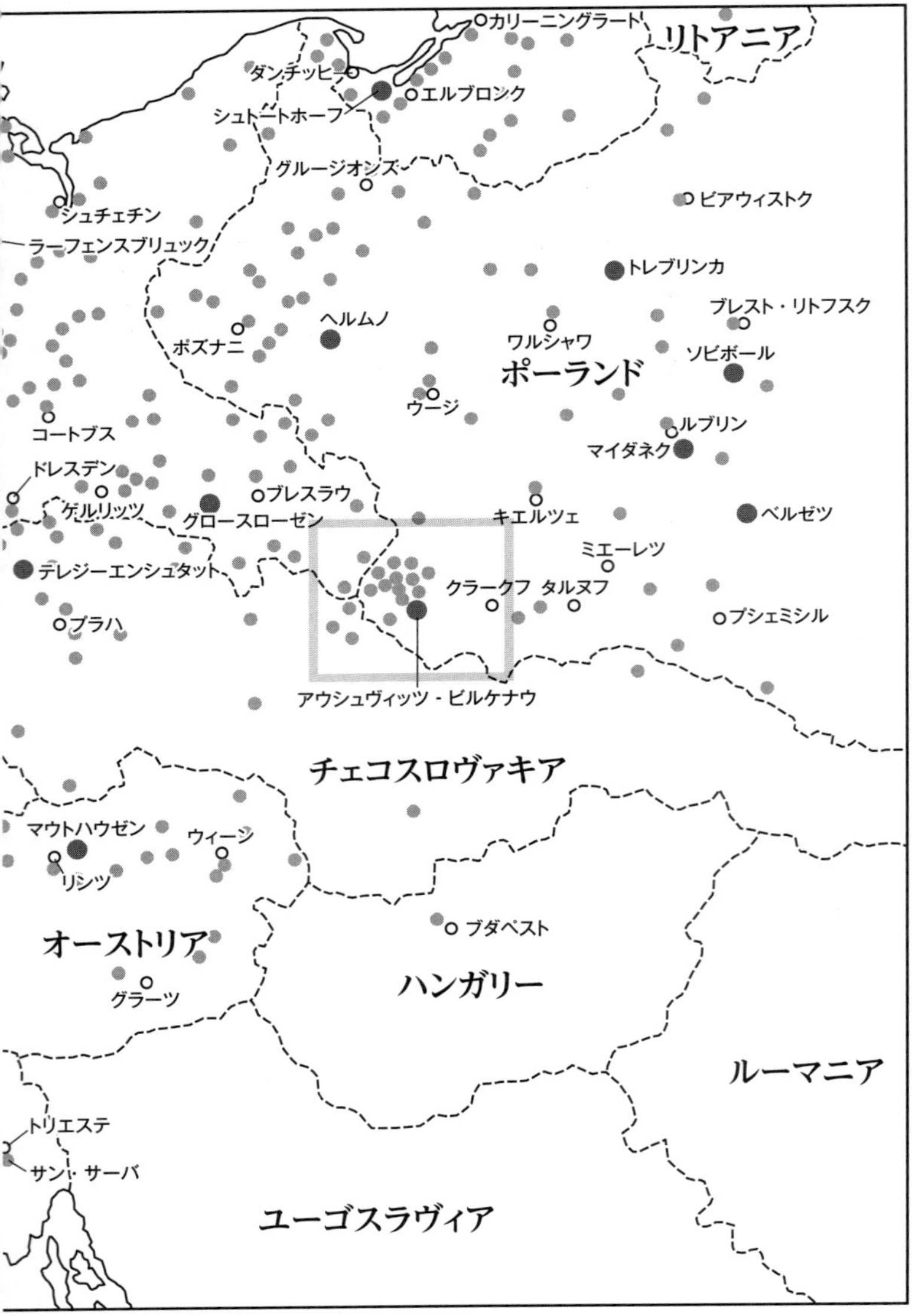
カリーニングラート
リトアニア
ダンチッヒ
エルブロンク
シュトートホーフ
グルージオンズ
ビアウィストク
シュチェチン
ラーフェンスブリュック
トレブリンカ
ブレスト・リトフスク
ヘルムノ
ポズナニ
ワルシャワ
ソビボール
ポーランド
ウージ
コートブス
ルブリン
マイダネク
ドレスデン
ブレスラウ
ゲルリッツ
グロースローゼン
キエルツェ
ベルゼツ
ミエーレツ
テレジーエンシュタット
クラークフ
タルヌフ
プラハ
プシェミシル
アウシュヴィッツ - ビルケナウ
チェコスロヴァキア
マウトハウゼン
ウィーン
リンツ
ブダペスト
オーストリア
ハンガリー
グラーツ
ルーマニア
トリエステ
サン・サーバ
ユーゴスラヴィア

● 主要強制収容所及び抹殺収容所
● 付属収容所及び労働収容所

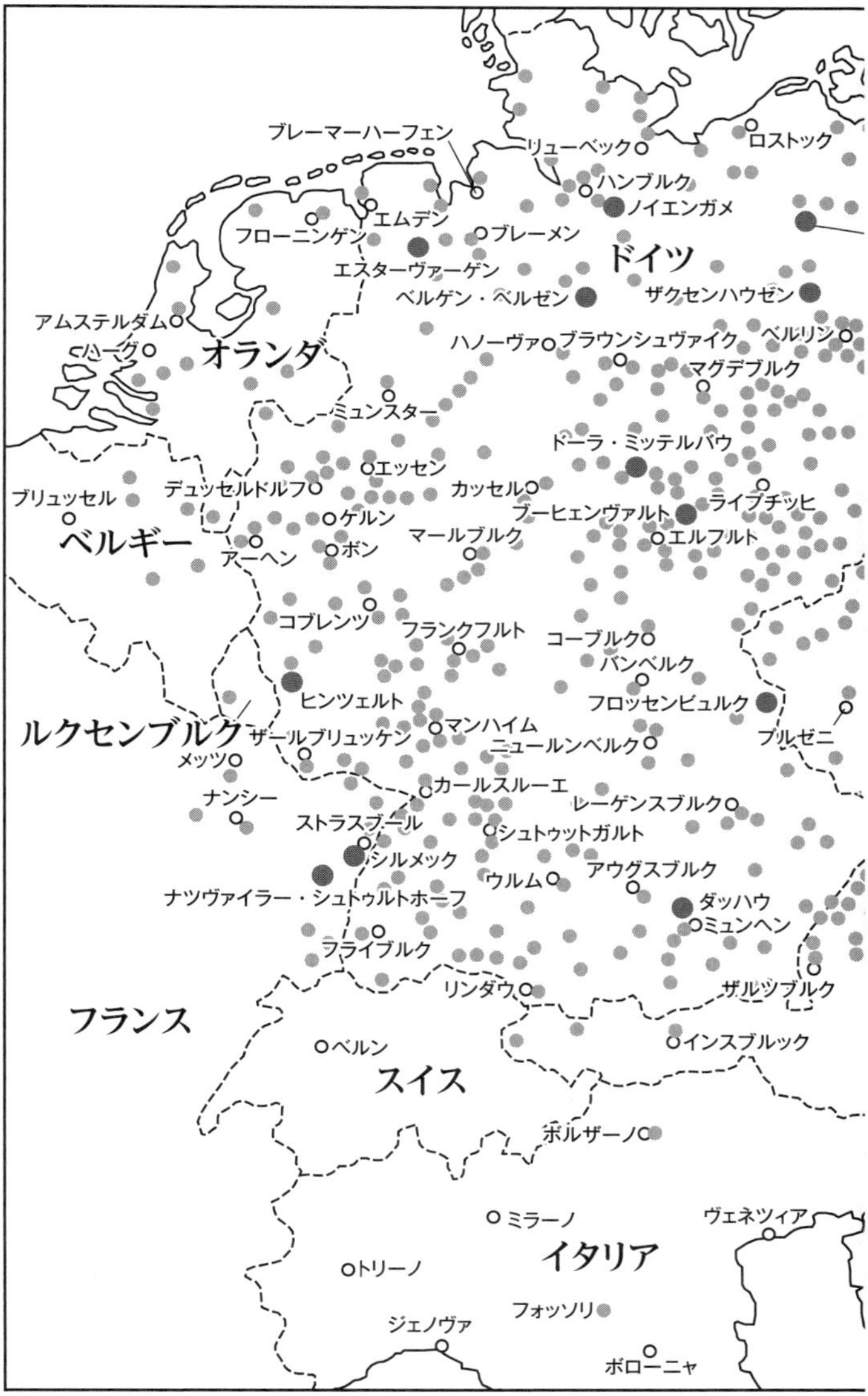

ナチ統治下のドイツ及び強制収容所。国境線は一九三八年当時のもの（オーストリア併合以前）。多くの収容所は第二次世界大戦中に占領された地域にあった。

アウシュヴィッツ収容所の管理下にあった収容所群。国境線は1939年当時のもの。

改訂完全版 アウシュヴィッツは終わらない

これが人間か

プリーモ・レーヴィ 著
竹山博英 訳

暖かな家で
何ごともなく生きているきみたちよ
夕方、家に帰れば
熱い食事と友人の顔が見られるきみたちよ。

これが人間か、考えてほしい
泥にまみれて働き
平安を知らず
パンのかけらを争い
他人がうなずくだけで死に追いやられるものが。
これが女か、考えてほしい
髪は刈られ、名はなく
思い出す力も失せ

目は虚《うつ》ろ、体の芯は
冬の蛙のように冷えきっているものが。

考えてほしい、こうした事実があったことを。
これは命令だ。
心に刻んでいてほしい
家にいても、外に出ていても
目覚めていても、寝ていても。
そして子供たちに話してやってほしい。

さもなくば、家は壊れ
病《やまい》が体を麻痺させ
子供たちは顔をそむけるだろう。

序

幸運なことに、私は一九四四年になってから、アウシュヴィッツに流刑にされた。それは労働力不足がひどくなったために、ドイツ政府が囚人の勝手きままな殺戮を一時的に中止し、生活環境を大幅に改善し、抹殺すべき囚人の平均寿命を延長するよう決定したあとのことだった。

だからこの本では、不安をかき立てる抹殺収容所という主題に関して、そこで起きた残虐な事実が、世界中の読者の知っている以上に語られることはない。この本は新たに告発条項を並べるために書かれたのではない。むしろ人間の魂がいかに変化するか、冷静に研究する際の基礎資料をなすのではないかと思う。個人にせよ、集団にせよ、多くの人が、多少なりとも意識的に、「外国人はすべて敵だ」と思いこんでしまう場合がある。この種の思いこみは、大体心の底に潜在的な伝染病としてひそんでいる。もちろんこれは理性的な考えではないから、突発的でちぐはぐな行動にしか現われない。だがいったんこの思いこみが姿を現わし、今まで陰に隠れていた独断が三段論法の大前提になり、外国人はすべて殺さねばならないという結論が導き出されると、その行きつく先にはラーゲルが姿を現わす。つまりこのラーゲルとは、ある世界観の論理的展開の帰結なのだ。だからその世界観が生き残る限り、帰結としてのラーゲルは、私たちをおびやかし続ける。であるから、抹殺収容所の歴史は、危険を知らせる不吉な警鐘として理解されるべきなのだ。

この本に構造的な欠点があるのは分かっている。この点は容赦していただきたい。この本の意図と構想は、もちろん実際には書いていなかったのだが、ラーゲルにいた時に生まれていた。そして「他人」に語りたい、「他人」に知らせたいというこの欲求は、解放の前も、解放の後も、生きるための必要事項をないがしろにさせんばかりに激しく、私たちの心の中で燃えていた。だからこの本は何よりもこうした欲求を満足させるために書かれた。そのため、心の中身を吐き出すことが第一になり、従って断片的な形になってしまった。各章は時の経過通りに書かれたのではなく、切迫度に応じて書かれた。つなぎあわせ、はりあわせる作業は、ある計画に基づいてなされたが、あとになって行われたものだ。

ここに書かれた事実が、一つたりとも創作によるものではないのは、言うまでもないだろう。

プリーモ・レーヴィ

一九四七年

旅

一九四三年の十二月十三日、私は国防志願軍[1]に捕えられた。当時私は二十四歳で、分別も経験もなかった。そして人種法[2]のため、四年間も差別待遇を強いられたので、自分だけの、現実感に乏しい世界に逃避しようとする傾向を、強く持つようになっていた。その世界はデカルト流の合理的な妄想[3]と、男同士の誠意あふれる友情、女からの血の通わない友情に満ちていた。こうして私はある程度の、漠とした反逆精神をはぐくむようになった。

山にたてこもって、ファシズムと戦う道を選ぶのは、私には容易なことではなかった。そして、同じように経験のない友人たちと相談して、「正義と自由[4]」に連なるべきパルチザン部隊を編成しようとしたことも、たやすいことではなかった。何よりも連絡網が作れず、武器や資金もなく、それを得るだけの経験もなかった。有能な人間もいなかった。そして善意からにせよ悪意からにせよ、ありもしない組織、指揮官、武器、あるいは単なる保護、隠れ家、火、一足の靴を求めて、平地からどっと登ってきた何の役にも立たない人たちに、私たちは押し流されることになった。

あのころ私は、あとになってラーゲルですぐに学ぶことになった原則を、まだ自分のものにしていなかった。つまり人間の第一の務めは、適切な手段を用いて自らの目的を追求することであり、それを誤れば代償を支払わされる、という原則のことだ。だから続いて起きたことは正義[5]にかなっているとしか言いようがない。すなわち、国防志願軍の三個小隊が真夜中に出撃して来て、隣の谷にひそんでいた、私たちよりもずっと攻撃力のある強力な部隊を襲い、青白く明けた雪の降る朝に、私たちの隠れ家にも踏み込んで来て、私を容疑者として谷に連行したことだ。

続いて行われた尋問で、私は自分から、「ユダヤ系のイタリア市民」と身分を明かした。そうでもしなければ「疎開[6]」したにしても人里から離れ過ぎている、ああした場所にいた理由を説明できなかったし、一方、自分の政治活動を認めれば、きっと拷問されて殺されるだろう、と見当をつけたからだった（あとで分かるように、この判断は間違っていた）。私はユダヤ人としてモーデナ近郊のフォッソリに送られた。そこにはアメリカとイギリスの戦時捕虜用の広大な抑留収容所があり、新たに誕生したファシスト共和国政府[訳注1]に歓迎されない、さまざまな範疇の人々が集められていた。

私が到着した一九四四年の一月末には、収容所にいたイタリア系ユダヤ人は約百五十人だったが、数週間のうちに六百人を超えた。大部分は家族全員がそろっていた。思慮のない行動や、密告によって、ファシストやナチに捕えられたものたちだった。自発的に投降したものも何人かいた。それは放浪生活に疲れたり、お金がなくなったり、捕えられた親族から離れたくなかったり、ばかげたことには、「法秩序に従う」ためだったりした。そのほかに百人ほどユーゴスラヴィア兵が抑留されており、政治的に疑わしいとみなされた外国人も何人かいた。

こうした中で、ＳＳの小部隊が到着したことは、いかなる楽観主義者にも疑いを抱かせるはずだった。だがこの情報はさまざまに解釈されたものの、一番分かりきった結論は出てこなかった。だから、あらゆる種類の解釈があったにもかかわらず、流刑の知らせに準備ができているものは少なかった。

二月二十日、ドイツ人たちは収容所を綿密に調査し、調理設備に欠陥があること、暖房用の薪の配給が少ないことについて、イタリア人の管理委員会に、公に、厳しい警告をした。そして診察室をすぐに整えることを明言した。だが二十一日の朝、ユダヤ人は翌日出発することが分かった。子供も、老人も、病人も、全員、一人の例外もなかった。どこへ行くのか、だれも知らなかった。十五日間の旅行の準備をするように。点呼に一人欠けるごとに、十人が射殺される、とのことだった。

今では、なおも希望を抱いているのは、幻想に曇らされたわずかの純朴な人だけだった。私たちは亡命ポーランド人やクロアチア人とじっくり話し合っていたから、出発が何を意味するか知っていた。

死刑囚には、伝統的に厳格な儀式が定められている。苦悩や怒りはもはやすべて消え去り、死刑に処されるのは社会に対する悲しい義務にほかならない、と明確に分からせるような儀式である。そうすれば、裁くものも、犠牲者に哀れみを持って寄りそえるからだ。だから死刑囚は関係のない心配事を一切取り除かれて、孤独にひたり、希望すれば、どんな種類の精神的慰安も得ることができる。要するに自分は憎悪の対象でも、意のままに処断されるのでもない、処罰は正義にかなった必然的なものだ、そして何よりも処刑されることで容赦される、と感じさせるようにするのだ。

だが私たちにはこうした配慮はなされなかった。人数があまりにも多く、時間がなかったからだ。それに、私たちに何か悔い改めるべきことがあっただろうか？　何か容赦されるべきことがあっただろうか？　イタリア人の代表委員は、それゆえ、最終的な告示があるまで、収容所の活動をすべて継続するよう決定した。だから厨房は機能し続け、清掃部隊《コルヴェ(8)》はいつものように働き、小さな学校の先生たちもふだんと同じように、夕方に授業をした。ただその晩、子供たちに宿題は出なかった。

そして夜がやって来た。一目見たらそれ以上生きていけないような夜だった。みながこう感じていた。だからイタリア人もドイツ人も、看守はだれ一人として、死を目の前にした人々が何をするか、見に来る勇気を持たなかった。

みなは自分に一番かなったやり方で人生に別れを告げた。あるものは祈り、あるものは大酒を飲み、またあるものは最後の忌むべき情熱に酔い痴れた。だが母親たちは眠りもせずに、旅行用の食べ物を心をこめて準備し、子供の体を洗い、トランクを詰めた。そして夜が明けると、鉄条網は子供の下着の洗濯物に占領されていた。外気にあてて、早く乾かそうとしたのだ。また母親たちはリボンや、おもちゃや、クッションなどの細々としたものも忘れなかった。どんな場合でも、子供がそうしたものをほしがるのを、よく知っていたからだ。だれだってそうしたことだろう。たとえ次の日に子供と死ななければならないにしても、子供に食べ物を与えない人はいないだろうから。

六A棟には、ガッテーニョ老人が、妻、おおぜいの子供、孫、婿、働きものの嫁とともに住んでいた。男たちは全員大工で、トリポリから、長旅を重ねてやって来ていた。彼らは仕事道具と炊事道具を携えていたが、陽気で敬虔な人たちだったので、一日の仕事をすませてから、音楽を奏で、踊るために、アコーディオンとバイオリンを持っていた。この一家の女たちは喪に服す時間を多く残そうとして、旅行の準備をだれよりも早く、静かに、てきぱきと始めた。そして丸パンを焼き、包みにひもをかけて準備を終えると、靴を脱ぎ、髪を解いて、床に葬送用のろうそくを数本すえ、先祖のしきたり通りに火をともし、哀悼を捧げるため床に輪になって座り、一晩中祈り、涙を流した。私たちはその棟の扉の前に立ち止まって、人垣を作った。すると土地のない民が大昔からなめてきた苦悩が、毎世紀繰り返される、絶望的な追放の旅の苦しみが、私たちの心にも新たに湧いてくるのだった。

夜明けは私たちを裏切るようにしてやって来た。まるで暁の太陽が、私たちの抹殺を企むものと共謀しているかのようだった。私たちの心に渦巻いていた、あきらめて受け入れる気持ち、やり場のない反逆心、信仰心に裏打ちされた自己放棄、恐怖、絶望といったさまざまな感情は、眠れぬ一夜を経て、すべて合体し、制御のきかない集団的な狂気になった。ものを考える時間、意を決する時間は過ぎ去り、今や理性の働きはすべて、脈絡のない混乱の中に溶解していった。そしてそこに、時間的にも空間的にもまだ身近であった、家にいた時の楽しい思い出が一瞬浮かび上がり、剣で一撃されるような苦痛を呼び起こすのだった。

あの時、私たちはたくさんのことを話し、いろいろなことをした。だがそうしたことは記憶に残らないほうがいいのだ。

後には慣らされることになったばかばかしいほどの正確さで、ドイツ人が点呼をかけた。そして最後に准尉が「物はいくつあるのか？《ヴィーフィール・シュテュック》」と尋ねた。すると伍長がさっと敬礼を返して、六百五十個あります、すべて整っております、と報告した。それから私たちは無蓋バスに乗せられ、カルピ[訳注2]駅に運ばれた。そこには汽車と護送隊が待ち構えていた。そこで私たちは初めて殴られることになった。それはひどく目新しい、常軌を逸した行為だったので、肉体的にも精神的にも苦痛を感じなかったほどだ。ただ深い驚きだけが湧いてきた。どうして人を殴れるのだろうか、怒りにかられたわけでもないのに？

貨車は十二輛あり、私たちは六百五十人いた。私の車輛には四十五人しか詰め込まれなかったが、それは小さな車輛だったからだ。今自分の目で見、足で踏まえているのが、乗せられたものは決して戻らないという、あの有名なドイツの軍用列車(9)だった。これこそが、おののきながらも、いつも半信半疑で、幾度となく聞かされてきた、あの軍用列車だった。何から何までその通りだった。外から封印された貨車に、男、女、子供が、価値のない貨物のように情容赦なく詰め込まれ、無をめざして、地獄の底に向かって旅をするのだ。だが今回、中に入れられたのは私たちだった。

遅かれ早かれ、人はだれでも、人生には完全な幸福はありえない、と悟るものだ。しかし反対のこと、つまり完全な不幸もありえない、と考える人は少ない。だがこの二つの極限状態は、同じ原因のために、実在が不可能になっている。つまり、人間の生活には、極端を嫌う要素があるのだ。たとえば、未来を完全に知りえないことがそうだ。これはある時には希望を生み出したり、別の時には明日の命も分からない、と思わせたりする。また死が確実にやって来ることもそうだ。死はいかなる喜びにも限界を設けるが、苦しみも限定してしまう。それに物質に限りがあることもそうだ。これはどんな幸福も長続きさせないが、不幸から絶え間なく注意をそらして、不幸だという意識を断片的な、耐えうるものに変えてしまう。

旅行中も到着後も、私たちが底なしの絶望という虚無の表面に浮いていられたのは、ひとえに不自由な環境、殴打、寒さ、渇きのおかげだった。生き抜く意志や、悟りきったあきらめのおかげではなかった。こうした精神状態を保てる人はわずかしかいないし、私たちは普通の人間でしかなかったからだ。

貨車の小窓はすぐに閉められてしまったが、汽車は夕方まで発車しなかった。私たちは目的地の名を聞いて胸をなでおろした。アウシュヴィッツ(10)だ。当時、私たちには何の意味も持たない名だった。だがこの地上のどこかの地名であるのは確かだった。

汽車はゆっくりと走っては、神経をまいらせるほど長い停車を繰り返した。私たちは換気口から、アデイジェ渓谷の青白い断崖が高々と連なり、最後のイタリア名の町が飛び去ってゆくのを眺めた。二日目の正午にはブレンナー峠を通過した。全員が立ち上がったが、声を出すものはいなかった。私はもし戻れたらどうだろうか、と考えてみた。逃げ出そうと思うものなどいないから、扉を堂々と開け放てるのだ、そして最初に現われるイタリアの町の名を見たら、その帰還の旅はどれほどうれしいだろうか……私は自らをさいなむようにして、心の中でこう描き出してみた。そして周囲を見回し、このあわれな人間の骸《むくろ》の中で、そうした幸運に浴せるものがどれだけいるか、考えてみた。

私の貨車にいた四十五人の中で、家に帰りつけたのは四人だけだった。つまり私の貨車が最も運に恵まれた貨車だったのだ。

私たちは寒さと渇きに苦しめられた。停車するたびに、大声で、水をくれ、と叫んだり、せめて雪を一握りだけでも、と頼んだが、ほとんど聞き入れてもらえなかった。おまけに護送の兵士は列車に近寄ろうとするものを追い払っていた。乳飲み子をかかえていた二人の若い母親は、昼も夜も水を求めてうめいていた。ところが飢えや疲れや寝不足は、さほど苦にならなかった。神経が高ぶっていたので、つらさが減っていたのだ。だが夜には絶え間なく、悪夢に責めたてられた。

立派な態度で死をむかえられる人はわずかだ。それもしばしば予想もつかなかった人がそうだったりする。同じように、沈黙を守り、他人の沈黙を尊重できる人もわずかだ。だから、私たちの寝苦しい眠りは、つまらないことで起きた騒々しい喧嘩や、ののしり声にしばしば破られることになった。また互いに体がふれてしまうのが不愉快なので、突き放そうとやみくもに拳をふるったり、足で蹴ったりして、騒ぎになることもあった。そんな時はろうそくがともされた。すると、黒いものがごちゃごちゃと床にうつぶせになっているのが、陰鬱な光の下に浮かび上がるのだった。痛々しいまでに汚れた人間という物体が、入り乱れて重なりあい、不意にけいれんを起こしては、疲れのためすぐに静かになる様がよく見えた。

換気口からは、ザルツブルク、ウィーンといった、オーストリアの有名な町や、知らない町の名が見えた。次いでチェコの町、そしてポーランドの町の名が見え出した。四日目の夕方になると、寒さがいちだんと厳しくなった。汽車は果てしなく続く黒い松林の中を走っていた。上り坂になっているのが感じられた。雪は深かった。駅は小さく、人影もほとんど見られなくなったので、支線に入ったのが分かった。停車中に外の世界と連絡を取ろうとするものはいなくなった。私たちはすでに、「向こう側」に入ったことを感じていた。列車は開けた野原で長い間停車した後、ひどくゆっくりと走り出した。そして夜もふけたころ、暗く静かな平原の真ん中に完全に停車した。

レールの両側には、赤と白の灯が列を作って、はるか彼方まで連なっているのが見えた。だが人家のあることを遠くから知らせてくれる、あの漠としたざわめきは聞こえてこなかった。レールの規則的な音が止み、人のたてる音がすべて消えてしまうと、最後のろうそくのわびしい灯を見ながら、何かが起こるのを、かたずを呑んで待つしか、することがなくなった。

私の脇には一人の女性[訳注3]がいた。私たちは旅の間中、人の体に押されて体を寄せあっていた。二人はかなり前からの知り合いで、同じ不運に出会ったのだが、お互いのことを深くは知らなかった。だが私たちは、決別の時だったその時に、生者の間では決して口にしない言葉をかわした。短いながらも、あいさつをかわしたのだ。こうしてお互いに相手の命に別れのあいさつを送った。私たちはもはや恐れを抱いていなかった。

解放は不意にやって来た。大きな音をたてて扉が開き、夜の闇に外国語の命令が響いた。ドイツ人が命令する時のあの野蛮な叫び声で、何世紀にも及ぶ昔からの恨みを吐き出しているように聞こえた。するると目の前に、投光器に照らし出されて、広いプラットホームが浮かび出し、その少し向こうにトラックの列が見えた。あたりにはまた沈黙がおおいかぶさってきた。だれかが通訳をした。トランクを持って降り、列車沿いに置かねばならないのだ。一瞬のうちに、プラットホームは影のうごめくところとなった。だが私たちは沈黙を破るのを恐れていた。そこでトランクをあたふたと降ろしてから、おずおずと小声で呼びあって、お互いを捜した。

少し離れたところにSSが十人ほど、足を大股に広げ、無関心な態度で立っていた。やがて彼らは思い出したように私たちの中に分け入ってきて、石のような堅い顔つきのまま、小声で、一人一人に、へたなイタリア語で、簡単な質問をし始めた。それも全員ではなく、一部の人間にだけだ。「何歳だ？病気はしているか？」そして答えを聞いて、それぞれ別の方向を示した。

すべてがしんと静まりかえっていて、水族館の中や、夢に見る光景のようだった。私たちはもっと破滅的な事態を予想していた。ところが彼らは命令を実行しているだけ、という態度をとっていた。私たちはとまどい、警戒心をゆるめた。ある男が思いきってトランクのことを訊いてみた。「トランクはあとだ」と答えが返ってきた。またあるものは妻とはなればなれになるのをいやがった。「またあとで一緒になれるんだから」彼らはこう説明した。大多数の母親は子供と別れようとしなかった。「よし、よし、子供といなさい」と彼らは言った。毎日の務めを果たしているだけだ、と言いたげな、落ち着きはらった態度を見せていた。だがレンツォが婚約者のフランチェスカとわずかの間別れを惜しんでぐずぐずずしていると、顔面をもろに一撃されて、地面に打ち倒された。それも彼らの毎日の務めだったのだ。

十分足らずのうちに、私たち頑丈な男はみな一つのグループに集められた。残りの女や子供や老人に何が起こったのか、その時もその後も確かめることはできなかった。夜が彼らを、そっけなく、あっさりと呑みこんでしまったのだ。だが今では分かっている。あの手早く簡単な選別で、私たち全員は、第三帝国《ライヒ》[11]に有益な労働ができるかどうか、判定されたのだ。そして輸送されてきたユダヤ人の中で、ブナ・モノヴィッツとビルケナウ[12]の収容所に入ったものは、九十六人の男と二十九人の女だけで、残りの五百人を超える人たちは、一人の例外もなく、二日と生きていなかったのだ。それに、有用かどうかというこのささいな選別基準さえ、いつも適用されたのではないことも分かっている。後になると、到着したものたちに、注意や指示を何一つ与えずに貨車の両側の扉を開く、というずっと簡単な方法がひんぱんに用いられるようになった。たまたま列車の片側に降りたものが収容所に入り、残りはガス室行き[13]になったのだ。

こうして三歳のエミーリアは死んだ。ドイツ人にとって、ユダヤ人の子供を殺す歴史的必然性は自明のことだったからだ。ミラーノの技師アルド・レーヴィの娘、エミーリアは、好奇心にあふれ、見えっぱりで、ほがらかで、頭のよい女の子だった。旅行中、人のひしめく貨車で、父と母はブリキの桶に温かな湯を入れて、エミーリアに湯浴みさせた。そのお湯は、堕落した[14]ドイツ人の機関士が、私たち全員を死にひきずってゆく当の機関車から、取り出すのを許したものだった。

こうして不意に、一瞬のうちに、私たちの両親、妻、恋人、子供たちが消えていった。お別れを言うこともできなかった。彼らはわずかの間、プラットホームの反対側に、黒いかたまりになってたたずんでいたが、やがて何も見えなくなった。

　すると、投光器の光の中に、異様な格好の人々[15]の小隊が二つ姿を現わした。三列横隊になり、顔をうつむけ、腕をこわばらせて、奇妙なぎごちない歩き方をしていた。頭には妙な格好の作業帽をのせ、縞模様の長衣を着ていた。それは夜目に、遠くから見ても、汚れすり切れているようだった。彼らは私たちに近寄らないよう遠巻きに輪を作り、無言のまま、空の貨車に乗りこんだり降りたりして、私たちのトランクを運び始めた。

　私たちは何も言わずに顔を見あわせた。すべてが理解し難く、常軌を逸していた。だが、一つのことだけは確かだった。これが私たちを待ち受けている姿なのだ。明日には私たちもこういう姿になるのだ。私は知らないうちに、三十人ほどの人とトラックにのせられていた。トラックは全速力で夜の闇めがけて飛び出した。幌がかかっていたので外は見えなかったが、揺れぐあいからカーブや溝の多いことが分かった。護衛はいないのだろうか？……飛び降りようか？　だが遅すぎた、あまりにも遅すぎた。私たちはみな「地の底」へ向かっているのだ。それに護衛がいることがすぐに分かった。奇妙な護衛だ。武器を針ねずみのように身につけたドイツ兵だ。暗くて姿は見えないのだが、車が大きく揺れて右へ左へと投げ出されるたびに、硬いものが触れてくる。その兵士は懐中電灯をつけ、「よこしまなる亡者どもめ、わざわいあれ[16]」と叫ぶかわりに、お金や時計をくれるかどうか、一人一人に、ドイツ語やフランク語[17]でていねいに尋ねてくる。もう役にたたないのだから。これは命令でも、規則でもない。要するに我らが三途の川の渡し守のカロンの、ささやかな個人的お願いなのだ。私たちはこうした行動に、怒りと、笑いと、奇妙な安堵をおぼえた。

地獄の底で

旅は二十分ほどしか続かなかった。トラックが止まると大きな扉が現われ、その上に、ARBEIT《アルバイト・》 MACHT FREI《マ・ハト・フライ》(労働は自由をもたらす)という標語が、あかあかと照らし出されて見えた(私はいまだに夢で、この光景に責めさいなまれている)。

トラックから降ろされると、かすかに暖房のきいた、がらんとした大部屋に押しこまれた。何という喉の渇きだろうか!(18) スチームのかすかな水音が、私たちをたけり狂わせる。四日間も水を飲んでいないのだ。だが水道の蛇口があるではないか。その上にはり紙があり、汚水につき飲用を禁ず、と書いてある。ばかな、はり紙はいたずらにきまっている。「彼ら」は私たちが死ぬほど渇きに苦しんでいるのを知っているから、蛇口のある部屋に押しこみ、「飲用を禁ず《ヴァッサートリンケン・フェアボーテン》」などと書いているのだ。私は水を飲み、仲間にもそうするよう促す。だが水は生ぬるく、甘く、どぶ臭くて、吐き出さねばならなかった。

これは地獄だ。我々の時代には、地獄とはこうなのだ。がらんとした大部屋に、疲れきったまま立せ、水のしたたる蛇口をすえつけておくが、その水は飲めず、何かきっと恐ろしいことが起こるはずなのだが、いっこうに何も起こらず、しかも何も起こらない状態がずっと続くのだ。どんなふうに考えればいいのか？　何も考えられない、もう死んだみたいだ。床に座りこむものもいる。時は水がしたたるようにゆっくりと過ぎていく。

　私たちはまだ死んでいない。その証拠に扉が開いて、ＳＳが一人、たばこをふかしながら入って来る。私たちをゆっくりと見渡し、「ドイツ語を話せるものはいるか？《ヴェア・カン・ドイチュ》」と尋ねる。見たこともない男が進み出る。フレッシュという男だ。彼が通訳を務めることになるだろう。ＳＳは穏やかな口調で長い演説をする。通訳がそれを翻訳する。五人横隊になり、間隔を二メートル開けなければならない。そして服を脱ぎ、規定通りにまとめる。毛織物の服は一方の側に置き、残りは反対側に置く。そして靴を脱ぐのだが、盗まれないよう、よく注意しているように。

　だれに盗まれるのか？　なぜ私たちから靴を盗まねばならないのか？　それに書類や、ポケットにあるわずかの金や、時計は？　私たち全員は通訳を見る。彼はドイツ兵に尋ねる。ドイツ兵はたばこをふかしながら、通訳を知らん顔で見ている。まるでだれも話しかけてこなかったし、その姿も見えない、とでも言いたげな様子だ。

　私は今まで老人の裸を見たことがなかった。ベルクマン氏はヘルニア帯をつけていたが、はずすべきか、通訳に尋ねた。通訳はためらった。だがドイツ兵は事情を理解して、別の男を指しながら、真面目な顔で通訳に話した。通訳がその侮辱をぐっと呑みこんだのが分かった。彼はこう言った。「帯をとるように、そうすればそのうちコーエン氏のものが手に入るだろうから、と准尉は言っている」フレッシュが苦々しげに言葉を吐いたのが見てとれた。これがドイツ流のユーモアなのだ。

次にまた別のドイツ兵がやって来て、靴を片隅に寄せるよう言う。私たちはその通りにする。というのも、私たちはもうおしまいで、世界の果てにおり、なすべきことはただ一つ、従うことなのを感じていたからだ。するとほうきを持った男がやって来て、靴をすべて掃き出し、扉の外に山積みにしてしまう。狂気の沙汰だ。九十六足を全部まぜあわせてしまった。あわなくなるにきまっている。屋外に面した扉からは、凍えるような風が吹き込んでくる。裸の私たちは胸を手でおおう。扉は風に吹かれて、勢いよく閉まってしまう。するとドイツ兵はまた扉を開け放ち、私たちが冷たい風を避けようとして体をよじり、他人の陰に隠れようとする様を、興味深げに見る。やがて扉を閉めて、外に出てゆく。

すると第二幕が始まる。かみそりとはけとバリカンを持って、四人の男(19)が荒々しく入ってくる。縞模様の上着にズボンをはき、胸に番号を縫いつけている。今朝見た幽霊の同類なのだろう(今朝か、あるいは昨夜のことか?)。だがこちらのほうががっしりしていて、元気がよさそうだ。質問を浴びせられても、おかまいなしに、私たちをつかまえ、一瞬のうちに髪を刈り、ひげを剃ってしまう。髪のない顔のなんとぶざまなことか！　四人はこの世のものと思えぬような言葉(20)をしゃべる。ドイツ語でないのは確かだ。私はわずかだがドイツ語を理解できる。

やっと反対側の扉が開く。髪を刈られ、素裸の私たちは、立ちんぼうのまま、全員その部屋に詰めこまれる。足は水に浸かっている。シャワー室だ。中には私たちだけだ。驚きが少しずつ消えてゆくと、口が動き始める。みな質問を発するのだが、答えられるものはいない。裸でシャワー室に入れられたなら、シャワーを浴びるのだろう。シャワーを浴びるなら、私たちはまだ殺されないということだ。それでは、なぜ私たちを立たせたままにしておくのか、なぜ水をくれないのか、なぜだれも説明してくれないのか、なぜ服や靴もなしに、素裸で、足を水に浸けさせておくのか、寒くてたまらない、五日間も旅をしてきたのに、座ることもできないのだ。

そして女たちはどうなったのか？

レーヴィ技師が尋ねてくる。女たちも今こうしていると思うかね、どこにいるんだろう、また会えるだろうか。もちろん、と私は答える。彼が結婚していて、小さな娘が一人いるのを知っているからだ。もちろんまた会えますよ。だが今となっては、もうこう考えざるをえない。これはすべて、私たちをあざ笑い愚弄するための巨大なからくりなのだ、殺されるのは確実だ、生きられると思うのは狂気の沙汰だ、罠にはまったということなのだ。だが私は違う、すぐに終わりが来るのが分かっている、たぶんこの部屋の中でだ、素裸で、足を交互に上げ、時々床に座ろうとするのだが、冷たい水が指三本ほどの深さにたまっていて、座ることもできない私たちを見飽きたら、だ。

私たちはうろうろとあてもなく歩き回りながら話す。だが各々が勝手にしゃべっているだけだから、ひどくやかましい。やがて扉が開き、ＳＳが一人入ってくる。先ほどの准尉だ。二言、三言話し、通訳が翻訳する。「静かにせよ、ここはラビの学校ではないのだから、と准尉は言っている」彼の言いたくない言葉なのが分かる。ひどい言葉だ。言う時に口をゆがめた。まずい食べ物を吐き出すみたいだ。これから何が起こるのか、あとどれだけここにいるのか、女たちはどうしているのか、訊いてくれと、私たちは頼む。彼はいやだ、訊きたくない、と答える。このフレッシュという男は、非情なドイツ語を翻訳するのをひどくいやがっている。そして私たちの質問をドイツ語に訳すのは拒否する。むだなことを知っているからだ。彼は顔に大きな切り傷のある五十歳ぐらいのドイツ系ユダヤ人だ。顔の傷はピアーヴェ川[訳注4]でイタリア軍と戦った時にできたものだ。内向的な、無口な男で、それゆえ私は本能的に尊敬の念を抱いてしまう。というのも、彼が私たちのだれよりも先に苦しみ出したのが感じとれたからだ。

ドイツ兵は出てゆく。私たちは口をつぐむ。それでも口をつぐんでいることを少しは恥ずかしく思っている。外はまだ夜だ。本当に朝が来るのだろうか。また扉が開いた。縞服を着た男が一人入ってきた。前のものたちとは違っている。眼鏡をかけ、教養のありそうな顔つきをしているし、ずっとふけていて、体つきもきゃしゃだ。私たちに話しかけてくる。イタリア語を話すのだ。

私たちはもう驚くのに疲れている。何か狂った劇を見ているような気がしている。聖霊と悪魔と魔女たちが出てくるような劇だ。男は強い外国なまりの、へたくそなイタリア語で、長々と演説する。とても親切で、質問にはみな答えようとする。

私たちは高シレジア地方のアウシュヴィッツの近郊、モノヴィッツにいるのだ。ドイツ人とポーランド人が入りまじって住んでいる地域である。私たちの収容所はドイツ語でArbeitslager《アルバイツラーゲル》[21]という労働収容所だ。約一万人いる囚人は全員、ブナ[22]というゴム工場で働いている。そこでこの収容所もブナと呼ばれている。

あとで服と靴を支給されることだろう。しかし自分のものではない。男が着ているのと同じような、別の服、別の靴だ。今裸でいるのはシャワーと消毒のためだ。起床後すぐに行われるはずだ。消毒しなければ収容所に入れないのだ。

もちろん仕事はあるだろう。ここでは全員が働かねばならないからだ。だがうんざりするような仕事ばかりだ。たとえば彼は医者だ。ハンガリー人で、イタリアで勉強をした。ラーゲルの歯医者をしている。もう四年間ラーゲルにいる（このラーゲルにではない。ブナは一年半前にできたばかりだ）。だがご覧の通り、元気だ。やせこけてはいない。なぜラーゲルにいるのだろう？　私たちと同じユダヤ人だろうか？「いいや」彼は簡単に答える。「私は犯罪者だ[23]」

私たちは質問をあびせかける。彼は何度か笑い、ある質問には答え、別の質問には答えない。ある種の話題を避けているのは明らかだ。女たちのことは何も言わない。元気だとも、すぐに会えるさ、と言うが、どこで、どんな風に会えるかは言わない。とってつけたように別のことを話す。予想もつかない、とてつもないことだ。彼も私たちをからかっているのだ。たぶん頭がおかしいのだろう。ラーゲルにいるうちに気が狂ったのだ。日曜日にはいつも音楽会とサッカー大会がある、と言う。ボクシングのうまい奴はコックになれる、と言う。よく働くものは褒賞をもらえ、それでたばこや石けんが買える。水は本当に飲めないのだが、毎日代用コーヒーがもらえる。だが普通それを飲むものはいない。スープが水っぽくて、渇きをいやすのに十分だからだ。私たちは何か飲み物をくれるよう頼むが、それはできない、と彼は答える。ＳＳの禁制を犯して、こっそりとやって来たのだから。というのは、私たちはまだ消毒がすんでいないからだ。すぐに行かなければならない。イタリア人が好きだからやって来たのだ。「イタリアがなつかしいからだ」収容所に別のイタリア人がいるか、なおも尋ねてみる。何人かいることはいるが、わずかだ、正確なところは知らない、と彼は言い、すぐに話を変えてしまう。この時、鐘が鳴る。男は私たちを驚かせ、とまどわせたまま、すぐに逃げ出す。ほっとするものもいるが、私は違う。この訳の分からない歯医者も、私たちをからかって楽しんだのではないだろうか、と考え続ける。彼の言ったことは一言も信じたくないのだ。

暗い収容所が、鐘の音に目覚めるのが感じられた。不意に熱いお湯がシャワーからほとばしり出た。五分間の至福だ。だが、おそらく先ほどの床屋だろう、男が四人すかさず押し入ってきて、びしょ濡れで湯気をあげている私たちを、叫んだり突き飛ばしたりして、隣の冷たい部屋に押し込む。ここでは別の男たちが何かを叫びながら、私たちにぼろきれのようなものを投げつけ、木靴を腕に押し込み、訳の分からないうちに外に放り出す。夜明け時の青く凍った雪の上を、全財産を腕にかかえて、素足で、裸のまま、百メートルほど離れた別のバラックまで走らねばならないのだ。そこでやっと服を着るのを許される。

服を着終わると、みなは片隅に身を寄せるのだが、目を上げてお互いに見合おうとはしない。鏡がなくても、自分の姿は目の前に見える。百個の青白い顔の中に、百個のみすぼらしい不潔な人間の中に映っている。私たちは昨夜かいま見た幽霊に姿を変えたのだ。

そこで私たちは初めて気がつく。この侮辱、この人間破壊を表現する言葉が、私たちの言葉にはないことを。一瞬のうちに、未来さえも見通せそうな直観の力で、現実があらわになった。私たちは地獄の底に落ちたのだ。これより下にはもう行けない。これよりみじめな状態は存在しない。考えられないのだ。自分のものはもう何一つない。服や靴は奪われ、髪は刈られてしまった。話しかけても聞いてくれないし、耳を傾けても、私たちの言葉が分からないだろう。名前も取り上げられてしまうはずだ。もし名前を残したいなら、そうする力を自分の中に見つけなければならない。名前のあとに、まだ自分である何かを、自分であった何かを、残すようにしなければならない。

こうした事態を理解するのがひどく難しいのはよく分かっている。(24) それはそれでいい。だが毎日のささいな習慣に、自分のこまごまとした持ち物に、どれだけの意味と価値が含まれているか、よく考えてみてほしい。たとえば、どんなにみじめなこじきでも持っている、ハンカチや、古い手紙や、愛する人の写真といったものだ。こうしたものは自分自身の一部分で、付属器官のようになっている。普通の世界では、こうしたものを奪われるままになるのは考えられない。すぐにそれに代わるものが見つけられるからだ。つまり自分の記憶を残し、呼び起こせる、また別の何かだ。

さて、家、衣服、習慣など、文字通り持っているものをすべて、愛する人とともに奪われた男のことを想像してもらいたい。この男は人間の尊厳や認識力を忘れて、ただ肉体の必要を満たし、苦しむだけの、空っぽな人間になってしまうだろう。というのは、すべてを失ったものは、自分自身をも容易に失ってしまうからだ。こうなると、このぬけがらのような人間の生死は、同じ人間だという意識を持たずに、軽い気持ちで決められるようになる。運が良くても、せいぜい、役に立つかどうかで生かしてもらえるだけだ。こう考えてくると「抹殺収容所」という言葉の二重の意味がはっきりするだろうし、地獄の底にいる、という言葉で何を言いたいか、分かることだろう。

Häftling《ヘフトリング》(25)。私は自分が囚人《ヘフトリング》であることを学んだ。私の名は一七四五一七である。私たちは命名を受けた。これからは生きている限り、左腕に入れ墨を持ち続けるのだ。

その手術は少し痛かったが、驚くほど早くすんだ。私たちは全員アルファベット順に一列になり、短い針のついた錐のような道具をふるう、腕のいい職員の前を一人ずつ通った。これこそが正真正銘の通過儀礼だと思えた。なぜなら、「番号を見せ」なければ、パンとスープがもらえないからだ。私たちが番号をすぐに見せて、日々の食料配給作業を妨げないよう、慣れるまでには、何日かの時と、少なからぬ平手打ちと鉄拳が必要だった。またその命令のドイツ語を聞き分けるのには何週間も何カ月もかかった。そして自由な生活の時の癖で、時間を見ようと腕時計を探すたびに、皮肉にも、肌に青く入れ墨された新しい名を見てしまう習慣は、それこそずっとあとまでなくならなかった。

かなりあとになってからだが、私たちの何人かは、少しずつだが、アウシュヴィッツの番号についてある悲しい知識を得ることになった。アウシュヴィッツの囚人番号には、ヨーロッパのユダヤ人抹殺の過程が要約されているからだ。収容所の古参囚人は、数字を見ればすべてが分かる。収容所への入所時期、属していた輸送隊、そして両者から分かる国籍。たとえば三万番から八万番までの囚人はみなから尊敬される。数百人ほどしかいないが、ポーランドのゲットー[26]の数少ない生き残りなのだ。十一万六千番から十一万七千番の囚人と取り引きする時は、よく目を開けておくほうがいい。今ではもう四十人ほどしかいないが、テッサロニキ出身のギリシア人で、注意していないと、いいようにだまされるからだ。大きな番号の囚人には、普通の生活で「新入生」とか「新兵」という言葉が持つような、本来の喜劇的響きがまとわりついている。大番号の囚人の典型とは、太っていて、従順で、愚かな人物を指す。こうした囚人には、診療所で足の弱いもののために革靴を支給しているぞ、「見張っていてやる」から、スープ用の飯盒を置いて急いで取りに行くといい、と信じこませることもできる。三食分のパンと引き換えに、スプーンを売りつけることもできる。また一番残忍なカポー[訳注5]のところに行かせて、あなたのところがじゃがいも皮むきコマンドー《カルトフェルシェールコマンドー》だというのは本当ですか、私をそのコマンドーに入れてもらえますか、と尋ねさせることもできるのだ（私は実際にこうした目にあった！）。

それに加えて、私たち新参者は、風変わりで皮肉たっぷりなやり方で、こうした秩序に組み入れられることになった。入れ墨の手術がすむと、私たちはだれもいないバラックに入れられた。寝台は整えてあったが、さわったり、上に腰かけるのは厳しく禁じられた。だから私たちは、旅行中の激しい渇きになおも責めさいなまれながら、動きまわれるわずかの空間をあてもなく歩き回って、午前中を過ごした。すると扉が開いて、縞模様の服を着た、背の低い、やせた、礼儀正しそうな、金髪の少年が入ってきた。この少年はフランス語をしゃべった。私たちは大勢で彼を取り囲み、今まで投げ合ってもむだだった質問をすべてあびせかけた。

だが彼は進んで話そうとしない。ここには進んで話すものはいないのだ。私たちは新参者で、何も持っていないし、何も知らない。それなら何をめあてにして、私たちを相手に時をむだにするのか？ 彼はいやいやながら説明する。みなは働きに出ていて、夕方にならないと帰らない。彼は今朝診療所から出て来て、今日は仕事が休みなのだ。私は彼に、せめて歯ブラシだけでも返してくれないものだろうか、と尋ねた（何日かあとでは、自分でも想像を絶すると思えるような無邪気さだった）。彼は笑わなかったが、ひどく軽蔑した顔つきで、吐き出すように言った。「家にいるんじゃないぞ《ブー・ネト・パ・ア・ラ・メゾン》」これは何度も繰り返して聞くことになったきまり文句だった。家にいるんじゃないぞ、ここは療養所じゃないぞ、ここでは煙突(27)からしか出られないんだ（どういう意味だろう？ その意味はあとになって十分に学ぶことになった）。

実際、その通りだ。渇きにせめられて、私は窓の外の、手の届く、大きなつららにねらいをつけ、窓を開けて、つららを折りとった。ところが外を巡回中の太った大男がすぐにやって来て、荒々しくつららを奪いとった。「なぜだ？《ヴァルム》」私は下手くそなドイツ語で尋ねた。「ここにはなぜなんて言葉はないんだ《ヒア・イスト・カイン・ヴァルム》」男はこう答え、私を突きとばして中に押しこんだ。

いまいましいが、簡潔な説明だ。ここではすべてが禁じられている。なにか秘密の理由があるわけではなく、収容所がそうした目的で作られているからだ。もし生きのびたいのなら、これをすぐに、十分に理解する必要がある。

ここには拝もうにも聖顔はないぞ！
ここではセルキオ河で泳ぐようにはいかないぞ！[28]

この地獄の入り口でのひどく長い第一日目は、刻一刻と終わりに近づく。ぞっとするような血の色を呈した、雲の渦の中に太陽が沈みつつある時、私たちはやっとバラックの外に出される。飲み物をくれるのだろうか？　いや、もう一度整列させ、収容所の真ん中にある大きな広場に連れてゆき、きちんと長方形に並ばせるのだ。それから一時間ほどは、何も起こらない。だれかを待っているようだ。

収容所の門の脇で軍楽隊が演奏を始める。有名な感傷的な曲、ロザムンデだ。これがひどく場違いに思えたので、私たちは顔を見あわせ、苦笑いをもらしてしまう。私たちの心には漠とした安堵感が生まれる。こうした儀式は、ゲルマン流の大げさな道化芝居以外の何ものでもないのだろう。だが軍楽隊はロザムンデを奏し終わると、また別のマーチを次から次へと演奏する。すると、仕事を終えた囚人の小隊が続々と姿を現わす。五列横隊の行進だ。だが不自然で、変わった、固い歩き方だ。骨だけでできた、ガチガチのあやつり人形のようだ。しかし軍楽隊のテンポにはきちんと合っている。

彼らもまた私たちと同様に、細々とした命令に従って広い広場に整列する。最後の小隊が入り終わると、私たちは一時間以上も点呼を受け、その後長々と照合が始まる。それはすべて縞の服を着たある男のもとに集められ、その男が武器を構えたＳＳの小グループに結果を報告する。

やっとのことで（もうあたりは暗いが、収容所は照明灯と投光器の強い灯に照らし出されている）「解散《アプシュベレ》」というどなり声が聞こえ、それを機に全隊は隊列を崩し、秩序なくごちゃまぜになって歩き出す。だが今では、少し前のように、胸を張り、体を硬くして歩いてはいない。みなやっとの思いで体を引きずっている。全員がほとんど洗面器大の、鉄板製のボールを、手に持ったり、腰に下げたりしているのが見える。

私たち新参者も人ごみの中を歩き回る。声をかけてくれるのを待ち、親切そうな顔、導き手を探すのだ。とあるバラックの前で、少年が二人、木の壁に背をもたせかけて、地面に座っていた。かなり若くて、十六歳以上には見えない。二人とも顔と手を煤で黒く汚している。前を通った時、そのうちの一人が私を呼び止め、ドイツ語で問いかけてくる。私には分からない。すると、どこから来たのか、と尋ねてくる。「イタリアだ《イタリエン》」私は答える。自分のほうからいろいろと訊きたいのだが、私のドイツ語の語彙はあまりにも乏しい。

「ユダヤ人かい？」私は尋ねる。

「そうさ、ポーランドのね」

「ラーゲルにはどれくらい？」

「三年間」指を三本示す。私は震え上がる。子供の時入ったに違いない。だが、これは少なくとも、ここで生きのびるものがいることを意味する。

「仕事は何？」

「Schlosser《シュロッサー》」彼は答える。私は分からない。「鉄《アイゼン》－火《フォイアー》」彼はこう続けて、鉄床の上でハンマーをふるう手つきをする。つまり彼は金属工なのだ。

「私は化学者《イッヒ・ヒエミカー》」と説明する。彼は重々しくうなずく。「化学者はいいよ《ヒエミカー・グート》(29)」だがこれはずっと先のことだ。今私を責めさいなんでいるのは渇きだ。

「飲みたい、水を。私たち、水、全然もらってない」彼は真面目くさった重々しい顔つきで私を見つめ、噛んで含めるように言う。「水は飲むな、兄弟」そして別の言葉を言うのだが、分からない。

「なぜ《ヴァルム》？」

「Geschwollen《ゲシュヴォレン》」彼は一言で答える。私は分からなくて頭を振る。彼は頬をふくらませ、顔や腹に大きなはれものを手で描き、「ふくれ上がる」と分からせる。「今晩－まで－待つ《ヴァルテン・ビス・ホイテ・アーベント》」私は一語一語を訳して理解する。

彼は次にこういう。「私はシュロメ(30)。あんたは？」私は名を名乗る。彼はまた尋ねる。「母親はどこにいる？」「イタリアに」シュロメはびっくりする。「イタリアにユダヤ人がいるのか？」「そうさ」私はできる限り説明する。「母は隠れていた、だれも知らない、逃げたが、話さない、だれも見ない」彼は理解した。立ち上がり、近寄ってきて、私をおずおずと抱擁する。冒険は終わった。私は喜びに近い、安らかな悲しみに満たされる。その後、シュロメに出会うことはなかった。だが死の家の門口で私を受け入れてくれた、あのやさしく重々しいあどけない顔を忘れることはなかった。

学ぶべきことはまだたくさん残っていたが、私たちはもうかなりのことを知っていた。ラーゲルの構造はある程度分かった。このラーゲルは一辺が約六百メートルほどの正方形で、鉄条網の柵で二重に囲まれており、内側の鉄条網には高圧電流が流されている。ラーゲルは六十棟の木造バラックで構成されており、それはブロックと呼ばれているが、そのうちの十棟はまだ建設中である。これらのブロックに付随して、煉瓦《れんが》造りの厨房、特権を擁する囚人《ヘフトリング》の分隊が管理している実験農園、六棟から八棟のブロック群ごとに一つずつ配置されている、シャワーと便所のバラックがある。さらに、特殊な目的のためのブロックがいくつかある。まず収容所の東端の八棟から成る一群は、診療所と病棟である。それに疥癬《かいせん》患者用の第二十四ブロック、「疥癬ブロック《クレツェブロック》」がある。普通の囚人《ヘフトリング》が入れない第七ブロックは「名士《プロミネンツ》」用である。つまり最上の職務を果たしている抑留者用、貴族階級用なのだ。第四十七ブロックはドイツ帝国民《ライヒスドイチェ》（アーリア系ドイツ人の政治犯、刑事犯）用で、第四十九ブロックはカポー専用である。第十二ブロックの半分はドイツ帝国民《ライヒスドイチェ》とカポー用、残りの半分は酒保《カンティーネ》になっている。つまりたばこや、殺虫粉や、時には別のものを配給する場所になるのだ。第三十七ブロックには補給本部と労役事務所がある。そして最後に、いつも窓の閉まっている第二十九ブロックがある。これは女性ブロック《フラウエンブロック》、つまり収容所の淫売宿だ。ドイツ帝国民《ライヒスドイチェ》専用で、若いポーランド人の女囚《ヘフトリング》たちが仕事を務めている。

　普通の居住ブロックは二部屋に分かれている。一方の部屋（昼の居室《ターゲスラウム》）には、棟長とその取り巻きが住んでいる。そこには長いテーブルと椅子とベンチがあり、写真、雑誌の切り抜き、デッサン、造花、装飾小物といった、色あざやかで風変わりなものが、いたるところにあふれている。壁には、秩序、規律、衛生を称える標語や格言が、大きく書かれて貼ってある。片隅にはブロックの床屋《ブロックフリゼール》[31]の道具が入ったガラス戸棚と、スープを配る汁じゃくしと、規律を維持するために、ゴム製の鞭が、空洞のものと中の詰まったものと二本置いてある。もう一つの部屋は寝室だ。この部屋には三段作りの寝台が百四十八あるだけだ。寝台は、天井までの空間を隈なく利用するため、蜂の巣のようにぎっしりとしつらえてある。部屋は三つの通路に仕切られている。普通の囚人《ヘフトリング》はここで生活している。その数はバラック一棟に二百から二百五十人ほどだ。だから、大部分の寝台は二人で占められることになる。寝台は取りはずし可能な板でできており、薄いわらぶとんと上掛けが二枚、各々に当てられている。仕切りの通路はひどく狭くて、二人並んだら歩けないほどだ。床の面積はきわめて小さいので、少なくとも半数が寝台にいなければ、ブロックの住民は床に降りられない。だからよそのブロックに入るのは禁じられている。

ラーゲルの真ん中には広い点呼広場がある。朝には労働部隊を編成し、夕方には点呼を受けるために、私たちはそこに集まるのだ。点呼広場の正面には、たんねんに芝の刈り込まれた花壇があり、必要な時には絞首台が立てられる。

ラーゲルの住民は、刑事犯、政治犯、ユダヤ人と三種類に分けられるのを、私たちはすぐに学んだ。三者とも縞の服を着、みな囚人《ヘフトリング》なのだが、刑事犯は上着の番号の脇に緑色の三角形を縫いつけている。政治犯は赤い三角形。大部分を占めているユダヤ人は、赤と黄色のダビデの星をつけている。SSはいることはいるのだが、数は少なく、しかも収容所の外にいるので、めったに姿を見せない。だから私たちの実際の主人は、好き勝手なことをしかけてくる緑色の三角形と、残りの二種類の囚人の中で、この緑の三角形を進んで助けるものたちである。しかもその数は少なくはないのだ。

またそれぞれの性格から、早い遅いの違いはあるのだが、私たちは別のことも学ぶことになった。「そうであります《ヤヴォール》」と答えること、質問をしないこと、いつも分かったふりをしていることなどだ。それから私たちは食物の価値も理解した。スープが配給されると、今では私たちも飯盒の底をたんねんにかき取る。パンを食べる時は、パンくずを散らさないよう、飯盒を顎の下にあてがう。桶の表面と底のスープには違いがあることが分かっており、桶の大きさによって、列に並ぶ時、どの位置を狙えば一番よいのか、計算できるようになっている。

どんなものも役立つことが分かった。たとえば、針金は靴を縛るのに、ぼろきれは足当てを作るのに、紙は上着の中に詰めこんで寒さを防ぐのに役立つ（ただしこれは違法だ）。またどんなものでも盗みの対象になること、それも少しでも注意をそらしたらすぐに盗まれてしまうことを学んだ。そこで盗みを防ぐために、飯盒から靴にいたるまで持ちものをみな上着に包み、枕にして眠る術を学ばねばならなかった。

それに恐ろしくこみいった収容所の規則も、かなりの部分がもう分かっている。禁制は数えきれないほどある。鉄条網の二メートル以内に近づくこと、上着を着たまま眠ること、パンツを脱いで眠ること、帽子をかぶったまま眠ること、「カポー専用《ヌア・フュア・カポース》」「ドイツ帝国民専用《ヌア・フュア・ライヒスドイチェ》」といった特殊な洗面所や便所を使用すること、決められた日にシャワーを浴びないこと、決められた日以外にシャワーを浴びること、上着のボタンをはずしたり、襟を立てたままバラックの外に出ること、防寒のため上着の中に紙やわらを詰めこむこと、洗面の際、上半身裸以外の洗い方をすること、などである。

なすべき儀式は無数にあって、常軌を逸している。毎朝、ベッドを、しわ一つなく、完全に平らに作らねばならない。またはきごこちの悪い泥だらけの木底の靴に、適当な機械油を薄く塗りつけたり、服から泥のしみを落とさねばならない（ペンキや油や錆のしみは許されている）。夕方には、足が洗ってあるか、虱《しらみ》がいるか、検査を受けねばならない。土曜日には髪とひげを剃ってもらい、服の破れをつくろったり、直してもらったりしなければならない。日曜日は疥癬の総合検査と、上着のボタン数（五つ）の検査を受けねばならない。

それに普通だったらつまらないことですむのに、ここでは問題になってしまうことが無数にある。爪がのびたら切らねばならないが、歯で噛み切るしかない（足の爪は靴の摩擦で十分だ）。ボタンがなくなったら、針金でつけ直さねばならない。便所や洗面所に行く場合は、時、所を問わず、持ち物をみな持ってゆく必要があるし、顔を洗っている時は、膝の間に衣服の包みをはさんでおかねばならない。そうでもしないと、包みは一瞬のうちに盗まれてしまうのだ。もし靴が片方具合が悪かったら、夕方、靴の交換の儀式に出なければならない。そこでは個々人の能力が試される。恐ろしい人ごみの中で、自分にあう靴を、一足ではなく、片方、一目で選び出す必要があるからだ。一度選んでしまうと、二度目の交換は許されない。

ラーゲルの生活で、靴が重要性を持たないなどと考えてはいけない。死は靴からやって来る。囚人の大多数は、靴から拷問の責め苦を味わう。数時間も行進すれば、痛くなって皮がむけ、必ず化膿してくるからだ。こうなったものは球の上に乗っているような歩き方を余儀なくされる（毎晩、行進して帰ってくる幽霊部隊の奇妙な歩き方は、ここに原因があるのだ)。そして常にしんがりになり、いつも殴られることになる。追いかけられても逃げられない。足はさらにふくれあがり、ふくれあがればあがるほど、木と布の部分の摩擦が耐え難くなる。こうなると病院に行くしかない。だが、「腫れ足《ディッケ・フューセ》」の診断で病院に入るのは非常に危険だ。この病気は治らないことが、みなに、そして特にSSには、よく分かっているからだ。

今までのところ、労働がどんな具合になされるか、少しも語っていないが、これもまた、規則と、タブーと、問題がもつれあったしろものなのだ。

病人を除いて、私たちは全員働く(病人と認定されるには、それ自体、相当量の知識と経験を必要とする)。私たちは毎朝隊列を組んで収容所からブナへ行き、毎晩、隊列を組んで戻ってくる。仕事の時、私たちは約二百ほどの労働部隊《コマンドー》に分けられる。その各々は十五人から百五十人で構成され、カポーがその指揮をとる。コマンドーには良いのと悪いのがある。大多数は物の輸送にあてられており、その労働はかなりきつい。特に冬はそうだ。なによりも、常に戸外で働かねばならないからだ。また電気工、金属工、煉瓦積み工、熔接工、機械工、セメント工などの特殊技能者のコマンドーもある(全員あわせても三、四百人を超えることはない)。それぞれブナの特定の作業所や部門に配属されていて、大体はドイツ人かポーランド人の民間人監督《マイスター》に直属している。もちろんこれは労働時に限ってなされる処置だ。残りの時間は、特殊技能者といえども、普通の労働者と違う待遇を受けるわけではない。個々のコマンドーに振り分ける作業は、ラーゲルの特務部である労役部《アルバイツディーンスト》が、ブナの民間人管理部と密接な連絡をとって監督している。労役部の振り分けの基準は定かではないが、はっきりした身びいきや買収がしばしば見られる。だからうまく食べ物を入手できるものが、実際には、ブナでも、確実に良い地位を得られるのだ。

労働時間は季節に応じて変わる。陽のある時間がすべて労働時間だ。だから冬の最短時間から（八時から十二時、十二時半から十六時）、夏の最長時間（六時半から十二時、十三時から十八時）まで幅がある。闇に包まれる時刻や、霧が濃い時には、いかなる理由があっても囚人《ヘフトリング》は仕事につけない。一方、雨や雪が降ったり、カルパチアの暴風が吹き荒れても（しばしばあることだ）、規定通りに働く。これは、闇や霧が逃亡の機会を作る、という事実に関係している。

日曜日は一週おきに労働日になる。いわゆる休日の日曜日は、普通ブナで働くかわりに、ラーゲルの補修で働くので、実質的な休みの日はごくまれにしかない。

これが私たちの生活だ。毎日、あらかじめ定められたリズムに従って、出隊《アウスリュッケン》し、帰隊《アインリュッケン》する。働き、食べ、眠る。そして病気にかかり、治るか、死ぬ。

……いつまで続くのか？　古参の囚人はこの問いを笑う。この問いで新参者であることが分かるのだ。笑うだけで、答えない。古参のものにとっては、何カ月も、何年も前に、遠い未来の問題は色あせ、切実さを失っている。今日はどれくらい食べ物があるだろうか、雪は降るだろうか、石炭を降ろす作業はあるだろうか、といった、目と鼻の先の、ひどく具体的でさし迫った問題で、頭が一杯になっているからだ。
自分自身の運命を知ることは不可能だ。そしてここでは、どんな予想を立てても、それは現実味のない恣意的なものになってしまう。だからもし理性的に考えるのなら、私たちはあきらめて、こうした自明の事実に身を委ねるべきなのだろう。だが自分自身の運命が危険にさらされている時、理性的になれる人はとても少ない。必ずや両極端の立場をとりたがるものだ。だから、それぞれの性格で、あるものはすぐに、すべてはおしまいだ、ここで生きのびることはできない、死は確実で間近だ、と信じ込んでしまう。またあるものは、待ち受けている生活がいかにつらくとも救いは来る、それも遠いことではない、信念を持ち、力を残しておけば、家に帰り、家族に会える、と信ずる。だが悲観論者と楽観論者というこの二つの種族は、さほどはっきりと分かれているわけではない。不可知論者が多いからではなく、大多数がものごとを簡単に忘れ、話の相手や状況に応じて、二つの極端な立場の間を揺れ動くからだ。

さて私はこうして地獄の底にいる。もし必要なら、人は、過去や未来をスポンジでぬぐい去る術を、すぐにも学ぶものだ。収容所に入ってから十五日間もたつと、私は常に空腹をおぼえるようになっていた。四肢全体に巣くい、夜は果てしない夢の源になる、自由な人間には分からない慢性的な空腹だ。また私は盗みを防ぐ手段を学び、スプーンやひもやボタンが、罰を受ける危険なしに手に入るなら、それをポケットに入れ、自分の正当な所有物とみなすようになっていた。足の甲には傷ができて膿み、決して治ることがなかった。(32) そして私は貨車を押し、シャベルで土を掘り、風に身を震わせ、雨に打たれて体を消耗させている。もう私の体は自分のものではない。腹はふくれ、手足はやせ細り、顔は朝にはむくみ、夕方にはげっそりと頬がこける。あるものは肌が黄色に、あるものは灰色になる。三、四日会わないと、お互いに見分けられないほどだ。

私たちイタリア人は、日曜日の夕方、ラーゲルの片隅に集まろうと決めていた。だがすぐにやめてしまった。人数がそのたびに減り、姿形が変わって、ずっとみすぼらしくなっているのが、ひどく悲しかったからだ。それにわずかの距離を歩くのがひどくつらかった。また顔をあわせると、いろいろなことを思い出し、ものを考え始めてしまうので、そうしないほうがよかったのだ。

通過儀礼

初めのうちは、気まぐれに、ブロックからブロックへ、コマンドーからコマンドーへと移されたが、やがて夜も遅くなって、私は第三十ブロックに預けられた。寝台を一つ示されたが、そこにはディエーナが眠っていた。ディエーナは目を覚まし、疲れきった体をずらして場所をあけ、温かくむかえ入れてくれた。

私は眠くない。つまり緊張と不安が仮面になり、眠りの上にかぶさってきて、はぎとれないのだ。そこで次から次へとしゃべりまくる。

訊きたいことは山ほどある。腹が減っているが、明日はいつスープを配るのか、スプーンなしでどのように食べるのか、スプーンはどうやって手に入れるのか、どこで働かされるのか？　もちろんディエーナも私に劣らず何も知らないから、別の質問で応じてくる。だが、もう暗くなったバラックの上方や下方、近くや遠く、あらゆるところから、いらだった眠たげな声が「静かに《ルーエ》、静かに《ルーエ》！」とどなりつけてくる。

静かにしろと言っているのは分かるのだが、聞き慣れない言葉で、意味や内容が不明だから、ますます不安がつのる。言葉の混乱が、この地獄の底の生活の基本的な特徴だ。永遠に続く言葉の無秩序があたりをおおっている。全員が聞いたこともない言葉で命令し威嚇してくる。だがそれをただちに理解できないと、たいへんなことになる。余裕のあるもの、辛抱強いもの、人の言葉に耳を貸すものなど、ここには一人もいないからだ。ゆえに、私たち新参者は、羊がするように、本能的に片隅に身を寄せ、壁に背を押しつけて、背後の安全を確保しようと努めるのだ。

そこで私は質問をあきらめ、神経のはりつめた苦い眠りにほどなくすべりこんでゆく。だが安らぎはない。罠に落ちて、身をおびやかされている気がして、身を守ろうと、いつでも体を縮める構えを取っているからだ。夢を見ても、道路や橋の上に寝ていたり、人が大勢出入りする戸口をふさいでいるような夢ばかりだ。すると、何と早いことか、不意に起床時間がやって来る。バラック全体が土台から揺らぎ、灯がついて、周囲のものがみな急に狂ったように動き出す。上掛けをはたいて、いやな臭いのほこりを雲のように舞い立たせ、ものすごい早さで服を着こみ、服をひっかけたまま寒い屋外に駆け出し、便所や洗面所になだれこむ。多くのものが、時間の節約のため、獣のように、走りながら小便をする。というのも五分後にパンの配給が、パーネ－ブロート－ブロイト－フリエーブ－パン－レヘム－ケニェール(33)の配給があるからだ。その神聖なる小さな灰色のかたまりは、隣人のものは巨大に、自分のものは涙が出るほど小さく見える。これは毎日味わう幻覚だが、しまいには慣れる。しかし初めのうちは誘惑にさからえなくて、ぼくはいつもひどい不運に出くわすのに、きみは厚顔なほどの幸運を得る、などとひとしきり話しあい、二人でパンを交換してみるのだが、今度は幻覚が逆に作用して、二人ともがっかりして不満で一杯になるのだ。

パンはまた、ただ一つの貨幣でもある。配給をもらってから食べるまでのわずかの間に、ブロック全体は名を呼ぶ声と言い争いと逃げ出す音で大騒ぎになる。前の日の貸し手が、返済可能なわずかの時間に、借り手に支払いを要求するからだ。その後、比較的静かになると、多くの囚人はたばこを半分吸いにまた便所に出かけたり、本当に体を洗うために洗面所に行ったりする。

洗面所はおよそ魅力のない場所だ。灯は暗く、風は吹き抜け、煉瓦の床は泥だらけだ。水はいやな臭いがして飲めないし、何時間も出ないことがある。おまけに壁には風変わりな教育画が描いてある。たとえば、「良い囚人《ヘフトリング》」は、上半身裸になり、剃りあげたピンク色の頭に、石けんを念入りにこすりつける姿で描かれている。「悪い囚人《ヘフトリング》」は、大きなユダヤ鼻に、緑色の肌を持ち、しみだらけの服を着て、頭に縁なし帽をのせ、洗面器の水に指を一本、おずおずと入れている姿だ。良い囚人の下には「こうすればきれいになる《ゾー・ビスト・ドゥー・ライン》」、悪い囚人の下には「こうしてだめになる《ゾー・ゲースト・ドゥー・アイン》」と書いてある。さらにその下に、ゴシック体のあやしげなフランス語で「清潔は健康の元《ラ・プロプルテ・セ・ラ・サンテ》」とある。

反対側の壁には、白と赤と黒の虱が一匹大きくのさばっていて、「一匹の虱が死を招く《アイン・ラウス・ダイン・トート》」(34)と書いてある。そしてこれにヒントを得て、

便所の後、食事の前《ナハ・デム・アプオルト・フォア・デム・エッセン》には

手を洗え、忘れるな《ヘンデ・ヴァシェン・ニヒト・フェアゲッセン》

という連句が掲げられている。

こうした衛生への警告はゲルマン流のしゃれにすぎない、と私は長い間考えていた。ラーゲルに入った時、ドイツ兵がヘルニア帯をばかにしたのと同じ種類のユーモアだと思っていた。だがあとになって、たぶん無意識にしたのだろうが、このだれか分からない作者は、重要な真理をいくつか言いあてていることが分かった。確かに、よごれ放題の洗面所の汚水で、毎日体を洗っても、健康を保てるほど体がきれいになるわけではない。だが活力がどれだけ残っているか、知る手がかりとしては重要だし、生きのびるための精神的手段としては不可欠なのだ。

告白しておこう。私は閉じこめられてからわずか一週間で、体をきれいにしておく本能を失ってしまった。洗面所へ行ってもただぶらぶらと歩き回っているだけだ。すると私の友人で、五十歳になろうかというシュタインラウフに出くわした。彼は石けんを持っていないのに、上半身裸になり、きれいにならないのもおかまいなしに、首と肩を一生懸命こすっている。私を見つけると、あいさつの言葉を投げて、単刀直入に、なぜ体を洗わないのか、と厳しい口調で問いかけてくる。なぜ体を洗わねばならないのか？　何かが今よりも良くなるのだろうか？　だれかに気に入ってもらえるだろうか？　もう一日、もう一時間、余計に生きられるとでもいうのか？　いや、生きる時間は少なくなる、体を洗うのは労働で、エネルギーとカロリーの浪費だからだ。三十分もしたら、石炭袋をかついで、だれも見分けがつかなくなるのを、彼は分からないのか？　考えれば考えるほど、こんな状態で顔を洗うのは、ばかげた、どうでもいいことに思えてくる。機械的な習慣だ。いや、もっとひどい。死に絶えた儀式のみじめな繰り返しだ。私たちはみな死ぬ、死にかけているのだ。もし起床と労働の間に十分でも時間があったら、私は別のことに使いたい。自分の中に閉じこもって、心の整理をしたり、空を見上げて、たぶんこれが最後の機会だと考えたりする。あるいはただぼうっとして、わずかの無為を味わうぜいたくをする。

だがシュタインラウフは私を黙らせる。体を洗い終えて、丸めて膝の間にはさんであった上着で体をふき、袖を通しながら、理路整然と教訓を垂れてくれる。

今も心が痛むのだが、私は彼の正しく明快な言葉を忘れてしまった。第一次世界大戦の鉄十字章受勲者、オーストリア・ハンガリー帝国軍の元軍曹、シュタインラウフの言葉づかいを忘れてしまった。私の心は痛む。なぜなら、良き兵士がおぼつかないイタリア語で語ってくれた明快な演説を、私の半信半疑の言葉に翻訳しなければならないからだ。だが当時もその後も、その演説の内容は忘れなかった。こんな具合だった。ラーゲルとは人間を動物に変える巨大な機械だ。だからこそ、我々は動物になってはいけない。ここでも生きのびることはできる、だから生きのびる意志を持たねばならない。証拠を持ち帰り、語るためだ。そして生きのびるには、少なくとも文明の形式、枠組、残骸だけでも残すことが大切だ。我々は奴隷で、いかなる権利も奪われ、意のままに危害を加えられ、確実な死にさらされている。だがそれでも一つだけ能力が残っている。だから全力を尽くしてそれを守らねばならない。なぜなら最後のものだからだ。それはつまり同意を拒否する能力のことだ。そこで、我々はもちろん石けんがなく、水がよごれていても、顔を洗い、上着でぬぐわねばならない。また規則に従うためではなく、人間固有の特質と尊厳を守るために、靴に墨を塗らねばならない。そして木靴を引きずるのではなく、体をまっすぐ伸ばして歩かねばならない。プロシア流の規律に敬意を表するのではなく、生き続けるため、死の意志に屈しないためだ。

善意の人シュタインラウフはこんなことを言った。だがこうしたことを聞き慣れていない私の耳には、ひどく奇妙に響いた。理解し、受け入れることができたのは、一部分だけだった。それも、アルプスのこちら側で何世紀も生き抜いてきた、ずっと簡単で、融通がきく、穏やかな原理と中和させなければならなかった。つまり、外国で、他人の手で練り上げられた思想体系を、すべてうのみにしようとすることほどむだなことはない、という考え方だ。そう、シュタインラウフの賢さと徳性は、確かに彼にとっては良いものだ。しかし私には十分とはいえない。この錯綜した死者の世界を前にして、私の考えは混乱をきたしている。ある思想体系を練り上げ実行することが本当に必要なのだろうか？　思想体系を持たないという自覚を得ることのほうが、ずっと有益ではないだろうか？

カー・ベー

毎日がみな同じに思えて、日にちを数えるのさえ容易でない。もう何日目になるのか分からないが、私たちは二人一組になって、線路と倉庫の間を往復している。雪解けの泥の中を百メートルほど歩くのだ。行きは荷物をかつぎ、帰りは腕をだらりとたらして、一言も口をきかない。

あたりのすべてが敵だ。頭上では、意地の悪い雲が次々にやって来て、太陽をさえぎる。いたるところで労苦にあえいでいる鉄の機械は、わびしい雰囲気をかきたてる。その境は見えないのだが、周囲一帯には、鉄条網が私たちを世界から分離しようと、悪意をこめて張り巡らされているのが感じられる。(35)そして足場の上、動いている汽車の上、道路、穴の中、事務所に、人また人がいる。奴隷たちと主人たち。だが、奴隷も主人も同じだ。不安が奴隷を、憎しみが主人を突き動かし、残りの徳性は口をつぐんでいるからだ。みなが敵か競争相手なのだ。

いや、同じ荷につながれている今日の仲間は、実際、敵とも競争相手とも思えない。

その仲間とはヌル・アハツェーンだ。みなはもっぱら彼を、登録番号の下三けたをとって、〇一八《ヌル・アハツェーン》と呼んでいる。名前は人間にしか与えられないものだ。だからもはや人間ではないヌル・アハツェーンには名前はいらない、とみなが了解しているかのようだ。彼自身も自分の名を忘れてしまったに違いない。確かにそんな風に振る舞っている。話をしたり、物を見つめたりする時、心は空っぽだ、という印象を受ける。もはや完全な脱け殻なのだ。糸で石に留められて、池の水辺で風に揺れている、昆虫の脱け殻と同じだ。

　ヌル・アハツェーンはまだ若い。これはひどく危険なことだ。大人よりも労役や絶食に耐えられないから、というだけではない。ここで生き抜くには、全員が敵、という戦いに、昔から慣れている必要があるのだが、若者にはめったにその準備がないからだ。ヌル・アハツェーンは特に体が弱っているわけではない。だがみな彼と働くのをいやがる。あらゆることにひどく無関心で、重労働や殴打を避けたり、食物を探すことにまったく関心がないからだ。彼は命令されたら、すべてを実行する。だから処刑場に送られる時も、同じように、何の関心も示さずに出て行くに違いなかった。

　彼は完全に消耗する前に働くのをやめるという、荷車引きの馬さえ持っている初歩的なずるさを持ちあわせていない。彼は力の許す限り運び、押し、引く。そして何も言わずに、その濁った悲しげな目を地面から上げもせずに、不意に崩れ落ちる。私は最後の最後までそりを引いて死んだ、ジャック・ロンドン[36]のそり引き犬のことを思い出す。

　私たちはみな、何としてでも重労働を避けようとするので、いきおいヌル・アハツェーンが一番働くことになる。このためと、危険な相棒であることから、彼と働きたがるものはいない。そして、力がなくて無器用な私と組みたがるものも同じようにいないから、結局彼と私がひんぱんに組を作るのだ。

また一回荷を降ろして、倉庫から足をひきずりながら戻って来ると、機関車が汽笛を鳴らして道をさえぎる。作業が中断されたことをうれしく思いながら、ヌル・アハツェーンと私はそこに立ち止まり、ぼろに包まれた肩を落として、貨車が目の前をゆっくりと通り過ぎてゆくのを待つ。

……ドイツ帝国鉄道《ドイチェ・ライヒスバーン》。ドイツ帝国鉄道《ドイチェ・ライヒスバーン》。SNCF（フランス国有鉄道）。そして鎌とハンマーの跡が残っている、巨大なロシアの貨車が二輛。ドイツ帝国鉄道《ドイチェ・ライヒスバーン》。そして 馬《カヴァッリ》 八頭、人《ウオーミニ》 が四十人、重量《ターラ》、積載量《ポルタータ》という文字。イタリア語だ。イタリアの貨車だ。……中に乗り込み、隅の石炭袋の下に隠れ、暗闇にじっとうずくまる。飢えや疲れを打ち消すほど力強い、レールのリズムに、飽きることなく耳を傾けながら。やがて時がたてば、汽車は止まり、暖かな大気と、まぐさの匂いが漂ってくることだろう。私は外の陽光の中に出てゆく。そして地面に腹ばいになり、草に顔を埋めて、本で読んだように大地に口づけをする。すると女が通りかかって、「あなたはだれ?」とイタリア語で尋ねてくるだろう。私もイタリア語で説明する。女は理解して、食べ物と寝床を用意してくれるだろう。女は私の言うことを信じないだろうから、入れ墨された番号を見せよう、そうすれば女は分かってくれて……

……おしまいだ。最後の貨車が通り過ぎると、幕が上がるようにして、目の前に景色が開ける。鋳鉄製の軸受けの山の上に、カポーが鞭を持って立ちはだかり、やせこけた仲間たちが組になって行き来しているのが見える。

夢見ることに呪いあれ。目覚めて意識が戻る時が一番つらい。だがめったにないことだし、長続きもしない。私たちは疲れ切った獣でしかないからだ。

私たちはまた山積みの下に行く。ミーシャとガリツィアーノが軸受けを一つ持ちあげ、ぞんざいに肩にのせる。彼らは一番楽な仕事をしているので、それを続けようと、熱心な仕事ぶりをあからさまに見せつける。ぐずぐずしている仲間に声をかけ、励まし、説き伏せ、作業の速度を耐え難いほど早くしている。私はいやな気持ちで一杯になる。だがめぐまれたものがそうでないものを圧迫するのはことの道理だ。それはもう承知している。この人間世界の法則の上にこそ、収容所の社会構造が築かれているのだ。

今度、前を行くのは私の番だ。軸受けは重い上に、ひどく短いので、後ろのヌル・アハツェーンの足が一歩ごとに私の靴を踏みつけてくる。彼は歩調をあわせられない、いや、そんなことは気にしていないのだ。

二十歩ほど歩くと、線路があるが、そこにはまたがねばならない穴がある。荷がきちんとのっていないので、うまく歩けず、肩からずり落ちそうになる。五十歩、六十歩。倉庫の扉だ。まだ同じくらい歩かないと、荷を降ろせない。もうだめだ、これ以上は歩けない、荷はもう腕全体にかかっている。これ以上は痛みと重さに耐えられない。私は叫び声をあげ、振り向こうとする。ちょうどその時、ヌル・アハッツェーンがつまずき、荷を投げ出すのが見えた。もしかつての敏捷さがあったら、後ろに飛び下がれただろう。だが私は地面に倒れ、全身を丸めて傷ついた足をかかえている。痛みで目が見えなくなっている。鋳物の軸受けの側面が私の左足の甲に落ちたのだ。

しばらくの間、苦痛の渦の中にすべてが姿を消している。やがてあたりが見えるようになる。ヌル・アハツェーンが袖に腕を突っこんだまま、身動きもせずにその場に立ち、何も言わずに、私を無表情に見おろしている。ミーシャとガリツィアーノがやって来て、イディッシュ語で話しあいながら、私に何か助言をしてくれる。そしてテンプラーとダヴィッド、次いで残りのものがみな集まってくる。この気分転換を利用して作業をさぼろうとしているのだ。カポーがやって来て、こぶしをふるい、足蹴をくれ、ののしり声をあげて、風に舞うもみがらのように、仲間たちを散らしてしまう。ヌル・アハツェーンは手を鼻に持ってゆき、血に汚れた指を無表情に見ている。私は頭に二度平手打ちをくらうだけだ。それも痛みをそらすための痛くないやつだ。

事件の幕は下りた。何とか立てるところを見ると、骨は折れていないらしい。だがまた痛みだすのが恐いので靴はそのままにしておく。いったん脱いだら、足がふくれて、はけなくなるのは目に見えているからだ。

カポーは山積みの所で働いていたガリツィアーノと私を交代させる。彼はいまいましげに私をにらんで、ヌル・アハツェーンのわきに行く。だがもうイギリス人捕虜が通ったから、すぐに収容所に帰る時

間になるはずだ。(37)

私は何とか早く歩こうとするが、行進にはついてゆけない。カポーはヌル・アハツェーンとフィンダーを指名して、SSの前を通る時まで私を支えるよう命ずる。そしてやっとのことでバラックに入り(幸運なことに今夜は点呼がない)、寝台に体を投げ出して、息をつく。

おそらく行進と暖かさのためだろう、傷ついた足に奇妙な濡れた感覚が湧いてきて、痛みがよみがえってくる。靴を脱いでみると、血だらけで、その血が泥やぼろきれとごっちゃになって固まっている。一月前に見つけて、今日は右、明日は左と、足当て代わりに使っていたぼろきれだ。

今晩、スープのすぐあとに、カー・ベーに行かなければ。

カー・ベーとは診療所《クランケンバウ》の略で、バラックが八棟集まってできている。鉄条網で囲まれて分離されている以外は、他のバラックと作りは同じだ。中にはいつも収容所の十分の一の囚人が入っているが、二週間以上いるものは少ないし、二カ月以上のものは皆無だ。この期間だけ囚人は入所を許され、治るか、死ぬのだ。治りそうなものはカー・ベーで治療を受ける。病気が悪化したものはガス室に送られる。

これもひとえに私たちが「経済的に有用なユダヤ人」に属しているおかげだ。

私はカー・ベーはおろか、診察室にも行ったことがなかったので、すべてが目新しく映る。

診察室は内科と外科に分かれている。扉の前の、風が吹き抜ける暗がりに、黒い人影が、長い列を二つ作って待っている。ほうたいや丸薬だけ必要なもの、診察を受けたいものなど、さまざまだ。中には死相が出ているものもいる。列の先頭のものは、もうはだしになって、中に入る準備を整えている。中に入る順番が近づいてくるにつれて、後ろのものも、人がごったがえす中で、靴をしばっているありあわせのひもや針金を解き、大切な足当てを破かないよう注意してほどく。はだしで必要以上に泥につかりたくないから、早すぎてはいけないし、入る順番をのがさないため、遅すぎてもいけない。それというのも、カー・ベーに靴のまま入るのが厳しく禁じられているからだ。禁令を守らせているのは背の高いフランス人の囚人《ヘフトリング》で、診察室の二つの扉の間にある見張り台に陣取っている。この男は収容所には数少ない、フランス人職員の一人だ。泥だらけのぼろ靴に囲まれて一日を過ごすのが、つまらない特権だ、などと考えてはいけない。靴を持ってカー・ベーに入るものが何人いるか、もう靴を必要とせずに出てゆくものが何人いるか、考えるだけで十分だ……

自分の番がきた時、私は奇跡的にも、靴とぼろきれを両方ともなくさずにうまく脱ぐことができた。しかも飯盒や手袋は盗まれなかったし、それに加えて、バラックには絶対にかぶったまま入れない縁なし帽を手に持ったまま、バランスを崩しもしなかったのだ。

靴を靴置き場に置いて、預かり証を受け取る。そして置き去りにしてはおけないから、みすぼらしい全財産を腕にかかえ、はだしで、足を引きずりながら、やっとのことで中に入り、診察室に続く新たな列に加わる。

この列のものは次々に服を脱いでゆく。先頭になる頃、看護人がわきの下に体温計をはさむので、裸でなければならないのだ。もし服を着ていると、順番を失って、最後尾に戻される。疥癬だったり、歯が痛いだけでも、みな同じように体温計をはさまなければならない。

こうすれば、重い病気にかかっていないものが、気まぐれをおこして、このこみいった儀式に参加してくることもないわけだ。

やっと私の番が来る。医師の前に進むことが許され、看護人が体温計を取って、こう告げる。「番号《ヌンマー》一七四五一七、熱なし《カイン・フィーバー》」念入りな診療は必要ない。すぐにArztvormelder《アールツトフォアメルダー》と宣告される。どんな意味だか分からない。もちろんここは説明を求める場ではないから、外に追い出される。私は靴を取り戻して、バラックに帰る。

ハイームは私を祝福してくれる。うまい具合のけがだ。危険はないし、かなりの間休める。今夜はいつもと同じようにバラックで眠るのだが、明日の朝は、本診療のため作業を休んで、医師のもとに行かねばならない。これがアールツトフォアメルダーの意味だ。ハイームはこうしたことに詳しく、おそらく明日、私はカー・ベー入りを認められるだろう、と考えている。ハイームは私が盲目的な信頼を寄せている寝台仲間だ。彼はポーランド系の敬虔なユダヤ人で、律法[38]の研究者だ。私とほぼ同年代で、時計工だったが、ここ、ブナでは、精密機械工をしている。つまり彼は自分にあった仕事をして、人間らしい品位と自己への確信を保っている、数少ない一人なのだ。

言った通りだった。目を覚まし、パンを食べると、私は同じバラックの別の三人と外に呼び出された。点呼広場の片隅に連れて行かれると、そこには長い列ができていて、今日の要診察者《アールツトフォアメルダー》が全員そろっていた。すると一人の男がやって来て、私の飯盒、スプーン、縁なし帽、手袋を持って行ってしまった。

みなは笑った。隠しておくか、だれかに預けるか、さもなくば、売ってしまうんだ。[39] カー・ベーには持ち込めないのを、知らないのか？　それから私の番号を見て、首を横に振る。こんなに番号の多いやつじゃ、ばかなことをするのも当然だ。

それから私たちは点呼を受け、寒い戸外で服と靴を脱がされ、また点呼を受け、ひげと髪と体毛を剃られ、再度点呼を受けて、シャワーを浴びさせられた。するとSSが一人やって来て、つまらなそうに私たちを眺め、大きな水瘤[40]のある男の前で立ち止まり、その男を脇にのけた。そうしてからまた点呼をかけ、まだ初めのシャワーに濡れていて、熱で震えているものもいるのに、もう一度シャワーを浴びさせた。

そしてやっと本診察の準備が整った。窓の外には白い空が見え、太陽も時々顔をのぞかせていた。この国では、油煙ガラスを透かして見るように、雲ごしに太陽を見つめられるのだ。その位置からすると、十四時過ぎだろう。もうスープもさよならだ。私たちは立ちづめで十時間、裸のままで六時間もいるのだ。

この二度目の診察も驚くほど短い。医師は（私たちと同じ縞の服を着て、その上に白衣をまとい、番号を縫いつけている。体は私たちよりずっと太っている）ふくれあがって血を流している私の足を見て、手で触れる。私は苦痛の叫び声をあげるが、医師はこう言う。「Aufgenommen《アウフゲノメン》、第二十三ブロック」私は口をぽかんと開けてその場に居残り、次の指令を待つが、だれかが私を荒々しく後ろにひきずり、裸の肩にマントを投げつけ、サンダルを差し出し、外へ突き出す。

百メートルほど先に第二十三ブロックがあり、Schonungsblock《ショーヌングスブロック》(41)と書いてある。一体どんな意味だろうか？　中に入ると、私はマントとサンダルを脱ぎ、また裸になって、裸の骸骨の最後尾につく。今日の収容者たちだ。

かなり前から、私は理解しようとするのをやめていた。未治療の傷ついた足で立っているには体が疲れすぎていたし、ひどく空腹で、寒気もするので、何ごとにも興味が持てないのだ。これが生涯の最後の日で、この部屋がみなの言うガス室であっても、私に何ができようか？　壁によりかかり、目を閉じて、待っていても同じことだ。

隣にいる男はユダヤ人ではないだろう。割礼は施されておらず、栄養はいいし、非ユダヤ系ポーランド人に特有の、真っ白な肌と、たくましい体と、いかつい顔を見せているからだ（これは私が今までに学んだわずかなことの一つだ）。その男は私より頭一つほど背が高いのだが、飢えに苦しめられていないものだけが見せる、かなり親切そうな顔つきをしている。

いつ中に入れてくれるのか、私はためしにその男に訊いてみる。男は片隅でたばこをふかしている、双子のようによく似た看護人を振り返り、言葉をかわして、何も答えずに一緒に笑う。まるで私など存在しないかのようだ。それからその一人が私の腕をとって番号を調べ、前よりずっと大きな声で笑う。十七万四千番台がイタリアのユダヤ人を示すことはみな承知している。あの有名なイタリアのユダヤ人だ。二カ月前にやって来たが、みんな弁護士で、先生様で、百人もいたのに、今じゃ四十人ほどしかいない。働くやり方を知らない連中で、パンは盗まれるし、朝から晩まで殴られっぱなしだ。ドイツ人は

「無器用な奴ら《ツヴァイ・リンケ・ヘンデ》」と言っているし、イディッシュ語を話せないので、ポーランドのユダヤ人にまでばかにされている。

看護人は、まるで解剖室の死体を扱うかのように、私の肋骨を相手に示す。そしてむくんだまぶたや頬、細い首を指し、かがんで、脛骨の上を人差し指で押し、青白い肉に、まるでろうのように、深いくぼみが残るのを示す。

ポーランド人に言葉をかけなければよかった。私は一生のうちで、これほどひどい侮辱を受けたことはない。看護人は、私には訳が分からないので、よけい恐ろしく聞こえるポーランド語をしゃべりながら、実地教育を続けていたが、やがて終えたらしい。私のほうを向いて、たどたどしいドイツ語で、慈悲深くも、結論を述べてくれる。「おまえはだめだ、ユダ公《ドゥー・ユーデ・カプット》。すぐにかまど行きだ、おしまいだ《ドゥー・シュネル・クレマトーリウム・フェルティヒ》」

しばらくすると、収容者はようやく編入を許され、シャツを与えられ、カードに登録される。私はいつものようにしんがりだ。まばゆいほど真新しい縞服を着た男が、どこで生まれたか、「市民としての」職業は、子供はいるか、病歴は、などと、山ほどの質問をしてくる。一体何の役に立つのか？　人を愚弄する手のこんだ演出なのだ。これが病院だろうか？　裸のまま立たせて、質問だけするなんて。

やっと私にも扉が開かれ、寝所に入ることができる。

どこでも同じだが、ここでも、バラック全体に三段作りの寝台が三列に作られ、狭苦しい通路が二本、間を分けている。寝台は百五十、病人は二百五十人ほどだ。だからほとんどの寝台に二人寝ることになる。最上段の寝台の病人は天井に押しつぶされて、座ることもできない。彼らは身を乗り出して、今日の新参者を興味深げに眺めている。一日で最も面白い時間だ。だれかしら知りあいがいるからだ。私は第十寝台に割りあてられた。奇跡だ！　だれもいない。私は喜々として横になる。収容所に入ってから寝台を独り占めできるのはこれが初めてだ。空腹にもかかわらず、私は十分もたたないうちに寝入ってしまう。

　カー・ベーの生活は辺獄[訳注6]の生活だ。飢えと傷の痛みを別にすれば、物質的な不自由は比較的少ない。寒くはないし、作業もない。大きな失敗でもしない限り、殴られることもない。

　病人の起床も同じく四時だ。ベッドを作り直し、顔を洗わねばならない。だがあわてる必要はないし、いいかげんにしても注意されない。五時半にパンの配給があるが、ゆったりと横になって、心ゆくまで薄く切って食べられる。それから正午のスープの配給まで、眠り直せる。十六時頃までは昼寝《ミッタークスルーエ》の時間だ。この時にはよく診察と治療がある。寝台を降りて、シャツを脱ぎ、医師の前に列を作らねばならない。夕食もベッドの中で配給される。その後、二十一時に、おおいのかかった夜衛の携帯灯を除いて、灯がすべて消され、沈黙が訪れる。

　……無から目覚めること、深い眠りに落ちた私を起床の合図がとらえることは、収容所に入って以来、初めてのことだ。パンの配給の時、暗い窓の外から、楽隊が音楽を奏し始めるのが遠く聞こえる。健康な仲間たちが隊伍を組んで作業に行くのだ。

カー・ベーでは音楽はよく聞こえない。大太鼓とシンバルのリズムは絶え間なく単調に響いてくるが、メロディは、気まぐれな風に流されて、このリズムを時々しかなぞれない。私たちはベッドでお互いに顔を見合わす。これが地獄の音楽であることをみなが感じているからだ。

曲の種類は少ない。一ダースほどだ。朝と晩、毎日同じ曲が演奏される。ドイツ人にはみなおなじみのマーチや流行歌だ。私たちの頭にはこうした音楽が深く刻みこまれている。ラーゲルのことで、どうしても忘れられない最後のものになるだろう。これはラーゲルの冷徹な狂気を聞きとれるように表現した、ラーゲルの声だ。私たちの人間性をまず破壊し、次いで肉体を徐々にむさぼろうとする他者の決意を示す声なのだ。

この音楽が聞こえ出すと、霧の深い広場で、仲間たちが、自動人形のように行進し始めるのが分かる。彼らの魂は死んでいる。だから風が枯れ葉を舞わすように、音楽が彼らをせき立て、意志の代役を務めるのだ。彼らには意志がない。鼓動の一つ一つが一歩になる。たるんだ筋肉が反射的に収縮するのだ。ドイツ人たちはこうすることに成功した。囚人は一万人ほどいるが、一つの灰色の機械にすぎない。彼らは完全にその通りになった。何も考えず、何も望まず、ただ歩くだけだ。

行き帰りの行進にはSSが必ずつきそう。霧の中から[42]続々と現われては、霧の中に消えてゆく部隊、この息絶えた人間たちの舞踏、この望み通りの振りつけに、彼らが立ちあわないことなどありえようか? 彼らの勝利をこれ以上具体的に証明するものがほかにあるだろうか?

この行き帰りの行進が、切れ目のないリズムによる催眠術であり、思考を殺し、苦痛を和らげることは、カー・ベーにいる囚人たちも承知している。彼らも今までそれを経験したし、これからも体験するからだ。だがこの音楽が何であったか、ドイツ人がどれだけよく考えて、この恐ろしいリズムを作りだしたか、理解するには、魔法から脱け出し、外から聞く必要がある。つまりかつてカー・ベーで機会を得たように、そして解放され、普通の生活に復帰した今のように、そのリズムに支配されず、影響をこうむることなく、考え直す必要があるのだ。なぜなら、これを書いている今でさえ、あの何の罪もない歌が、一つでも記憶によみがえれば、血管に血が凍りつくからだ。そしてアウシュヴィッツから帰ってきたことは、決して小さな冒険ではなかった、と今さらのように思い知るからだ。

隣の寝台には人が二人寝ている。二人は夜も昼も、魚座の魚のように、相手の足を頭の脇に見ながら互い違いになり、肌をぴたりと寄せ合って横になっている。

一人はヴァルテル・ボンという、教養のある、礼儀正しいオランダ人だ。私にパン切りナイフがないのを見て、ナイフを貸してくれ、パンの配給半分で買わないか、ともちかけてくる。私は値段をかけあって、やめる。カー・ベーにはいつも貸してくれるものがいるし、外では配給の三分の一で買えるからだ。だからといって、ヴァルテルは不親切になるわけではない。お昼にスープを飲むと、スプーンを舌でなめ、自然な態度で貸してくれる（貸す前にこうするのは良い習慣だ。スプーンはきれいになるし、くっついているスープもむだにならないからだ）。

「ヴァルテル、きみの病気はなんだい？」「衰弱さ《ケルバーシュヴェッヘ》」一番よくない病気だ。治ることがないから、この診断でカー・ベーに入るのはとても危険だ。もし足首に、作業に出られないほどのできものができなかったら（私に見せてくれる）、用心して中に入らなかっただろう。

だが私はこの種の危険があることに、まだ半信半疑だ。みなこれを遠回しにほのめかすのだが、いざ質問をすると、私を見つめて黙ってしまう。

それではみなが言っている、選別、ガス室、焼却炉とは事実なのだろうか？

焼却炉だと。ヴァルテルの隣の男が不意に目を覚まし、起き上がって座り直す。焼却炉の話をしているやつはだれだ？　何が起きたんだ？　眠っているものをそっとしておけないのか？　男は頬のこけた、人の好さそうな顔つきの、白皮症《アルビノ》の、ポーランド系ユダヤ人だ。シュムレクという金属工で、もう若いとは言えない。ヴァルテルは彼に手短に説明する。

すると「そのイタリア人《デア・イタレイナー》」は選別を信じないわけか？　シュムレクはドイツ語を話したいのだが、イディッシュ語になってしまう。私はかろうじて理解する、それも彼が分からせようとしてくれるからだ。シュムレクはヴァルテルに黙るよう合図をする。私を納得させるのは彼の役目だ。

「番号を見せてみろ。一七四五一七か。この番号のつけ方はアウシュヴィッツとその周辺の収容所に適用されているもので、一年半前から始まっている。このブナ・モノヴィッツには今一万人いる。アウシュヴィッツとビルケナウには三万人ぐらいいるだろう。[43]　残りはどこに行ったんだ？《ヴォー・ジント・ディー・アンデレ》」

「別の収容所に移されたのでは……」私はこう言ってみる。シュムレクは首を横に振り、ヴァルテルを振り返って言う。「分かろうとしないんだ《エア・ヴィル・ニッヒ・フェアシュタイエン》」

だが運命がすぐに理解を促してくれた。そしてその代償を支払ったのは、ほかならぬシュムレクだった。夕方、バラックの扉が開き、「気をつけ《アハトゥング》」という叫び声が響くと、ざわめきが止んで、部屋は不意に静まり返った。

するとSSが二人入って来た（その一人は階級章をたくさんつけている、将校だろうか?）。二人の足音がバラック中に響きわたる。まるでだれもいないがらんどうの建物のようだ。二人は医師長と話しあう。医師長は記録簿を見せて、あちこちを指さしている。将校は手帳にメモをとる。シュムレクは私の膝にふれる。「注意しろ《パス・アウフ》、注意しろ《パス・アウフ》」

将校は医師を従えて、無言のまま、興味なさそうに寝台の間を歩く。そして手にした小さな鞭で、上段のとある寝台から垂れていた上掛けの端をピシッと叩く。その病人はあわてて上掛けを直す。将校は別の寝台に移ってゆく。

顔が黄色く変わった男がいた。将校はその男の上掛けをはぎ取り、びっくりして震えている男の腹を手で探って、「よし《グート》、よし《グート》」と言い、別の寝台に移る。

そしてシュムレクに目を止める。将校は手帳を引っぱり出すと、ベッドの番号と入れ墨の番号を確かめる。私は高いところからすべてをはっきりと見ていた。将校はシュムレクの番号の脇に×印をつけたのだ。そして他の寝台へ移っていった。

私はシュムレクを振り返ったが、彼の背後にヴァルテルの目を見て、何も言えなくなった。

翌日、いつもだったら治った患者のグループだけが外に出るのに、この日はもう一つ対照的なグループが出て行った。第一のグループは、丸坊主にされ、ひげを剃られ、シャワーを浴びさせられた。第二のグループは、ひげは伸びたままで、治療は受けず、シャワーも浴びないで、そのまま出て行った。第二のグループにあいさつを送ったり、健康な仲間あての伝言を託するものはいなかった。

そしてその中にシュムレクが入っていた。

この機械装置もなければ、怒りも湧かない、整然とした、節度ある方法が用いられることによって、カー・ベーでは毎日虐殺が行われ、だれかが犠牲になっていた。シュムレクは出発の際、私にスプーンとナイフを残してくれた。ヴァルテルと私は目を見あわすことを避け、長い間口をつぐんでいた。するとヴァルテルは、どうやったらパンの配給を長い間もたせられるか知っているか、と話しかけてきて、普通はパンの長い側にナイフを入れて、最も大きな片を切りとるようにする、そうすればマーガリンが塗りやすい、と教えてくれる。

ヴァルテルは多くのことを教えてくれる。Schonungsblock《ショーヌングスブロック》とは休息バラックの意味で、ここには、軽い病気のもの、回復期にあるもの、治療の必要がないものだけが入る。また、重症、軽症を含めて、少なくとも五十人ほどの赤痢患者がいる。

赤痢患者は三日ごとに検診を受ける。その時は廊下に長い列を作る。列の端にはブリキの容器が二つあり、看護人が記録簿と時計と鉛筆を持って控えている。患者は二人同時に進み出て、下痢が続いていることを、その場ですぐに見せなければならない。そのためにちょうど一分間だけ時間が与えられる。その後、結果を看護人に示し、検査と判定を受ける。専用の桶で素早く容器を洗うと、次の二人があとを引き継ぐ。

列の中には、あと十分か二十分ほど貴重な証拠を我慢しようと、苦しみに身をよじっているものがいる。またその時ちょうど手持ちがなくて、筋肉や筋を引き締め、正反対の努力をしているものもいる。看護人は鉛筆を嚙み、片目を時計に、もう一方の目を次々に差し出される見本に向けながら、興味なさそうに立ち会っている。疑わしい時は、容器を持って立ち上がり、医師に見せに行く。

……私に会いに来たものがいる。ローマ出身のピエーロ・ソンニーノだ。「おれがどうやってだまくらかしてやったか見たかい？」ピエーロは軽い腸炎になって二十日間ここにいるのだが、居心地は良く、体が休まるので、太ってきている。彼は選別など少しも気にせずに、冬が終わるまで、どんなことをしてでもカー・ベーに残ろうと決心していた。彼のやり方は、成功が見込めそうな本当の赤痢患者のあとにくっついて並ぶというものだった。自分の番が来ると、彼は協力を頼み（パンかスープでお返しをしなくてはならない）、協力が得られたら、看護人が注意をそらした時を狙って、人ごみの中で容器をすり換え、細工は終わる。ピエーロはこれがどれだけ危ない綱渡りかよく知っていたが、今まではいつもうまくいっていた。

だが決定的とも言える選別の瞬間や、赤痢や虱の検査の時の異様な逸話や、さまざまな病気も、カー・べーの本来の生活とは関係ない。

カー・べーとはラーゲルから肉体的不自由を除いたものなのだ。それゆえ、まだ意識の核を失っていないものは、ここでまた意識を取り戻す。つまり、労働のない日々が長々と続くと、飢えや労働以外のことが話題になり、何とみじめな状態にいることか、どれだけのものが奪われたか、この生活は何とひどいことか、などと考えてしまうのだ。カー・べーで束の間の平安を味わって、私たちははっきりと学ぶことができた。人の人格は崩れやすい、特にここでは、命よりもずっとあやうい状態にさらされている、と。古代の賢人たちが、「死がいつかやって来ることを忘れるな」とさとす代わりに、目の前にあるこのより大きな危険を思い出させてくれたらよかったと思う。もしラーゲルから自由な人にこっそりと伝言を伝えられるなら、それはこんな言葉になっただろう。ラーゲルで私たちになされたしうちを、自分の家では決してしてはならない、と。

働いている時は、苦しいから考える暇がない。家のことはちっとも記憶に浮かんでこない。だがここでは時間が自由に使える。私たちは禁令を犯して寝台から寝台へ訪問し合い、果てしなくおしゃべりをする。病気に苦しむ人間をぎっしりと詰めこんだ木のバラックは、言葉と、思い出と、また別の苦しみに満たされている。Heimweh《ハイムヴェー》、ドイツ語ではこの苦しみをこう呼ぶ。何と美しい言葉だろう。懐郷病《ホームシック》の意味だ。

私たちは自分がやって来た場所を知っている。外の世界の思い出は、眠れない時も、眠っている時も、ふんだんに湧き出てくる。何も忘れていないことに気づいて、私たちはびっくりしてしまう。よみがえった思い出は、目の前に苦痛なほど鮮やかに浮かび上がるからだ。

だが自分がどうなるのか、だれも知らない。病気に打ち勝ち、選別を逃れ、体をむしばむ労働と飢えに耐え抜けるかもしれない。だがその後は？　このカー・ベーに入って、ののしり声と殴打から一時的に解放されると、私たちは自分の内側に入り込んで、ものを考えてしまう。すると、もう戻れないことがはっきりする。私たちは封印された貨車でここまで連れてこられた。そして女たちや子供たちが無に向かって旅立って行ったのを見た。そして自分たちは奴隷にされ、何百回となく無言の労働へと行進を繰り返した。だが、無名の死がやって来る前に、もう心は死んでいるのだ。私たちはもう帰れない。ここから外に出られるものはだれ一人としていない。(44) なぜなら一人でも外に出たら、人間が魂を持っているにもかかわらず、アウシュヴィッツでは、少しも人間らしい振る舞いができなかったという、ひどく悪い知らせが、肉に刻印された入れ墨とともに、外の世界に持ち出されてしまうからだ。

カー・ベーに二十日間いると、実際に傷口がふさがったので、ひどく残念だが、私は外に出された。その追い出される儀式自体は単純なのだが、そのあとには、つらくて危険な再調整の期間が控えている。カー・ベーを出ても、特別なうしろだてがなければ、以前のブロックや以前のコマンドーには戻れない。何か訳の分からない基準があって、別のバラックの別の作業にふりむけられるのだ。おまけにカー・ベーからは裸で放り出される。「新しい」服と靴はもらえるのだが（つまり入った時と違う服と靴のことだ）、体にあわせるためには、素早く、まめに立ち働く必要がある。それには労力と支出が伴う。そして何よりもまずスプーンとナイフを手に入れねばならない。それから、結局これが一番の問題なのだが、知らない環境に入りこまねばならない。それは、顔も見たことのない敵意に満ちた仲間に取り囲まれること、性格の分からない主人に仕えることを意味するから、身を守るのが難しくなるのだ。

だがまったく絶望的な状況にあっても、殻を分泌し[45]、周囲に薄い防御膜をめぐらして、避難所を作りあげる人間の能力には、目を見はるものがあり、さらに研究を深める価値がありそうだ。これこそが、あの計り知れない価値を持つ、適応作用である。その一部分は無意識のうちに受動的になされるのだが、一部分は積極的な行為を必要とする。たとえば、夜に靴を下げるための釘を寝台の柱に打ちつけることや、無言のうちに隣人と不可侵条約を結ぶことや、あるコマンドー、あるブロックの規則と習慣をすぐに感知し、受け入れること、などだ。こうした努力を積み重ねて数週間もすると、ある種の均衡が得られて、予期せぬことに出くわしてもある程度の自信を持つことができる。つまり巣ができて、植え替えの傷がいえるのだ。

だがカー・ベーを出るものは、裸だし、きまって回復も十分でないから、宇宙空間の闇と寒気の中に放り出されたような気になる。ズボンはずり落ちてくるし、靴は痛いし、シャツにはボタンがない。温かな思いやりを求めても、背を向けられるだけだ。赤子のように無防備で傷つきやすいのだが、次の朝には作業に出ねばならないのだ。

看護人が、あらかじめ決められているさまざまな管理上の儀式を終えて、私を第四十五ブロックの棟長《ブロックエルテスター》(46)にゆだねた時、私もこうした状態にあった。だがある考えがひらめいて、私はすぐに有頂天になった。運がいいぞ、これはアルベルトがいるブロックだ！

アルベルトは私の親友だ。二つ歳下の二十二歳なのだが、私たちイタリア人の中で彼ほど適応能力を見せたものはいない。彼は堂々と顔を上げてラーゲルに入り、傷も負わず、堕落もせずに生きのびている。ここでの生活は戦争だ、と彼はだれよりも早く理解した。従って彼は自分を甘やかしたり、ぐちをこぼしたり、嘆いたりして時間をむだにすることなく、第一日目から戦いを始めた。彼を支えているのは知性と本能だ。彼は筋道立ったものの考え方をするのだが、時には論理的におかしな考え方をして正しい答えを出す場合もある。彼は一瞬のうちにすべてを理解する。片言のフランス語しか知らないのに、ドイツ語やポーランド語で言われたことが分かるのだ。イタリア語と手まねで答えを返し、相手にも分からせてすぐに仲よくなる。もちろん生きのびるために戦っているのだが、それでもみなの友達だ。だれを買収すべきか、だれを避けるべきか、だれに同情していいか、だれに抵抗すべきか、彼は「よく心得ている」。

だが彼は陰険な人間になったわけではない（この美点のため、私は今でも彼を身近に、なつかしく思い出す）。私はいつも、彼という人物に、まれにしかいない、強くやさしい男の典型を見てきた。彼には夜の武器もほこを収めてしまうのだった[47]。

だが私は彼と寝台をともにできなかった。そして、第四十五ブロックではかなりの人気を得ていた彼も、そうできなかった。これは残念なことだった。なぜなら信頼が置けたり、少なくともお互いに理解しあえる寝台仲間を持つことは、計り知れない利益をもたらすからだ。それに今は冬で、夜は長いし、おまけに七十センチ幅の寝台で、同じ上掛けをかぶって、汗と体臭と体熱をやりとりしなければならないのだから、友であるのにこしたことはないのだ。

冬は夜が長いから、睡眠時間はかなり長く決められている。
やかましかったブロックも今では少しずつ静かになってきている。夕方の配給はもう一時間も前に終わっていたから、額にしわを寄せて、ランプの下で飯盒を小刻みに回しながら、もうぴかぴかになった底をしつこくひっかいているのは、何人かの強情っぱりだけだ。カルドス技師は寝台を回って、足の傷口や、化膿した水ぶくれを治療している。これが彼の商売だ。汚れた傷口から一歩ごとに血がにじんできて、それが一日中続く責め苦が和らげられるのなら、一きれのパンを惜しむものはいない。だからカルドス技師は、こうしたまっとうな方法で、生きのびる問題を解決している、というわけだ。

うしろの小扉から、あたりをきょろきょろ見回しながら、吟遊詩人がこっそりと入ってくる。彼がヴァフスマンの寝台に腰をおろすと、すぐに小さな輪ができる。みな静かに耳を澄ましている。吟遊詩人はイディッシュ語でラプソディを次から次へと歌う。いつも同じ、韻を踏んだ四行詩で、胸にしみ通るような、諦念に満ちた憂愁にあふれている（あの時、あの場所で聞いたから、そう思ってしまったのかもしれない）。知っているわずかの言葉からすると、自分で作った歌らしい。ラーゲルの生活が、ごくささいなことまですべて盛り込まれている。きまえのいい聴衆は、一つまみのたばこや縫い糸でお礼をする。だが残りのものたちは熱心に耳を澄ますだけで、何も施そうとしない。

そんな時に不意に、一日の最後の仕事を呼びかける鐘の音が響く。「靴のこわれているものはいるか？《ヴェア・ハット・カプット・ディー・シューエ》」すると交換を求める四、五十人がいっせいに大きな音を響かせて、必死の勢いで「昼の居室《ターゲスラウム》」になだれこむ。せいぜい良くても、最初の十人しか満足が得られないのをよく知っているのだ。

それからあとは静かになる。やがて灯が数秒間消える。貴重な針と糸をしまうよう、仕立て屋に警告しているのだ。次いで遠くで鐘が鳴り、夜衛が位置について、灯がすべて消される。あとは服を脱いで、横になるしかない。

私は寝台の相棒がだれだか知らない。いつも同じ人物だったかも定かでない。というのも、起床でごたごたする時に、ほんの一瞬顔を見るだけだから、背中や足のほうがよく分かる、といった具合なのだ。彼は私のコマンドーにはいないし、あたりが静まる時になってようやく寝台に戻って来るだけだからだ。上掛けにくるまり、骨ばった腰で一撃して私を脇に押しのけると、背を向けてすぐにいびきをかき始める。私は背中あわせになって、わらぶとんの適当な面積をかち取ろうと努める。まず相手の腰に腰をあてがって押し返そうとする。それから反対向きになり、膝で押し戻そうとする。さらには相手の足首をつかんで、足が顔の横にこないように、もう少し離そうと努める。だがみなむだだ。相手は私よりずっと重く、眠っているため、石のようだ。

そこで私は木の縁に体を半分はみ出させ、身動きもできないまま、なんとか横になる。だがくたくたに疲れているから、自分もすぐに眠りにすべりこんでしまう。まるで線路の上で寝ているような眠りだ。

汽車は到着するところだ。機関車がシュッシュッとあえぐ音が聞こえる。だがそれは私の隣人のいびきの音だ。私は機関車が二つあることに気づかないほど眠りこんではいない。これは今日荷降ろしをした貨車を、ブナに牽引してきた、あの機関車だ。今も黒い脇腹から熱の放射が感じとれるので、それと分かるのだ。私たちの脇を通り過ぎた時とまったく同じだ。機関車は息を吐いて、どんどん近づいてくる。だが近くまでやって来そうで、やって来ない。私のこの眠りはとても薄くて、ベールのようだ。望むなら、簡単に引き裂ける。そうしようか？　そうしたい。レールから離れられるだろうから。さて、私は思い通りにした。もう目が覚めている。だが完全ではない。少しだけだ。意識と無意識との間の階段を一段登っただけだ。まぶたは閉じたままだ。開けたくない。眠りを逃さないためだ。だが音は聞こえる。あの遠い汽笛は確かに本物だ。夢に見た機関車が鳴らしたものではなく、現実に鳴り響いたのだ。夜間作業中の作業場から聞こえてくるドゥコーヴィル型鉄道[48]の汽笛だ。長い音が力強く鳴り、次に半音低い音、最後に初めの音が短く響いて途中で切れる。この汽笛はある意味では本質的とも言えそうな深い意味を持っている。なぜなら収容所にいたり、作業中に苦痛を味わう時はいつでも、この汽笛が鳴っていたので、それが苦しみの象徴になってしまい、ある特定の音楽や匂いを感じとる時のように、そうした苦しみの光景をありありと浮かび上がらせる力を持ってしまったからだ。

　そこには妹と、だれだか分からないが、私の友人と、ほかに人がたくさんいる。みな私の話を聞いている。私はちょうどこの汽笛のことを話している。三つの音色の汽笛、硬い寝床、押しのけたいのだが、私よりも強いから、恐くて起こせない隣人のこと、また激しい飢え、虱の検査、私の鼻をなぐって、鼻血を洗いに行かせたカポーのことなどを、あますことなく語る。自分の家にいて、親しい人々に囲まれ、話すことがたくさんあるのは、何とも形容し難い、強烈で、肉体的な喜びだ。だがだれも話を聞いていないのに気づかないわけにはいかない。それどころか、まったく無関心なのだ。私など存在しないかのように、自分たちだけで、ほかのことをがやがやとしゃべっている。妹は私を見て、立ち上がり、何も言わずに出てゆく。

すると心の中にひどく心細い悲しみが湧いてくる。それは幼い時に味わった、ほとんど記憶に残らないような悲しみに似ている。それは外部の事情や現実を意識する以前の、純粋状態での悲しみだ。子供が訳もなく泣き出してしまう時の悲しみだ。どうも、もう一度水面に浮かび上がるほうがよさそうだ。だが今回は慎重に目を開く。実際に目覚めているという保証を得るためだ。

夢はまだ生々しく残っている。目は覚めているが、夢の不安がまだ私を責めさいなんでいる。すると、この夢は普通の夢ではない、ここに入った時から、状況や細部がわずかに変わるだけで、一度ならず、何度も見ていることが思い浮かんでくる。私の頭ははっきりしてくる。そしてアルベルトにもこの話をしたのを思い出す。すると驚いたことに、彼は、自分の夢も同じだ、ほかにもそうした人はたくさんいるから、おそらく全員の夢がそうなのだ、と教えてくれた。なぜこんなことが起こるのだろう？　なぜ毎日の苦しみが、夢の中で、こうも規則的に、話しても聞いてもらえないという、いつも繰り返される光景に翻訳されるのだろうか？

……こんなことを考えながらも、私は目覚めの時を利用して、先ほどのまどろみで味わった不安の切れはしを体からふり落とし、次の眠りを安らかなものにしようと努める。私は暗闇に座り直し、あたりを見回して、耳を澄ます。

寝息といびきが聞こえてくる。寝言を言ったり、うめいたりしているものもいる。顎を上下させ、舌を鳴らしているものも多い。食事の夢を見ているのだ。これもみなが見る夢だ。タンタロス[49]の神話を作ったものが知っていたに違いない、残酷な夢だ。食べ物は見えるだけでなく、はっきりとした、具体的な手ざわりと、強烈で豊かな匂いまである。それは唇に触れるまでに近づくのだが、そのたびにいつも違う事情ができて、口に入ることがないのだ。夢はその時点で砕け、いくつかの断片に分かれる。ところが、すぐに組み合わさって、少し違うだけの同じ光景がまた繰り返される。私たちは全員、眠りが続く限り、毎晩、こうした夢を絶え間なく見るのだ。

もう二十三時も過ぎたのだろう。夜衛のそばにあるバケツへの往来が激しくなっている。これは猥褻な責め苦で、ぬぐいえない恥辱をもたらす。私たちは二、三時間おきに起き上がって、昼間、飢えをいやすために、スープの形で吸収せざるをえなかった、大量の水分を排泄せねばならない。夕方になるとまぶたや足首をむくませて、全員の顔を、ふくれ上がった同じような顔に変え、放出の際、腰に重い負担をかける、あの水分だ。

ただバケツに列を作る、というだけのことではない。バケツを最後に使ったものが、便所に空けに行くのが規則なのだ。また、夜、バラックから出る時は、シャツとパンツの夜間着姿で、夜衛に番号を告げる、というのも規則だ。だから、当然の結果として、夜衛は、自分の友人や、同国人や、名士[50]を任務から除外しようとする。それに加えて、古参の囚人は感覚をとぎすましているから、寝台にいても、バケツの壁にあたる音を聞くだけで、水面が危険な限界に達しているかどうか、奇跡のように聞き分けることができ、ほとんどいつも空けに行くのを逃れられる。だからバケツの仕事の候補者は、どのバラックでもかなり限られている。ところが、捨てるべき量は全体で少なくとも二百リットルはあるから、バケツ二十杯分が空けられねばならない。
したがって、毎夜、必要にせまられてバケツを使う時、未熟で特権のない私たちは、かなり大きな危険を冒すことになる。夜衛が不意に片隅から飛び出してきて私たちをつかまえ、番号を走り書きし、木のサンダルとバケツを押しつけ、寝ぼけまなこで震えている私たちを雪の積もる外に放り出すのだ。裸のももにバケツの不快な温かみを感じながら、便所に体をひきずってゆくのは、私たちの役目だ。バケツは適当な限界などとっくに超えているから、揺れれば、中身が足にこぼれかかるのは避けられない。そこで、この仕事がひどく不快であるだけに、夜衛にとっては、自分の仲間よりも私たちに命じるほうが好都合なのだ。

こうして私たちの夜はずるずると過ぎてゆく。タンタロスの夢や、話を聞いてもらえない夢は、はっきりしない光景がもつれあう中に時々はさまってくるだけだ。飢え、殴打、寒さ、労苦、恐怖、すし詰め生活など、昼に味わった苦痛が、夜に形のない悪夢に変わり、恐ろしい勢いで荒れ狂う。自由人の生活では、熱にうなされた夜にしか見ないような悪夢だ。怒気を含んだ声が知らない言葉で命令を叫んでいるような気がして、恐ろしさのあまり冷や汗が流れ、四肢がびくっと震え、何度も目を覚ましてしまう。また木の床を素足で踏み、バケツに列を作る音が、また別の象徴的な行列の夢を作り出す。私たちはみな、同じ灰色の服を着ている。体は蟻のように小さいかと思えば、星に届くまで大きくなる。平原の地平線の彼方まで、体を寄せあって数限りなくひしめきあっているのだ。時には一つに溶けあって、不安で一杯の練り粉になり、べっとりとからみあって、窒息しそうになる。また時には輪になって、初めも終わりもない行進をする。同時に目を眩ませるようなめまいが襲ってきて、胸から喉へ吐き気の大波が上がってくる。そしてようやく、飢えか、寒さか、膀胱がはちきれそうな感覚が、夢をいつもの枠の中に戻してくれる。不快感か悪夢で目覚める時、私たちはその原因を確かめ、ひき離して、今の関心の枠外に追い出そうとする。眠りが再度侵されないようにするためだ。だがむだだ。目を閉じるとすぐに、自分の頭がこうした希望と裏腹に動き始めるのが感じられる。休むことすらできずに、頭は拍子を取り、うなり、恐ろしい幽霊や像を作り出し、灰色のもやでできた夢のスクリーンに、それらを休みなく描き出し、乱舞させる。

だが、眠りと目覚めと悪夢が次々に交代する中を、心の一部が、一晩中、起床の時を恐れ待ちながら、寝ずに起きている。だれでも知っている不思議な能力のおかげで、私たちは時計なしでも、時刻の到来を大体予想できる。起床時間になると（季節によって違うが、いつも夜明けのかなり前だ）、収容所の鐘が長い間鳴り響き、全バラックで夜衛がいっせいに勤務を終える。夜衛は灯を点け、立ち上がり、四肢を伸ばして、毎日の刑を言い渡すのだ。「起床《アウフシュテーエン》」、あるいはこちらのほうがひんぱんだが、ポーランド語で、「起床《フスタヴァチ》」。

眠りながらフスタヴァチを待っているものはほとんどいない。深く眠っていると、起床時間が来ても覚めにくいから、起きるのがひどく苦痛になるのだ。夜衛はこれをよく心得ている。だから命令口調でどならずに、声を殺して小声で言う。みなが自分の通知に耳を澄まし、聞きとって、従うことをよく知っているもののやり方なのだ。

その外国語の言葉は、みなの心の底に石のように落ちてくる。暖かい上掛けという偽りの防御壁、眠りという薄っぺらな鎧、苦しいだけの夢の国への逃避行、「起床」という一言が響くと、こうしたものはみなばらばらになって落ちてしまう。すると私たちは目を覚まして、逃げ場もなしに、むごいほど裸で傷つきやすいまま、攻撃にさらされている自分たちを見いだすのだ。こうしていつもと同じような一日が始まる。いつ終わるか、筋道立てて考えられないほど長い一日だ。厳しい寒さと、激しい飢えと、多大な労苦が、目の前に立ちふさがっているからだ。だから、注意力と欲望は灰色のパンの固まりに集中しておくほうがいい。ささいなものだが、一時間以内に確実に自分のものになり、むさぼり食べてしまうまでの五分間、ここの法律によって所有を許される唯一のものになるからだ。

フスタヴァチの声がかかると、嵐が始まる。バラック全体は、段階を経ずに、突如狂ったような動きに入る。全員がよじ登り、よじ降り、寝台を整え、それと同時に、持ちものに目を配りながら、服を着ようとする。ほこりが舞い上がって、部屋にはもやがかかる。素早いものは人ごみを肘でかきわけ、列ができる前に便所や洗面所に行く。すぐに清掃人が中に入って来て、叫び、こづきながら、全員を外に追い出す。

私は寝台を整え、服を着て床に降り、靴をはく。すると足の傷口が開いて、また新たな一日が始まるのだ。

労働

レスニクと一緒になる前は、名も知らぬポーランド人が寝台の仲間だった。彼は物静かで穏やかな男だったが、すねに古傷が二つあって、夜は不潔なうみの臭いを漂わせた。膀胱も弱く、一晩に八回から十回も起きて、私を目覚めさせるのだった。

ある晩、彼は私に手袋を預けて病院に入った。私は三十分でもいいから、補給係が寝台に一人しかいないことを忘れてくれるようにと願った。だが消灯の鐘が響くと、寝台が揺れて、ドランシー(51)のフランス人を示す番号を持った、背の高い赤ら顔の男が、脇によじ登ってきた。

背の高い寝台仲間を持つのはとても不幸なことだ。睡眠時間が削られてしまうからだ。ところが私にはいつも背の高い仲間が当てられた。私は背が低いし、大男が二人一緒に寝るのは不可能だからだ。だがそれでもレスニクは悪い仲間ではなかった。口数は少なく、口調はていねいで、清潔で、いびきはかかないし、夜は二、三回しか起きず、しかもいつもそっと起きていた。朝は寝床を整えようと申し出、素早く上手にやってのけた（これはこみ入ったつらい作業で、おまけにかなりの責任がともなう。なぜなら「ベッドをきちんと整えないもの《シュレヒテ・ベッテンバウアー》」は入念な検査の後に罰せられるからだ）。だからあとになって、点呼広場で、彼が私のコマンドーに入って来るのを見て、少しの間うれしくなったほどだ。

凍った雪の上を、ぶかぶかの木靴をはいて、よろめきながら作業に向かう時、私たちは少し言葉を交わして、レスニクがポーランド人であることを知った。彼は二十年間パリに住んでいたのだが、ひどくへたくそなフランス語しか話せなかった。三十歳なのだが、私たちがみなそうであるように、十七歳とも五十歳とも見える。身の上話を語ってくれたのだが、今ではもう忘れてしまった。だが苦しく、つらい、感動的な物語だったのは確かだ。というのは、何百何千という私たちの話がみなそうだからだ。一つ一つは違っているが、みな驚くほど悲劇的な宿命に彩られている。私たちは、夜、交互に話をする。ノルウェーや、イタリアや、アルジェリアや、ウクライナでの出来事だ。みな聖書の物語のように簡潔で分かりにくい。だがこうした話が集まれば、新しい聖書の物語になるのではないだろうか[52]？

作業場に着くと、私たちは鉄パイプ置き場《アイゼンレーレプラッツ》に連れて行かれ、そこでいつもの手続きが始まる。カポーはもう一度点呼をかけ、新参者を簡単にメモし、民間人の監督《マイスター》と今日の仕事の打ち合わせをする。そして私たちを職工長《フォアアルバイター》に委ね、道具小屋のストーブの脇で眠り始める。彼はわずらわしい種類のカポーではない。ユダヤ人ではないから、地位を失う心配がないのだ。職工長は私たちに鉄の挺子《てこ》をよこし、自分の友人にはジャッキを渡す。すると一番軽い挺子を得ようとして、いつもの小さな戦いが始まる。今日はへまをしてしまった。手に入れた挺子はねじ曲がっていて、十五キロほどもあるのだ。何ものせずにこれだけ使っても、三十分もすればくたくたになるのは明らかだ。

こうして私たちは各々挺子を持って、解けだした雪に足をとられながら歩き出す。一歩ごとに雪と泥が少しずつ木の靴底にへばり付いてくる。蹴り離すことはできないから、やがて足の下に重い固まりを二つこしらえて、あぶなっかしく歩くことになる。そのうち片方が不意に離れ落ちて、片足が二十センチほども短くなってしまうのだ。

今日は貨車から大きな鋳鉄製の円筒を降ろさねばならない。おそらく合成部門のパイプ[53]で、数トンはあるだろう。だが私たちにはこのほうがいい。なぜなら、だれでも分かっていることだが、大きな荷物のほうが、仕事が細分化され、適当な道具が支給されるので、疲れずにすむのだ。しかし危険は大きくなるから、気を抜いてはいけない。一瞬の不注意で、つぶされてしまうからだ。

厳格で無口で真面目なポーランド人のノガラ監督《マイスター・ノガラ》が自ら、荷降ろしの作業を監督する。円筒は地面に降ろされた。するとノガラ監督《マイスター・ノガラ》は「枕木を持ってこい《ボーレン・ホーレン》」と言う。

私たちは目の前が真っ暗になったような気になる。枕木で軟らかな泥の上に道を作り、円筒を挺子で押して工場に入れようというのだ。ところが枕木ときたら地面に山のように積んであるし、しかも一本が八十キロもあるのだ。これは私たちの力のほぼ限界だ。一番頑丈な男たちが組になれば、数時間は運べるだろう。だが私にとっては拷問と同じで、肩の骨がおかしくなってしまう。一度運んだだけで、耳は聞こえなくなり、目がかすみ、二度目を逃れるためならどんな卑劣なことでもしてやろう、という気になる。

私はなんとかレスニクと組になろうとする。彼はよい働き手のようだし、その上、背も高いから、重さをほとんど支えてくれるだろう。だが物の道理からすれば、レスニクは鼻で笑って私を退け、別の頑丈な男と組になろうとするはずだ。そうなったら、便所に行きたいと申し出て、できるだけ長くぐずつくようにする。それからどこかに隠れよう。だがすぐに探し出され、あざけられ、殴られるのがおちだ。でもこの仕事よりはずっとましだ。

ところがそうならない。レスニクは承知する。それだけではなく、一人で枕木を持ち上げ、注意深く私の右肩にのせてくれる。それからもう一方の端を持ち上げ、左肩にのせ、出発する。

枕木には泥と雪がへばりついていて、一歩ごとに耳にぶつかり、体温で解けて首すじに入ってくる。五十歩ほど歩くと、私はいわゆる通常の忍耐の限界に達する。膝は曲がり、肩は万力にはさまれたように痛み、バランスが危うくなる。一歩ごとに、靴が泥に吸いこまれるような気がする。あのポーランドの貪欲な泥だ。いたるところにあって、その恐るべき単調さで私たちの毎日を埋めつくす、あの泥だ。

私はきつく唇を噛む。外からの小さな痛みが、残った最後のエネルギーを絞り出す刺激剤になることを私たちは心得ているのだ。カポーもこれを知っている。純粋に凶暴であるが故に拳をふるうものもいるが、私たちが荷物を運んでいる時に打つものもいる。はげまし、さとしながらやさしく殴るのだ。御者がききわけのいい馬を打つのと同じことだ。

円筒の置かれた場所に着いて、私たちは枕木を地面に降ろす。私はその場に棒のように立ちつくす。目をうつろにし、口をぽかんと開け、腕をだらりと垂らして、苦痛が終わった時の、後ろ向きの、束の間の恍惚感にひたる。そして疲れのためにもうろうとしながら、仕事を始めろと、突きとばされるのを待つ。そして待っているわずかの間を利用して、少しでも体力を回復しようと努める。

だが突きとばされたりはしない。レスニクは私の腕をとって、できる限りゆっくりと枕木の山に戻るだけだ。そこでは仲間たちが組になって歩き回り、できるだけぐずぐずして、荷を背負う時を遅らせようとしている。

「さあ《アロン》、ちび《プティ》、持てよ《アトラプ》」この枕木は乾いていて少し軽い。しかし二度目の往復が終わると、私は職工長《フォアアルバイター》のもとに行き、便所に行きたいと申し出る。

私たちには便所がかなり遠いという利点がある。このため、一日に一回、普通よりも少し長く席を空けることが認められている。だが一人で行くのは禁止されているので、コマンドーで一番弱く無器用なヴァフスマンが便所付き添い人《シャイスベグライター》をすることになっている。ヴァフスマンはこうした役目に任命されたおかげで、私たちが仮にも逃亡を試みることと（何と笑うべき仮定だろう！）、それよりもずっと現実的なのだが、遅れて帰ってくることに責任を持たされている。

要望が受け入れられたので、私は背の低いヴァフスマンに護衛されながら、泥と灰色の雪の中を、金属の廃物の間をぬうようにして歩き出す。彼とは話ができない。共通の言葉がないからだ。だが彼の仲間が、やつはラビだ、それもメラメド[54]だ、トーラー[55]学者だ、と教えてくれた。故郷のガリツィアでは、治療者であり奇跡を行う人[56]としても有名だった。彼はかくも虚弱で繊細でおとなしいのに、どうやって病気にもならず、死にもせずに二年間働けたのか、と考えてみると、まんざらこれも嘘とは思えない。

目つきや話し方などは驚くほど精力的で、長い夜には現代派のラビのメンディと、イディッシュ語やヘブライ語で、何を言っているのか分からないのだが、タルムード[57]の問題を長々と議論したりするのだ。

便所は平和のオアシスだ。仮設の便所で、まだ区分け用の木の仕切りが入っていない。いつもだったら、たとえば「イギリス人専用《ヌア・フュア・エングレンダー》」、「ポーランド人専用《ヌア・フュア・ポーレン》」、「ウクライナ女性専用《ヌア・フュア・ウクライーニシェ・フラウエン》」といった具合に仕切られ、少し離れたところに「囚人専用《ヌア・フュア・ヘフトリンゲ》」があるはずだ。中には肩をふれあわんばかりにして、飢えた目つきの囚人《ヘフトリング》が四人座っている。左腕に水色のOSTの腕章をつけた、ひげもじゃのロシア人の老人。背中と胸に大きな白いPの文字をつけたポーランド人の少年。背中についている大きなKG（戦時捕虜《クリークス・ゲファンゲナー》）という文字だけがそぐわない、顔をバラ色に剃り上げ、しわの伸びた、清潔な、小ざっぱりとしたカーキ色の制服を身につけた、イギリス人の戦争捕虜。四人目の囚人《ヘフトリング》は扉のところにいて、ベルトをはずしながら入ってくる民間人の一人一人に、一本調子で辛抱強く尋ねている。

「フランス人かね《エト・ヴー・フランセ》？」

仕事に戻る時、配給のトラックの通るのが見える。これは十時を意味する。もうかなりの時間だ。遠い未来という霧の中に、お昼の休憩時間がとうに姿を現わしている。もうそれを待つことからエネルギーを引き出し始められる。

レスニクとさらに、二、三回、行程を繰り返す。遠くの山まで出かけて行き、細心の注意を払って、軽い枕木を見つけようとするが、いい枕木はみな運ばれてしまったあとで、角が鋭くとがり、泥や氷で重く、レール取りつけ用の金属板が釘づけしてある、やっかいな枕木しか残っていない。

フランツが配給を取りに行くため、ヴァフスマンを呼びに来る。これは十一時を意味する。お昼は間近だ。そして午後のことを考えるものなどいない。十一時半にはその雑役部隊《コルヴェ》が戻ってくる。今日のスープはどれだけあるか、どんなできか、桶の上澄みか、底から取ったものか、などとおきまりの尋問が始まる。私はこうした質問をしないよう努める。だが答えにじっと耳を澄まし、厨房から風に乗ってやって来る匂いに、鼻をひくつかせないわけにはいかない。

そしてやっとのことで、だれもが同じように感じている飢えと疲労をいやそうと、天の流星のように、正午のサイレンが鳴り響く。それは人間を超えた、超越的な、神の標《しるし》のように聞こえる。そしてまた、いつもと同じことが繰り返される。全員がバラックに駆け戻り、列を作って飯盒を突き出すのだ。だが温かいごった煮を早く腹に流しこみたいと、獣のようにいらだっているくせに、先頭につきたいと思うものはだれもいない。最初のものに一番水っぽいスープがあたるからだ。いつものように、カポーは私たちの貪欲さをあざ笑い侮辱する。だが、大鍋をかき回さないよう、よく見張ることは忘れない。だれでも知っているように、鍋の底は彼のものだからだ。それから小屋に入って、ごうごうと燃えるストーブを囲み、飢えを満たすと、腹が温まって、体の筋肉がゆるみ、ひどく幸せな気分になる（今回は前向きのものだ[58]。腹に食べ物が入っているからだ）。たばこを吸うものたちは、しみったれたうやうやしい手つきで、たばこを細く巻く。泥と雪に濡れたみなの服は、ストーブの熱でもうもうと湯気を立て、犬小屋や羊の群れのような臭いを発する。

無言の取り決めがあって、だれも口をきかない。みなは体を密着させながら、一瞬のうちに眠り込んでしまう。頭をガクッと前方に落としては、背を固くして体を立て直す。薄く開いているまぶたの裏では、夢が激しく渦巻いている。これもまたいつもの夢だ。家にいて、贅沢な熱い風呂に入っている夢。家で食卓についている夢。そして家で話をしている夢だ。この希望のない労働、いつもつきまとってくる飢え、奴隷のような眠りのことを語っている夢だ。

やがて、のろのろと消化が進む薄明状態の中に、ある痛みを伴った核が生まれ、体を刺しながら、意識の境界を侵すまでふくれ上がり、眠りの喜びを奪ってしまう。「もう大体一時だ《エス・ヴィルト・バルト・アイン・ウーア・ザイン》」それは成長の早い大食らいのガンのように、眠りを破壊し、規則に違反したら、という不安をかきたてる。私たちは風が外でうなる音や、雪が窓を叩くかすかな音に耳を澄ます。「すぐに一時になる《エス・ヴィルト・シュネル・アイン・ウーア・ザイン》」[59]眠りに見捨てられないようにと、みなは眠りにしがみつくのだが、その間にも、全身の感覚は張りつめて、おののいている。小屋の外からか中からか、今にもやって来る合図を待ちながら……

さて、やって来た。ガラス窓に鈍い音がする。ノガラ監督《マイスター・ノガラ》が小窓に雪玉を投げつけたのだ。彼は小屋の外にじっと立ち、時計の文字盤を私たちに見せている。カポーは立ち上がって体を伸ばし、聞こえないことなど考えられない、といった調子で、小さくささやく。「全員、外に《アレス・ヘラウス》」

ああ、涙を流せたら！　以前のように、風に対等に立ち向かうことができたら！　こんなふうに、魂を抜かれた虫のようにならずに！

私たちは外に出て、自分の挺子を持つ。レスニクは大きく襟をかきあわせ、耳まで縁なし帽をおろし、無情の雪が渦巻きながら落ちてくる、低い灰色の空を見上げる。「犬を飼っていたら、《シ・ジャヴェイ・ユヌ・シャン・》犬だって外には追い出さないさ《ジュ・ヌ・ル・シャス・パ・デオール》(60)」

良い一日

人生には目的があるという信念は、人間の骨の髄までしみこんでいて、人間という実体の特質になっている。自由な人間はこの目的にさまざまな名を与え、その本性について考え、論議をする。だが私たちにとって、問題はずっと単純だ。

今日、ここでは、春まで生きのびることが目的だ。ほかのことは今のところ考えない。この目標の次には、今のところ、目標はない。朝、私たちは点呼広場に列を作り、作業に出発する時刻を果てしなく待つ。風は服の中に侵入してきて、無防備な体全体に恐ろしい寒気を走らせる。あたりは灰色一色で、私たちも灰色に染まっている。まだ暗いこんな朝に、私たちはみな東の空を探って、穏やかな季節の最初のきざしを見つけようとする。そして陽の出が毎日批評の対象になる。今日は昨日より少し早い。今日は昨日より少し暖かい。二カ月以内に、いや一カ月以内に、寒さは敵対行動を止め、敵が一つ減ることだろう。

今日は太陽が初めて、くっきり、生き生きと、泥の地平線から昇ってくる。遠くにある、白く冷たいポーランドの太陽で、皮膚の表面しか暖めてくれない。だが太陽が最後のもやを振りほどくと、私たち色のない群衆の間にざわめきが走る。私自身も、服を通してぬくもりを感じた時、太陽がいかに崇拝の対象になるか理解する。

「一番ひどい時は過ぎた」《ダス・シュリムステ・イスト・フォリューバー》とがった肩を太陽に向けて、ツィーグラーが言う。私たちのわきにはギリシア人のグループがいる。あの素晴らしく、恐ろしい、テッサロニキのユダヤ人[61]たちだ。したたかで、賢く、泥棒で、残忍で、団結心が強く、生きのびる決意をかたくなに持ち続け、生き抜く戦いではひどく無情な敵になる。厨房でも作業場でも優位を占め、ポーランド人からは恐れられ、ドイツ人も一目置いているあのギリシア人たちだ。収容所に入って三年目だが、収容所とは何か、彼らほどよく知っているものはいない。今は、肩を組んで体を寄せ、輪を作り、果てしなく続く単調な詠歌の一つを歌っている。

その中のフェリーチョは、私の知り合いだ。「来年は家で!」《ラネ・プロシエヌ・ア・ラ・メゾン》私にこう叫んで、付け加える。「煙突から家に!」《ア・ラ・メゾン・パル・ラ・シュミネ》[62]フェリーチョはビルケナウにいたのだ。彼らは歌い続け、足を鳴らしてリズムを取る。歌に酔っているのだ。

ようやく収容所の大扉から外に出る。太陽はあまり高く昇らないが、空は晴れている。南に山の連なりが見える。西には、もう見慣れたアウシュヴィッツの鐘楼[63]が、周囲とは不釣り合いに立っている（ここに鐘楼があるのだ！）。あたり一帯には防空気球がいくつも上がっている。冷たい大気中にはブナの煙がよどんでいる。緑の林におおわれた丘が低く連なっているのも見える。私たちの胸はきゅっと締めつけられる。なぜなら、あそこが、女たちが死に、私たちもいつか死にに行くビルケナウなのに、まだ見慣れていなかったからだ。

　道の両脇の平原が、手前側も緑色になっているのに、私たちは初めて気づく。太陽がないと、平原は緑色に見えないのだ。

　だがブナは違う。ブナは本来、絶望的なまでに灰色で陰鬱なのだ。この鉄とセメントと泥と煙が果てしなくもつれあう様は美の否定そのものだ。ブナの道路や建物は、私たち囚人と同様に、番号か文字か、非人間的な響きの不吉な名で呼ばれている。構内には草も生えず、地面には石炭と石油の毒液がしみこみ、生きているものは機械と奴隷しかいない。それも機械のほうがずっと生き生きとしているのだ。

　ブナは一つの町のように大きい。管理人やドイツ人の技術者以外に、四万人の外国人が働いており、十五から二十の言語が話されている。外国人はすべてブナを取り巻く種々のラーゲルに住んでいる。イギリス人の戦時捕虜のラーゲル、ウクライナの女たちのラーゲル、フランスの志願兵のラーゲル。その外に私たちの知らないラーゲルがいくつもある。私たちのラーゲル（ユダヤ人収容所《ユーデンラーゲル》、抹殺収容所《フェルニヒトゥングスラーゲル》、カツェット）は、単独で、一万人の労働者を供給しており、国籍もヨーロッパの全域に及んでいる。そして私たちは、あらゆるものに服従せねばならない奴隷中の奴隷であり、名前も、腕に入れ墨され、胸に縫いつけてある番号でしか呼ばれないのだ。

　ブナの中央にそびえ立ち、頂上が霧に包まれてめったに見ることができないカーバイド塔は、私たちが建てたものだ。その煉瓦はツィーゲル、ブリック、テグラ、ツェグワ、カメニイ、ブリックス、テグラク(64)と呼ばれ、憎しみで固められている。バベルの塔と同じような反目と憎しみの固まりだ。だから私たちはそれをバベルトゥルム、あるいはボベルトゥルムと呼ぶ。その塔が誇示している我らが主人たちの誇大妄想の夢、神と人間に対する侮蔑、特に私たち人間に対する侮蔑を、私たちは憎む。

そして今日でもまた、昔の寓話と同じように、傲慢そのものといったこの建造物の上に、神罰が下っていることは、ドイツ人を含めた私たち全員が感じている。この建造物もやはり言語の混乱の上に築かれたもので、石でできた不敬な言葉のように、天に向かって挑戦的にそびえ立っているからだ。だが今回の神罰とは、超越的でも神聖でもなく、内在的で歴史的なものなのだ。

ドイツ人が四年間立ち働き、私たちも苦しみ、無数の死者を出したブナの工場から、合成ゴムが一キロも出てこなかったことを、ほかに何と言って形容できるだろうか?

ところが今日は、いつも虹色の石油の膜が浮いている、乾くことのない水たまりに、晴れた空が映っている。夜の寒気に冷やされたパイプや梁やボイラーからは、露がしたたり落ちている。穴から掘り出された土、石炭の山、セメントのブロックが、冬の湿り気を、かすかなもやに変えて吐き出している。

今日は良い日だ。私たちはあたかも視力を取り戻した盲人のようにあたりを見回し、顔を見合わせる。太陽の光を浴びながら顔を見合わせたことなどないのだ。ほほえみで顔をほころばせているものもいる。これで飢えがなかったら!

人間とはこうしたものだ。痛みや苦しみが同時に襲ってくる時、人はそれをすべて合わせて感じるわけではない。ある一定の遠近法の法則によって、小さな苦痛が大きな苦痛の陰に隠されてしまうからだ。

これは神意によるもので、だからこそ収容所でも生きられるのだ。また、自由人の生活で、人間の欲望には限りがない、とよく言われるのも、これが理由だ。だがこれは、人間が絶対的な幸福にたどりつけないことを示すよりも、むしろ、不幸な状態がいかに複雑なものか、十分に理解されていないことを表わしている。不幸の原因は多様で、段階的に配置されているが、人は十分な知識がないため、その原因をただ一つに限定してしまうのだ。つまり最も大きな原因に帰してしまう。ところが、やがていつかこの原因は姿を消す。するとその背後にもう一つ別の原因が見えてきて、苦しいほどの驚きを味わう。だが実際には、別の原因が一続きも控えているのだ。

だから冬の間中は寒さだけが敵と思えたのに、それが終わるやいなや、私たちは飢えていることに気づく。そして同じ誤りを繰り返して、今日はこう言うのだ。「もし飢えがなかったら！……」だが飢えがないことなど、考えられない。ラーゲルとは飢えなのだ。私たちは飢えそのもの、生ける飢えなのだ。

道路の向こうで穴掘り機が一台動いている。穴の上に宙吊りになったバケットは、歯のついた顎を開き、選択に迷っているかのように一瞬体を揺らし、粘土質の軟らかな土にとびかかり、貪欲に歯をたてる。操縦室からは白く濃い煙が満足げに吐き出される。それからバケットは持ち上がり、半回転して、重かった一口分を背後に吐き出し、また元の位置に戻る。

シャベルにもたれて、私たちは見とれている。バケットが土をかむたびに、私たちの口は半分閉じ、喉仏が上にあがって、下にさがる。だらりとした皮膚の下で、その動きがみじめなほどはっきりと見える。私たちは穴掘り機が食事をしている光景から目を離すことができないのだ。

　シギは十七歳で、毎晩、下心がないとは思えない保護者から、スープを少しもらっているが、それでもだれよりも飢えている。彼はウィーンの家と母親のことを話し始めたのだが、やがて料理の話にそれ、今は何か婚礼の料理のことを果てしなくしゃべっている。そして三番目に出てきた隠元豆のスープを全部食べなかったことを思い出して、心から後悔している。みなは彼を黙らせる。すると十分もたたないうちにベーラがハンガリーの田野の様を語り出し、とうもろこし畑のありさま、甘いポレンタを作る方法、とうもろこしを焼き、ラードを入れ、スパイスを加え……と話してゆくのだが、みなに侮蔑や呪いの言葉をあびせかけられる。今度は三人目が話し出して……

　私たちの肉体は何と弱いことか！　飢えからやって来るこうした幻想がいかに空しいか、私は十分承知している。だが私といえども、共通の法則から逃れることはできない。私の目の前では、イタリアの選別収容所で、ヴァンダとルチャーナとフランコ[訳注7]と私の四人で何とか作りあげたスパゲッティ料理が躍っている。あれは、翌日ここに発つという知らせが不意に届いた時のことだった。私たちはあれを食べかけていたのに（黄色くて、腰があって、とてもおいしかった）、途中でやめてしまったのだ。何と愚かなことだ。正気の沙汰ではない。もし知っていたら！　またもう一度こんなことが起きたなら……ばかげている。世界で確実なことが一つあるとしたら、それはこれだ。もう一度、はありえない、ということだ。

　一番新米のフィシェルが、ハンガリー人らしくきちょうめんにくるんである包みを、ポケットから取り出す。中にはパンの配給の半分が入っている。今朝のパンの半分だ。ポケットにパンをとっておくのは「大きな番号のもの」だけだ。これはだれもが知っている事実だ。私たち古参の囚人はパンを一時間たりともとっておけない。これに理屈をつけるため、さまざまな説が立てられている。こんな具合だ。パンを少しずつ食べても、一ぺんに食べるのとは同じにならない。空腹をかかえながら、パンを手つかずでとっておくのは、神経を緊張させるからひどく有害で、体を弱らせる。パンは硬くなるとすぐに栄養価が落ちるから、早く食べるほど栄養になる。また、アルベルトは、パンをとっておくことと飢えとは正と負の数値だから、自動的に相殺しあう、だから一人の人間がこの二つを同時に持つことは不可能だ、と言う。大多数のものは、胃袋が盗みやおどしには一番安全な金庫じゃないか、としごくもっともな主張をしている。「おれのパンは盗まれはしなかったぜ《モワ・オン・マ・ジャメ・ヴォレ・モン・パン》！」ダヴィッドはくぼんだ腹を叩いて、うなるようにこう言う。だが、朝の十時にまだパンを半分持っている「幸せもの」のフィシェルが、ゆっくりと機械的にパンをかむ姿から目をそらすことができない。「……何て運のいいやろうだ《サクレ・ヴェナール・ヴァ》！」

　だが太陽が出たというだけで、今日がうれしい日なわけではない。お昼に意外な出来事が私たちを待ちうけている。お昼の普通の配給の外に、「工場の厨房」で使われている、五十リットル入りの素晴らしく大きな大鍋が、ほとんど一杯になってバラックに鎮座していたのだ。テンプラーが誇らしげに私たちを見る。この「組織化[65]」は彼の仕事だ。

　テンプラーは私たちのコマンドー公認の組織化員だ。彼は、蜂が花に持つような鋭い感覚を、「民間人用の」スープに持っている。私たちのカポーは悪いカポーではないから、彼を自由にしておく。これも、もっともなことだ。テンプラーは警察犬のように、目に見えない跡をたどって出てゆく。そしてここから二キロほど離れたメタノール部のポーランド人労働者が、腐った臭いがすると言ってスープを四十リットルほど残した、とか、「工場の厨房」の待避線にかぶの貨車が一輌、見張りのいないまま置いてある、といった貴重な情報をたずさえて帰ってくるのだ。

今日、スープは五十リットルある。そして私たちはカポーと職工長《フォアアルバイター》を含めて十五人だ。一人あたり三リットル。普通の配給の外にお昼に一リットル、あとの二リットルは午後順番にバラックに行って飲むのだ。腹一杯詰めこむために、五分間の作業の中断が特別に許される。

これ以上何が望めようか? バラックで熱く濃いスープが二リットルも待っているかと思えば、仕事も簡単だと思えてくる。カポーが私たちの間に定期的に割りこんで来て尋ねる。

「まだ餌を食らっていないのはだれだ《ヴェア・ハット・ノッホ・ツー・フレッセン》(66)?」

ばかにしたり、ふざけて言っているのではない。立ったまま、口と喉がやけどするのもかまわずに、息する間も惜しんで、がつがつとむさぼる私たちの様は、本当に「餌を食らう」という動物の食べ方なのだ。明らかに、テーブルについて祈りを捧げて「食べる」、人間の食べ方ではない。「餌を食らう」とは実にぴったりな言葉で、私たちの間では普通に使われている。

ノガラ監督《マイスター・ノガラ》は、私たちが仕事を離れるのを見て、片目をつぶっている。彼もおなかがすいているようだ。もし社会的な体面がなかったなら、一リットルほどの熱いスープを拒みはしないだろう。

テンプラーの番が来る。彼には、全員一致で、鍋の底から汲んだ濃いスープが五リットル与えられる。

実際のところ、テンプラーは、優秀な組織化員である外に、スープの大食らいでもあるのだ。そしてほかには例がないのだが、食事の量が多い時は、望むままに、前もって、腸を空にすることができる。それが彼の大食らいの能力をさらに高めている。

もっともなことだが、彼はこの天賦の才能を誇りにしているし、ノガラ監督《マイスター・ノガラ》もそのことをこころえている。みなの感謝の言葉を浴びながら、お手柄のテンプラーは少しの間便所にこもり、準備を整え終えた、晴れ晴れとした顔で現われ、すべてのものが笑顔で迎える中、自分の手柄の果実を味わいに向かう。

「どうだ、テンプラー、スープを入れるのに十分な場所をひり出せたのか?」《ヌー・テンプラー・ハスト・ドゥー・プラッ・ゲヌーク・フュア・ディー・ズッペ・ゲマハト》

日暮れ時に仕事仕舞い《ファイアーアーベント》のサイレンが鳴る。私たちはみな、あと何時間かは満腹状態だから、上機嫌で喧嘩も起こらない。カポーも拳をふるおうとしない。そしてめったにないことなのだが、私たちは母親や妻のことにも考えをめぐらすことができる。今は、しばらくの間、自由人に帰ったかのように、不幸な気持ちを味わえるのだ。

善悪の此岸

私たちはあらゆる出来事に兆候やしるしを見るという、いやし難い傾向を持っていた。もう七十日ほどもシャツの交換《ヴェシエタウシエン》が遅れていた。すると、交換用の衣類が足りないんだ、戦線が近づいているから、ドイツ人はアウシュヴィッツに新しい輸送物資を送りこめなくなっているんだ、だから解放は間近だ、という噂が根強く流れ始めた。また同時に、交換が遅れているのは明らかに、近々収容所が全面的に廃絶されるしるしだ、という正反対の解釈も広まっていた。だが交換は行われることになった。それも、いつものように、ラーゲルの管理部の周到な配慮のもとに、全バラックで不意に、いっせいに行われたのだ。

ラーゲルでは布が足りなくて、貴重品になっているのを知っておいてもらいたい。だから鼻をかんだり、足当てにする布を得る方法はただ一つ、交換の際、シャツの端を切り取ることなのだ。もし長袖のシャツだったら、袖を切る。そうでない場合は、すそを四角く切ったり、いくつかあるつぎあてを一つほどくことで満足する。いずれにせよ、返す時に傷がめだたないように、針と糸を手に入れて、手際よく縫いあわせ手術をするには、かなりの時間がかかる。汚れたびりびりのシャツはごちゃまぜになって収容所の衣服部へ行く。そこでざっとつぎあてがなされると、蒸気消毒に回され（洗濯するのではないのだ！）、また配給される。だから、今述べたようなシャツの切り取りを防止するには、まったく抜き打ちで交換する必要があるのだ。

しかし、例によって、千里眼の目はごまかせなかった。消毒部から出てきたトラックの幌の下の中身は即座に見抜かれ、数分後には収容所全体がシャツの交換《ヴェシエタウシエン》の近いことを知った。しかも今回は、三日前のハンガリー人の輸送とともに運ばれてきた、新品のシャツなのだ。

この知らせはすぐに波紋を呼び起こした。シャツを二枚、不法に所持しているものが、いっせいに市に走ったのだ。彼らは、シャツを盗むか、組織化したか、あるいは正直にパンで買って、寒さを防いだり、投資の対象にしようと考えていたものたちだった。ところが今は、新しいシャツがどっと押し寄せたり、その配給は確かだという情報が、値段を取り返しのつかないほど下落させる前に、何とかすべりこんで、二枚目のシャツを食べ物と交換したい、と思っているのだ。

市はいつも活況を呈している。物の交換は厳禁されているし（どんな形であろうと、所有も禁止されている）、カポーや棟長《ブロックエルテスター》がひんぱんに取り締まりに来て、そのたびに、商人と客と見物人が一丸となって逃げ出さねばならないのだが、それでもコマンドーが作業から帰って来るとすぐに、ラーゲルの北東の隅の、夏は戸外、冬は洗面所の中で、人がいつもごちゃごちゃと固まっているのが見られる（そこは、意味深長にも、ＳＳのバラックから最も離れたところだ）。

そこには十人ほどの人間が、口を半分開け、目を光らせてうろついている。飢えにつかれたものたちだ。彼らはくじけやすい本能に負けて、商品があるため唾液の分泌が盛んになり、胃の痛みがますますひどくなる場所に、わざわざやって来る。彼らは、良くても、せいぜいパンの配給を半分持っているくらいだ。ひどくつらい思いをして朝からとってあるもので、相場を知らないお人好しと有利な取り引きができないものかと、途方もない期待を抱いている。時にはこうした中の一人が、辛抱に辛抱を重ねて、パン半分でスープを一リットル手に入れることがある。彼は片隅にしりぞき、底に沈んでいるわずかのじゃがいもをたんねんにすくい出す。それから、パンと交換し、パンをまたスープと代えて、中身をすくい出す。これを神経の緊張が耐えられなくなるまで繰り返すのだ。あるいは現場を見つかって、被害者からきついおしおきを受け、みなの笑いものになるまで続ける。市に行って一枚しかないシャツを売るものも、こうした手合いだ。何かのきっかけで、上着の下に何も着ていないのをカポーに見つかったらどうなるか、彼らはよく知っている。カポーはシャツはどうなったか尋ねるだろう。これはまったく形式的な質問で、本題に入るための便宜にすぎない。彼らは洗面所で盗まれましたと答えることだろう。これも通り一遍の答えで、信じてもらえるとは思っていない。実際、シャツを持たぬものの九十九パーセントが飢えのために売っていることは、ラーゲルの石さえご存知だ。しかしシャツはラーゲルの所有物だから、みな自分のシャツには責任があるのだ。カポーはそのものを打ちのめし、新たにシャツを与える。そして遅かれ早かれ、また同じことが繰り返される。

市では、プロの商人が顔をそろえて、いつもの場所に腰をすえている。まず筆頭に来るのはギリシア人たちだ。スフィンクスのように無言のまま、身じろぎもせずに床に座っている。その前には飯盒に入った濃いスープが置いてある。彼らの労働、結合、民族的団結の成果だ。ギリシア人は今ではもうわずかになってしまった。だが彼らは収容所の外貌を作り上げ、中で使われている国際的な用語を発明するのに、第一級の貢献をした。「カラヴァーナ」とは飯盒のことであり、「ラ・コメデーラ・エス・ブエナ」とはスープがうまいの意味であることは、みなが知っている。一般的な盗みを表わす言葉は「クレプシ・クレプシ」で、明らかにギリシア語から来ている。このテッサロニキのユダヤ人植民地のわずかな生き残りは、スペイン語とギリシア語を話し、かつてはさまざまな活動に従事していた。彼らは地に足のついた、意識的で、具体的な叡知の生きた倉庫であり、地中海文明の伝統をすべて体現していた。この叡知は、収容所では、系統的かつ計画的に盗みを働き、役職を奪い、市場での交易を独占することに浪費されていた。だが彼らはいわれのない蛮行を嫌悪し、まだ潜在的に残っている人間としての品位をあくまで持ち続けようという、驚嘆すべき意志を持っていたため、ラーゲルの中では一国民として最もまとまった集団となり、こうした点で一番文明的だったことは忘れられない。

　市では、何か訳の分からないもので上着をふくらませた、厨房専門の泥棒を見ることができる。スープにはかなり安定した値段があるが（一リットルにつきパン半分）、かぶやにんじんやじゃがいもの時価はひどくまちまちで、いくつか要因がある中で、とりわけ倉庫の番人がどれだけまじめに勤務しているか、買収ができるか、という点に大きく左右される。

　マホルカも売っている。マホルカとは木片状の安物の刻みたばこのことだ。これは公式には、ブナから最も優秀な労働者に与えられる褒賞と引き換えに、酒保《カンティーネ》で、五十グラム一箱で売られているものだ。

褒賞は定期的にもらえるわけではないし、回数も少ない。それに不正が行われているのは明らかで、褒賞の大部分は、直接か、権力の不当な行使によって、カポーや名士たちの手に落ちる。それでも褒賞はラーゲルの市場で貨幣として使われている。その価値は古典的経済法則にぴたりと一致して変動している。

褒賞にパン一つの時期もあったが、やがて一つと四分の一、そして一つと三分の一になった。ある時などは一つ半にまでなったが、酒保にマホルカが来なくなり、担保がなくなって、価値は配給の四分の一に急落した。また特別な理由から、価値がはね上がったことがあった。頑丈な体つきの、ポーランド人の娘たちの到着にともなって、女性ブロック《フラウエンブロック》の番人が交代になったためだった。褒賞があれば女性ブロックに入れたので、利害関係のあるものは即座に大規模な買い占めを始めた（犯罪者と政治犯だけで、ユダヤ人は中に入れなかった。だがこういう制限を設けられても苦しむものなどいなかった）。そこで値段ははね上がったが、結局長くは続かなかった。

普通の囚人《ヘフトリング》で、自分で吸うためにマホルカを求めるものは多くはない。概してマホルカは収容所から出て、ブナの民間人労働者の手に収まる。これが盛んに行われている「結合《コンビナチャ》」の図式だ。どうにかしてパンの配給を一回分節約した囚人《ヘフトリング》は、それをマホルカに投資する。そして民間人の「愛煙家」とこっそり接触する。「愛煙家」は現金払いでマホルカを買う。つまり先に投資したものよりも多くのパンをくれるのだ。囚人《ヘフトリング》は利益分を食べ、残りの分を市場に出す。この種の投機がラーゲルの内部経済と外世界の経済生活を結びつけている。どうにかしてクラークフの民間人にたばこの配給がなかったりすると、この事実は人間社会とのへだてになっている鉄条網を乗りこえて、すぐに収容所に波紋を呼びおこし、マホルカの価値と褒賞の価値を急激に引き上げる。

これは一番すっきりした例だが、次の例はずっとこみ入っている。たとえば囚人《ヘフトリング》がマホルカやパンを支払ったり、ただでもらったりして、民間人から、ぞっとするような、汚れた、ぼろぼろのシャツを手に入れたとする。それも何とか頭と腕を出せる穴が三つついているだけ、というしろものだ。こんなものでも、使いふるしになったというだけで、人が切り取った跡がないから、シャツの交換《ヴェシエタウシエン》の際にはシャツとして通用し、交換してもらえる。もっともこれを差し出したものは、正規の衣服の保存に少しも注意を払わなかったとして、たっぷり殴られる可能性はある。

要するに、ラーゲルでは、シャツという名に値するシャツとつぎはぎだらけのぼろとの間には、さほど価値の差はない。ところがいいシャツを持っていても、作業場の位置が悪かったり、言葉を知らなかったり、本当に頭が悪かったりして、民間人労働者と接触がなく、シャツの価値が分からない囚人がかなりいる。そこで前に述べたたけた囚人《ヘフトリング》はこうした囚人を見つけ出し、ささやかな量のパンで交換を持ちかける。無知な囚人は大喜びで応ずることだろう。実際、いいシャツを持っていても次のシャツの交換の時には、いいものも悪いものも完全にまぜあわされて配られるから、ならされてしまうのだ。こうしていいシャツを手に入れた囚人《ヘフトリング》は、それをブナに密輸し、先の民間人に（あるいは別のだれかに）パンの配給の四つか、六つか、あるいは十個分までつり上げて売りつける。このように利益がはね上がるのは、シャツを二枚着て収容所を出たり、シャツなしで帰ってくる時の危険の大きさを反映している。

これを応用したやり方はたくさんある。たとえば歯の金冠を二つ返事で抜き取り、ブナでパンやたばこと引き換えに売るものがいる。だがこうした取り引きは人を介して行われるのが普通だ。入所して間もないが、飢えと、収容所生活の極度の緊張から、もうかなり野獣化している、新参の「大番号の囚人」がいるとする。この囚人は金冠を数多く詰めているため、「小番号の囚人」に目をつけられることになる。「小番号」は「大番号」に、金冠と引き換えに、現金払いでパンの配給を三つか四つ支払う、と持ちかける。もし大番号が承知したら、小番号は支払いをして、金をブナに持ちこむ。だましたり、密告したりする心配のない、信頼の置ける民間人と接触があるなら、即座に十か、二十か、それ以上の利益が得られ、しかも一日に一つ、二つと、少しずつ渡してもらえる。ところが、ブナと違って、収容所では、取り引き額が最高で配給四つ分であることを注記しておこう。というのも、ここでは信用貸しの契約書は書けないし、四つ以上のパンを他人の貪欲さから守れないし、自分自身の飢えのためにも、四つ以上のパンを保持することはできないからだ。

　民間人との交易は労働収容所《アルバイツラーゲル》の特徴で、今見たように、その経済生活を規定している。ところがこれは、収容所の規則にもはっきりと謳《うた》われている犯罪行為で、「政治」犯罪と同等、とみなされている。それゆえ特に厳しく罰せられる。「民間人との交易《ハンデル・ミット・ツィヴィリステン》」で有罪を宣せられた囚人は、有力な支持者がいない場合は、グライヴィッツⅢかヤニナかハイデブレックの炭鉱に送られる。これは数週間で衰弱死することを意味する。さらに共犯の民間人労働者は、所管当局に告発され、抹殺収容所《フェルニヒトゥングスラーゲル》で、私たちと同じ条件のもとで一定期間過ごすよう、宣告される可能性がある。この期間は、私の確かめたところでは、十五日から八カ月に及んでいる。この種の応報[67]が適用される労働者は、みなと同じように入り口で服をはぎとられる。だが、その所有物は専用の倉庫に保管される。彼らは入れ墨を施されないし、髪も刈られないので、すぐに見分けがつく。だが処罰の期間中は私たちと同じ労働に従事し、同じ規律に従う。ただ選別からは、もちろん除外される。

彼らは特別なコマンドーで働き、普通の囚人《ヘフトリング》とは一切接触を持たない。彼らにとって、ラーゲルとは刑罰であり、労苦や病気で死なない限り、人間社会に帰れる可能性が大きい。もし彼らが私たちと話し合えるなら、それは、私たちを生きたまま外世界に帰らせることのない壁に穴を開け、今まで分からなかった抹殺収容所の生活の謎を世間に知らせるすき間を開けるということになるだろう。だがラーゲルは私たちにとって処罰ではない。私たちには刑期の終わりがない。ドイツの社会機構の内部では、ラーゲルこそが、私たちに無期限に科せられた、ただ一つの存在方法にほかならないからだ。

私たちの収容所の一部は、こうしたあらゆる国籍の民間人労働者にあてられている。彼らは、多かれ少なかれ一定期間、囚人《ヘフトリング》との不法な関係を償うため、滞在せねばならないものたちだ。この区画は収容所の残りの部分と鉄条網で仕切られていて、Eラーゲルと呼ばれ、収容者はE囚人《ヘフトリング》と呼ばれている。Eとは教育《エアツィーウング》の頭文字だ。

今まで述べた結合はすべてラーゲルの物質を密輸することだった。SSはこれをひどく厳しく抑制している。囚人の歯の金冠は彼らのものだからだ。生者からであろうと、死者からであろうと、歯から抜かれたものはすべて、遅かれ早かれ、彼らの手に落ちる。だから金が収容所から出ないよう気を配るのも当然なのだ。

だが収容所の管理部は、盗み自体はいささかも禁じていない。それが証拠には、SSは逆の密輪を大っぴらに見逃している。

この逆の密輪になると、ものごとは普通ずっと単純になる。仕事のためブナで毎日接するさまざまな道具、用具、材料、製品の中から、何かを盗むか隠すのだ。そして夕方、収容所に持ち込み、客を見つけ、パンやスープと交換する。この種の取り引きは盛んに行われている。ラーゲルの毎日の生活に必要な物資のいくつかは、このブナでの盗みをただ一つの定期的な補充方法にしている。ほうき、塗料、電線、靴墨の場合がその典型だ。特に靴墨の取り引きが例として適当だろう。

別のところでも触れたように、毎朝靴に油を塗って光らせるのは、収容所の規則で定められており、全棟長《ブロックエルテスター》は、SSに対して、バラックの全員が靴墨を塗るようにさせる責任を負っている。だから当然、全バラックに靴墨が定期的に供与されていると思われるかもしれないが、そうではない。別の仕組みがあるのだ。まず各々のバラックには、夕方、決められた配給量よりずっと多いスープが支給される、と頭に入れておいてもらいたい。この余りの分は棟長が好き勝手に分けてしまう。まず初めに自分の友達やお気に入りに与える分を取り、次にバラックの職員である掃除人、夜衛、虱検査官といった名士たちへの報酬を汲み出す。そしてまだ残っている分が買い物に使われる（注意深い棟長はみな、いつも余りが出るようにする）。

あとはお分かりだろう。ブナでたまたま獣脂や機械油を飯盒一杯盗み出せた囚人《ヘフトリング》は（他のものでもいい。黒くて油ぎっているものなら、何でも目的にかなうとみなされる)、夕方、収容所に戻って、バラックを順番に回り、物を切らしていたり、非常用にとっておきたい棟長《ブロックエルテスター》を探し出す。なお各バラックには普通決まった運び屋がいて、在庫がなくなりかけたら獣脂を持ってくるという条件で、毎日決まった支払いをもらう約束ができている。

毎晩、昼の居室《ターゲスラウム》の扉の脇に、こうした運び屋たちが集まって、辛抱強く立っているのが見られる。雨や雪に打たれても、何時間でもじっと立ち、物の値段や褒賞の価値がどんなふうに変化したか、小声でせわしなくしゃべっている。時々その一人がグループから離れ、市をざっと眺め、最新の情報をたずさえて戻ってくる。

今あげた以外に、ブナで見つかるもので、ブロックで役立ったり、棟長に喜ばれたり、名士たちの好奇心をそそるものは、数えきれないほどある。電球、ブラシ、石けん、ひげそり石けん、やすり、ペンチ、袋、釘。また飲用としてメチルアルコールが、原始的なライター用にベンジンが売られている。このライターは、ラーゲルの職人たちの秘密工場が作り出した奇跡だ。

こうした盗みと盗み返しは、SSの司令室とブナの文官当局との無言の反目に助長されて、入りくんだ網の目のようになっている。その中で第一の機能を果たしているのはカー・ベーだ。カー・ベーは最も妨害の少ない場所で、規則をやすやすと逃れ、上長の監視をごまかせる安全弁になっている。周知のように、選別されたり死んだ病人は、裸でビルケナウに送られるから、残った服や靴は看護人が手に入れて、安値で市に流してしまう。また割りあてのサルファ剤を、食料と引き換えにブナの民間人に渡しているのも、医師や看護人だ。

それに看護人はスプーンの取り引きで大きな利益をあげている。新参者はラーゲルに入って来ても、スプーンを配給してもらえない。ところが流動状のスープはそれなしでは食べられない。そこで金属工及びブリキ工コマンドーの専門職囚人《ヘフトリング》が、休憩時間中に、ブナで、こっそりとスプーンを作っている。鉄板をハンマーで叩き出して作った、ごつごつしたそまつな食器だ。柄を刃にして、パン切りナイフとして使えるものもたくさんある。これは製造者自身が新参者に直接売りつけている。普通のスプーンはパンの配給の半分、刃つきスプーンは配給の四分の三だ。ところで規則では、カー・ベーにはスプーンを持ったまま入れても、持ち出すことはできない。治った患者は放免される時、服をもらう前に、看護人からスプーンを取りあげられてしまう。看護人はスプーンを市に売りに出す。治った患者の分に死者や選別者の分も加えて、一日にスプーン五十本分もの利益が手に入る。反対に、放免された患者は、仕事に戻る時、初めからパンの配給を半分、新しいスプーン用に割りあてる不利益を負わされるのだ。

その上、カー・ベーは、ブナで盗まれた物資の上得意で、贓品隠匿者だ。カー・ベー用のスープには、毎日二十リットルほどが、さまざまな物資の運び屋から盗品を買う基金として、あらかじめ見こまれている。たとえば、胃洗浄や胃ゾンデに使われる、細いゴム管を盗むものがいる。カー・ベーの給養部の複雑な簿記用に、色鉛筆や色インクを持って来るものがいる。そして温度計やガラス器具や試薬が、ブナの倉庫で囚人《ヘフトリング》のポケットに移され、病室で衛生器材として使われるのだ。

不謹慎な告白はしたくないのだが、乾燥部の温度記録機の方眼紙を一巻き盗み、体温＝脈搏図の用紙に使ったら、とカー・ベーの主任医師に売りつけたのは、私とアルベルトの考えだったことを付け加えておこう。

要するに、ブナでの盗みは、文民管理部からは罰せられるが、SSには公認され、奨励されている。また収容所から物を持ち出すことは、SSからは厳しく禁じられているが、民間人には普通の物々交換だとみなされている。囚人《ヘフトリング》の間での盗みは普通処罰の対象になるが、盗人も被害者も同じ刑罰を与えられる。そこで読者は考えてほしい、ラーゲルでは「良い」「悪い」、「正しい」「正しくない」という言葉が何を意味するかを。そして今までに書いてきた仕組み、あげた例に基づいて、それぞれで判断してほしい。私たちの普通の道徳が、鉄条網の内側でどれだけ生きのびられるかを。

分からない点が多かったラーゲルの生活とは、今まで語ってきたような生活だ。これからも述べられるような生活だ。同時代の多くの人間が、こうして地獄の底に押し込まれて、つらい生き方をした。だが一人一人の時間は比較的短かった。そこでこういう疑問が湧いてくることだろう。この異常な状態に何か記録を残す意味があるのだろうか、それは正しいことなのだろうか、という疑問が。

これには、その通りと答えておきたい。人間の体験はどんなものであっても、意味のない、分析に値しないものはない、そして今語っているこの特殊な世界からも、前向きではないにしろ、根本的な意味を引き出せる、と私たちは信じている。ラーゲルが巨大な生物学的社会的体験でもあったことを、それも顕著な例であったことを、みなに考えてもらいたいのだ。

年齢、境遇、生まれ、言葉、文化、習慣が違う人々が何万人となく鉄条網の中に閉じこめられ、必要条件がすべて満たされない、隅々まで管理された、変化のない、まったく同じ生活体制に従属させられた。たとえば人間が野獣化して生存競争をする時、何が先天的で何が後天的か確かめる実験装置があったとしても、このラーゲルの生活のほうがはるかに厳しかったのだ。

人間は根本的には野獣で、利己的で、分別がないものだ、それは文明という上部構造がなくなればはっきりする、そして「囚人《ヘフトリング》」とは禁制を解かれた人間にすぎない、という考え方がある。だが私たちには、こうした一番単純で明快な考え方が信じられないのだ。むしろ人間が野獣化することについては、窮乏と肉体的不自由に責めたてられたら、人間の習慣や社交本能はほとんど沈黙してしまう、という結論しか引き出せないと考えている。

それよりも注目に値するのは、次のような事実が明らかになることだ。つまり人間には、溺れるものと救われるものという、非常に明確な区分が存在することだ。これ以外の、善人と悪人、利口ものと愚かもの、勇ましいものといくじなし、幸運なものと不運なものといった対立要素はずっとあいまいで、もって生まれたものとは思えない。どっちつかずの中間段階が多すぎて、しかもお互いにからみあっているからだ。

ところが、この溺れるものと救われるものという区分は、普通の生活ではずっとあいまいになっている。なぜなら、大体人は独りぼっちではなく、成功する時も失敗する時も、身近な人たちと運命をわかちあっているので、普通の生活をしている限り、めったに破滅しないからだ。だからある人が際限なく権力を伸ばしたり、下降線をたどって、失敗に失敗を重ね、没落することもない。それに普通はみな精神的、肉体的、金銭的貯えを持っているから、破産したり、すべてをなくしてしまったりする可能性はひどく小さくなっている。それに加えて、法律や、心の規律である道徳が、損害を和らげるのにかなり大きな働きをしている。事実、文明国になればなるほど、困窮者があまりにも貧しくなり、権力者が過大な力を握ることを防止する、賢明な法律が働くようになる、と考えられている。

だがラーゲルでは違うことが起きる。ここでは生存競争に猶予がない。なぜならみなが恐ろしいほど絶望的に孤立しているからだ。〇一八《ヌル・アハツェーン》のような男がつまずいたとしても、手を差しのべるものはいない。逆にわきに突き倒すものはいるかもしれない。というのはたかが「回教徒[68]」がまた一人、毎日の作業に体を引きずってこられなくなっても、興味を持つものなどいないからだ。一方、野獣の忍耐と狡猾さを発揮して、一番厳しい作業から逃れる新しい結合を見つけたり、いくばくかパンを得られる新しい技巧を発見した男がいるとする。男はその方法を秘密にしておこうとするだろう。すると彼はそれゆえに高く評価され尊敬を受け、自分一人の個人的利益を引き出せるようになるのだ。そして彼はさらに強くなり、そのために恐れられる。恐れられるものは、まさにその事実《イプソ・ファクト》によって、生きのびる候補生なのだ。

人間の歴史や生活にはしばしば、「持つものには与え、持たないものからは奪え」という恐ろしい法則が見られるようだ。個々人が孤立していて、原始的な生存競争の法則に支配されているラーゲルでは、この不正な法則が大っぴらに横行し、公認されている。強く狡猾なもの、適応しているものとは、上長も進んで接触を持ち、時には仲間扱いする。あとで何かに役立てようと思っているからだ。だが破滅しつつある回教徒にわざわざ言葉をかけるものはいない。ぐちをこぼしたり、家で何を食べていたか話すのがおちだからだ。友達になってもまったくむだだ。収容所に抜きん出た知りあいがいるわけではないし、配給以外のものは食べていないし、有利なコマンドーで働いているわけでもないし、組織化する秘密の方法を知っているわけでもない。それに通り過ぎてゆくだけで、何週間かしたら近くの収容所で一握りの灰[69]になってしまい、記録簿に印つきの登録番号しか残らないのが分かっているからだ。彼らは無数にいる同類の群れに入れられ、休みなく引きずり回される。彼らはだれにもうかがい知れない孤独をかかえながら、体をひきずり、苦しみ、孤独のうちに死ぬか姿を消し、だれの記憶にも跡を残さない。

　この自然に行われる非情な選別過程の結果は、ラーゲルの統計資料に読み取ることができるだろう。たとえば、アウシュヴィッツで、一九四四年の一年間をとってみると、古参のユダヤ人囚人で、十五万以下の「小番号《クライネ・ヌンマー》」の囚人からは、わずか数百人ほどしか生き残りが出なかったことが分かる（ユダヤ人以外の囚人についてはここでは述べない。条件が違っているからだ）。この中で、普通のコマンドーで働き、普通の配給を受けていた普通の囚人《ヘフトリング》は一人もいなかった。医師、仕立て屋、靴直し、楽士、コック、若くて魅力的な同性愛者、収容所当局者の友人、同郷者、こうしたものたちだけが生き残った。さもなくばとりわけ残忍で精力的で非人間的で、カポーや棟長《ブロックエルテスター》などの任務を引き受けたものたち（SS司令部の任命による。SSはこうした選択に際しては、悪魔のように人間を知っていることを示した）、あるいは特別な任務にこそついてはいないが、狡猾さと行動力からいつも組織化に成功し、物質的優位と名声の外に、収容所の権力者から高い評価とお目こぼしを得たものたちなどだ。組織者《オルガニザトール》、結合者《コンビナトール》、名士《プロミネンツ》（こうした言葉は何と雄弁なことか！）になれないものは、結局すぐに回教徒になってしまう。人生には第三の道がある。それがきまりでもある。だが強制収容所にはそんなものはない。

打ち負かされるのは一番簡単なことだ。与えられる命令をすべて実行し、配給だけ食べ、収容所の規則、労働規律を守るだけでいい。経験の示すところでは、こうすると、良い場合でも三カ月以上はもたない。ガス室行きの回教徒はみな同じ歴史を持っている。いや、もっと正確に言えば、歴史がないのだ。川が海に注ぐように、彼らは坂を下まで自然にころげ落ちる。収容所に入って来ると、生まれつき無能なためか、運が悪かったか、あるいは何かつまらない事故のためか、彼らは適応できる前に打ち負かされてしまう。彼らは即座に叩きのめされてしまうので、ドイツ語を学んだり、規則や禁制の地獄のようなもつれあいに糸口を見つけたりすることもできないうちに、すでに体はだめになり、何をもってしても選別や衰弱死から救い出せなくなっている。彼らの生は短いが、その数は限りない。彼らこそが溺れるもの、回教徒《ムーゼルマン》であり、収容所の中核だ。名もない、非人間のかたまりで、次々に更新されるが、中身はいつも同じで、ただ黙々と行進し、働く。心の中の聖なる閃きはもう消えていて、本当に苦しむには心がからっぽすぎる。彼らを生者と呼ぶのはためらわれる。彼らの死を死と呼ぶのもためらわれる。死を理解するにはあまりにも疲れきっていて、死を目の前にしても恐れることがないからだ。

顔のない彼らが私の記憶に満ちあふれている。もし現代の悪をすべて一つのイメージに押しこめるとしたら、私はなじみ深いこの姿を選ぶだろう。頭を垂れ、肩をすぼめ、顔にも目にも思考の影さえ読み取れない、やせこけた男。

溺れるものに歴史がなく、ただ破滅への道が一本大きく開かれているだけだとしたら、救われる道は多様で、厳しく、想像も及ばない。

本道は、前にも述べたように、名士《プロミネンツ》になることだ。収容所の職員を「名士《プロミネンツ》」と呼ぶ。それは囚人長《ラーゲルエルテスター》から、カポー、コック、看護人、夜衛、バラックの掃除人、便所係《シャイスミニスター》、シャワー監督《バーデマイスター》までさまざまだ。ここで特に興味をひくのは、ユダヤ人の名士だ。というのは、他のものたちは人種的に優越しているおかげで、収容所に入る時、自動的に任務を与えられるのに、ユダヤ人は地位を得るため、陰謀をめぐらし、激しく闘わねばならないからだ。

ユダヤ人の名士という存在は悲しむべき人間現象なのだが、注目に値する。彼らには、現在と過去の苦しみ、祖先の苦難、そして外国人を敵視する伝統と教育が一身に集まっており、それゆえ社会性を欠いた、人間味のひとかけらもない怪物が作り出された。

彼らはドイツのラーゲル体制が生み出した典型的な産物だ。つまり、奴隷状態にある何人かに、仲間との自然な連帯関係を裏切れば、ある特権的地位、ある種の快適さ、生き残れる可能性を与えてやると持ちかけたら、必ずそれを受け入れるものがいる、ということなのだ。こうした裏切り者は普通の法の適用外に出るから、手の届かない存在になる。だから、意地悪になり、嫌われれば嫌われるほど、大きな権力を与えられることになる。この男が不運な人間の群れの指揮権を握り、生殺与奪権を持ったら、残忍な暴君になることだろう。なぜなら十分すぎるほど残忍にならなかったら、もっと適任とみなされたものが、自分の地位を奪うことが分かっているからだ。それに加えて、抑圧者のもとでははけ口のなかった彼自身の憎悪が、不条理にも、被抑圧者に向けられることになる。そして上から受けた侮辱を下のものに吐き出す時、快感をおぼえるのだ。

こうしたことはすべて、普通考えられている図式からかけ離れていることが分かる。つまり被抑圧者同士は、抵抗するまではいかなくとも、少なくとも耐え忍ぶことではお互いに団結する、という図式だ。これは抑圧がある限界を超えない時、あるいは抑圧者の側に経験がないか、寛大であるために、団結を見すごしたり、奨励したりする時に見られることだ。だが今日でも、外国人が侵略者として踏み込んできた国ではどこでも、従属民の間に、同じような反目と憎悪が見られたことは確かだ。そして他のさまざまな人間的出来事もそうだったが、これも、ラーゲルでは、特に残酷なほどはっきりと起こりえたのだ。

非ユダヤ系の名士については、数ははるかに多かったが、語れることは少ない（「アーリア」系の囚人《ヘフトリング》は、ささいなものであっても、任務を持たないものはなかった）。彼らの大部分は一般犯罪人で、しかもユダヤ人収容所の監督官として、あらかじめドイツの監獄で選抜されてきたことを考えてみれば、無知で粗暴なのはあたりまえだ。それにこの選抜は注意深く行われたようだ。というのは、仕事ぶりを見せられたあの卑屈な人間たちが、普通のドイツ人はおろか、特殊な犯罪者の平均的な見本だとも信じられないからだ。だがアウシュヴィッツで、ドイツ、ポーランド、ロシアの政治犯の名士たちが、一般犯罪人と残忍さを競いあったことは説明が難しい。しかし、ドイツでは、闇取り引き、ユダヤ人との密通、[70]党の職員に損害を与える窃盗なども、政治犯罪として扱われていたことは知られている。そして「本当の」政治犯は、今では悲しいまでに有名になった別の種類の収容所に入れられ、悪名高い苛酷な条件のもとで生き、死んでいったのだ。だがその収容所生活はここで述べられている生活とは違っていた。

　ところが本来の意味での職員のほかに、大きな範疇として、初めは運に恵まれなかったが、自分の力だけを頼りに生存競争を戦い抜いた囚人たちがいる。彼らは流れにさからわねばならない。毎日、毎時間、労苦、飢え、寒さ、そしてそれに伴う無力感と戦わねばならない。敵とはりあい、競争相手を情容赦なく蹴落とし、知恵を働かせ、忍耐心を強固にし、意志を貫かねばならない。あるいは品位を殺し、意識の光を消し、他の野獣に対抗すべく、野獣となって戦場に降り、原始時代に種や個人を支えていた、闇にひそむ思いがけない力に導かれるままになる。生きのびるために考え出され、実行された方法は無数にある。個々人の性格と同じくらいだ。だがどれも、自分以外の全員に対する消耗戦を伴い、多くは、少なからぬ逸脱と妥協を必要とする。自分の信念を何一つ捨てずに生きのびることは、よほどの僥倖、強運に恵まれない限りは、聖人や殉教者になれるわずかの優れた人物にしか許されていなかった。

　どんな方法をとれば生きのびられるかは、シェプシェル、アルフレッド・L、エリアス、アンリの例を語ることで示してみよう。

　シェプシェルはラーゲルに四年住んでいる。彼はガリツィアの村からポグロム(71)で追われたのを皮切りにして、自分のまわりで何万というユダヤ人が死んでゆくのを見てきた。妻と、五人の子供を持ち、馬具店を営んで成功していたが、今ではもう自分のことを、定期的に満たすべき胃袋としか考えていない。彼はきわだって頑健でも、勇敢でも、意地悪でもない。とりわけ狡猾でもないし、少しは食べ物が得られるような方法を見つけたわけでもない。だが断続的に小さな便宜の道に走る。つまりここで言う「結合《コンビナチエ》」のことだ。

彼は時々ブナでほうきを盗んで棟長《ブロックエルテスター》に売りつける。資本となるパンを少し貯えられると、同郷人のブロックの靴直しから道具を借りて、一人で何時間か、一生懸命働く。電線を組みあわせて、ズボンつりを作れるのだ。昼休みに彼がスロヴァキア人労働者の小屋の前で歌って踊り、時にはスープの余りにありつくのを見たことがある、とシギが言っていた。

こんなふうに語ると、シェプシェルは、もはやただ生きたいというつつましい意志しか持っていない哀れな人間で、打ち負かされないための小さな戦いを勇敢に戦っているだけだと思えて、同情してしまうかもしれない。だがシェプシェルも例外ではない。機会が訪れた時、ためらいもせずにモイシュルを告発したのだ。そのため厨房の盗みの共犯だったモイシュルは鞭打ちを受けた。それも、結局は見込み違いだったのだが、棟長《ブロックエルテスター》のおぼえを良くして、大鍋洗いの作業員候補にしてもらいたい、と期待してのことなのだ。


アルフレッド・L技師の話は、とりわけ、人間が生まれながら平等だという神話がいかにむなしいものか、教えてくれる。

Lは故国で非常に重要度の高い化学工場を経営しており、その名は全ヨーロッパの工業界に知られていた（今でもそうだ）。彼は五十歳ぐらいの頑健そうな男だった。どんなふうに逮捕されたかは知らないが、収容所にはみなと同じように、裸で、独りぼっちで、無名のまま入ってきた。私が彼を知った時は、ひどくやつれていた。だが顔つきを見ると、訓練を積んだ、抑制のきいた活力がまだ残っていることが分かった。その頃の彼の特権は、ポーランド人労働者の大鍋を毎日洗うことだけだった。どうやって独占できたのか分からないが、この仕事から一日に飯盒半分のスープを得ていた。もちろん飢えを満たすには十分でなかった。だが彼がぐちをこぼすのを聞いたものはいない。むしろ、時々もれる言葉からは、秘密の大供給源を握っていること、確実で実りの多い「組織化」をしていることがうかがえた。

それは彼の容貌からも確認できた。Lは「体の線」を保っていた。顔や手はいつも完全にきれいだったし、非常にまれな、犠牲をともなう行為だったが、二カ月ごとの交換を待たずに、ほとんどいつも、二週間ごとにシャツを洗っていた（ここで注意してもらいたい。シャツを洗うとは、石けんがあり、時間もあり、ごった返す洗面所で場所を見つけ出すことを意味する。そして目を一瞬たりともそらさずに濡れたシャツを監視し、灯が消える就寝時間には、もちろん濡れたまま着ることを意味する）。彼はシャワーに行くためのサンダルを持っており、縞の上着は新しく清潔で、不思議にも体にぴたりとあっていた。Lはそうなる前に実質的に名士の外貌を手に入れていた。というのは、ずっとあとになってから、私はいろいろのことを知ったからだ。Lは信じ難いほどの粘り強さで、こうした豊かさを誇示していた。自分の配給を割いてまで、物や賃仕事に支払いをし、自らを余分な窮乏体制に追い込んでいたのだ。

彼の計画は息の長いもので、刹那的な考え方が支配する環境で練り上げられたものとしては、注目に値する。Lは自分の内面に厳しい規律を科すことで、それを果たした。自分自身はもとより、もっともなことだが、道をふさぐ仲間にも、一切あわれみを見せなかった。強者として尊敬されることと実際にそうなることとの間にはわずかの距離しかないこと、そして、どんなところでも、とりわけみなが同じ水準に落ちるラーゲルのようなところでは、尊敬に値する外貌が最もよく実際の尊敬を集めることを、彼は知っていた。彼は群れの仲間と間違われないように、あらゆる注意を払っていた。そして熱心に働く様を誇示し、時にはなだめすかすようにしてなまけものの仲間をはげました。毎日、配給の列に並ぶ時は、良い場所を得ようと争うのは止めて、水っぽいので悪名高い最初のスープを受け取るようにし、規律を守ることで棟長《ブロックエルテスター》の注意を引こうとした。仲間との距離を完全なものにしようとして、仲間と接する時は、自分の完璧なエゴイズムに匹敵するような、ばかていねいな態度を見せた。

　あとで述べるが、化学コマンドーが結成された時、Lは自分の時が来たのを悟った。だらしなく汚れた仲間たちの中で、これこそ正真正銘の救われたものだ[72]、隠れた名士だ、とカポーや労役部《アルバイツディーンスト》を即座に納得させるには、清潔な服と、やせてはいるがひげのあたってある顔だけで十分だった。それゆえに（持っているものには与えよ、だ）、彼はすぐに「特殊技能者」に昇進し、コマンドーの技術長に任命された。またブナの管理部は彼にスチレン部実験室の分析家の職を与えた。それに続いて彼は、化学コマンドーの新入者一人一人の職業能力を判定する試験をまかせられた。彼はこれをいつも非常に厳格に行った。将来の競争相手になりそうなものには特に厳しかった。

　彼がその後どうなったか、私は知らない。だが死を逃れて、何の喜びもない、意志堅固な支配者として、冷えきった生活をしている可能性は十分にあると思う。

一四一五六五番のエリアス・リンジンは、ある日、何の理由もなしに、突如化学コマンドーに入ってきた。彼は小人で、背たけは一メートル半もなかったが、あれほどの筋肉の持ち主は見たことがない。裸になると筋肉の一本一本が、皮膚の下で、別の命を持った生き物のように、力強く自在に動くのがはっきり見えるのだ。比率を変えずに体だけ大きくし、頭を取ってしまったら、ヘラクレスのいいモデルになることだろう。

彼の頭皮の下には、異常に突き出した頭蓋の縫合線がはっきりと見て取れる。頭はどっしりと大きく、金属や石でできているかのように重そうだ。そして眉毛からわずか指一本分ほど上には、もう黒い髪の剃り跡がある。鼻、顎、額、頬骨は固く引き締まっていて、顔全体は、羊の頭、物を叩く道具のように見える。体全体からは野獣の活力があふれ出ている。

エリアスの働きぶりを見ると、めんくらってしまう。ポーランド人やドイツ人の監督《マイスター》たちも時々立ち止まって、エリアスの働きぶりを感心しながら眺めている。彼には不可能なことは何一つないように見える。私たちだったらセメント一袋がやっとなのに、エリアスは二つ、三つ、四つと持ち、どうするのか、うまくバランスをとって、ずんぐりした短い足でとことこと歩き、重さに顔をしかめながらも、笑い、ののしり、叫び、息もつかずに歌う。まるで青銅の肺を持っているようだ。また木底の靴をはいているのに、猿のように足場によじ登って、空中に突き出た横板の上をあぶなげなく走る。煉瓦は六つ、頭にのせて、うまく均衡を保って運ぶ。鉄板のきれはしでスプーンを、鋼鉄のくずでナイフを作れる。

どんなところでも乾いた紙や木や石炭を見つけ出し、雨が降っていてもすぐに火がつけられる。仕立て屋、大工、靴直し、床屋の職をはたせる。信じられないほど遠くまで唾を飛ばせる。なかなか良いバスの声で、聞いたこともない、ポーランド語やイディッシュ語の歌を歌う。六リットル、八リットル、いや十リットルのスープを飲んでも、吐いたり、下痢したりせずに、すぐに仕事に取りかかれる。肩甲骨の間に大きなこぶを出し、体を曲げて猿のまねをし、訳の分からないことをわめき散らしながらバラック中を回って、収容所の権力者たちを楽しませる。私は彼が頭一つ背の高いポーランド人と喧嘩したのを見たことがある。頭突きを胃に見舞って、一撃で倒してしまったのだ。力強く、正確で、カタパルトから発射されたかのようだった。彼が休んだり、じっと静かにしているのは見たことがない。病気になったり、怪我したりしたのも知らない。

彼の外での生活については、何も分かっていない。それに、エリアスの囚人以外の服装を想像するには、空想力と推理力を振りしぼらねばならない。彼はポーランド語と、ワルシャワなまりの、どなるような調子の、崩れたイディッシュ語しか話せない。だが彼にきちんとした話をさせるのは不可能なことだ。彼は二十歳にも、四十歳にも見える。自分では、いつも、三十三歳で、子供が十七人いる、と言っている。これはあながち嘘とは思えない。彼はいろいろなことを、脈絡なしに、ひたすらしゃべる。狂人のように激しいしぐさをまじえ、演説口調で、大声を轟かす。いつもぎっしり詰まった聴衆を前にして話しているかのようだ。そしてもちろん聴衆に欠くことはない。言葉の分かるものは笑いころげながら、彼の熱弁を呑みこみ、熱狂して硬い肩を叩き、さらに続けるよう促す。彼のほうは、眉根を寄せて獰猛な顔を作り、聴衆の輪の中を野獣のように歩き回って、だれかれとなく問いつめる。そして不意に猛禽類の爪のような手で、ある男の胸ぐらをつかんだかと思うと、身動きできないように引きつけ、おびえたその顔に訳の分からないおどし文句を吐き出し、枯れ枝のように後ろにほうり出す。そして喝采と笑い声が湧き上がる中で、予言を告げる小さな怪物のように、腕を天に伸ばし、狂ったような激しい調子の演説を続ける。

彼がまれに見る働き手だという評判はすぐに広まり、ばかげたラーゲルの法によって、彼はその時から実質的に働くのを止めた。彼は監督のじきじきの要請により、特殊な技能や力が要求される作業にだけ従事することになった。こうして借り出されるほかは、私たちの毎日の平板な労働を横暴な態度で監督するのが仕事になった。そして、どこを訪ねるのか、どんな冒険をしてくるのか、ひんぱんに姿をくらませては、どこかの作業場の隠れ家にもぐりこみ、ポケットを一杯にしたり、目に見えるほど腹をふくらませて戻ってくるのだった。

エリアスは罪の意識のない、生まれながらの泥棒である。盗みにかけては、野獣の持つ本能的な狡猾さを発揮する。彼は決して現場をおさえられることがない。確実な機会が来るまで盗まないからだ。だがそれが到来するやいなや、投げ出された石が確実に落下するように、予想にたがわず、絶対に盗みを働く。現場をおさえるのが難しいことを別にしても、彼を盗みの罪で罰しても何の役にもたたない。盗みは彼にとって、息をしたり眠ったりするのと同じように、何か命にかかわる行為なのだ。

さて、今ではもう問いかけられる、このエリアスという男は何ものなのか、と。たまたまラーゲルに入ってきた、理解の及ばない、非人間的な狂人なのだろうか。現代世界にはあわないが、収容所の原始的な条件にはぴったりの、先祖返りなのだろうか。あるいは、もしかして私たちが収容所で死なず、収容所もなくならないとしたら、みながなってしまう、収容所特有の産物なのだろうか？

三つの仮定にはそれぞれ正しいところがある。エリアスは肉体的な破滅をまぬがれた。肉体的には破壊できないからだ。心を破壊されることにも耐えた。狂っているからだ。だからまず第一に生き残るのだ。彼は最も適応した人間、収容所の生き方にぴたりとあう、見本のような存在だ。

もしエリアスが自由を得たら、牢獄か、精神病院か、いずれにせよ人間社会の外縁に押しこまれることだろう。だがこのラーゲルには犯罪者も狂人もいない。違反すべき道徳律がないから犯罪者はいないし、足かせがあって、ある時ある場所でとれる行動は、明らかにただ一つしかないから、狂人もいないのだ。

ラーゲルにいる限り、エリアスは栄え、勝利を得る。彼はよい働き手であり、よい組織者で、この二重の理由から、選別の恐れはなくなり、上長や仲間から尊敬される。確固たる精神力のないもの、自分の意志で人生の土台を築けないものは、唯一の救いの道として、エリアスのやり方を選ぶ。正気を捨て、人を欺く獣性を身につけることだ。ほかのどんな道にも出口はない。

たぶんこの話から日常生活に役立つ結論を引き出そう、ものさしを作ろう、と考えるものが出てくることだろう。おそらく周囲に、多かれ少なかれエリアスに似たものがいるだろうからだ。生きる目的もなく、良心や自制心をまったく持たない人間がいるだろうからだ。彼らはこうした欠落にもかかわらず、生きているのではなく、エリアスと同じように、まさにその欠落のおかげで生きているのだ。

この問題は重大だ。だがまたあとで論じられるわけではない。というのは、ここではラーゲルの話に限りたいし、外の世界の人間については、多くのことがすでに書かれているからだ。だがもう一つだけつけ加えておきたい。エリアスは外から見る限りでは、そしてこの言葉が意味を持つ限りでは、幸せそうに見えた。


アンリは、逆に、非常に教養の高い、意識的な人間で、ラーゲルで生きのびる方法を系統立てて完璧に理論化していた。まだ二十二歳なのだが、知性にあふれ、仏、独、英、露語を話し、最上の古典と科学の素養を身につけていた。

彼の兄は前の冬にブナで死んだ。そしてその日からアンリはあらゆる愛情の絆を断ち切った。彼は自分の殻に閉じこもり、回転の素早い頭と洗練された教養から引き出せる財産をすべて使って、わきめもふらずに生き残る戦いを進めている。アンリの理論によると、人の名にふさわしい状態にいて抹殺を逃れるには、使える方法が三つある。組織を作り、同情をかきたて、盗みをすることだ。

彼自身はこれを三つとも使っている。イギリス人の戦争捕虜を籠落する時(彼は「耕す」と言っている)、彼ほど素晴らしい戦略家はいない。イギリス人たちは、彼の手の中で、本物の金の卵を生む鶏になる。イギリスの巻きたばこ一本と交換するだけで、ラーゲルでは一日の飢えがしのげることを考えてほしい。アンリはいつだか本物のゆで卵を食べているのを見つかったことがある。

イギリス人から来る物品の取り引きはアンリの独占だ。ここまでは組織を作ることだ。だが彼がイギリス人に食いこむ手段は同情なのだ。アンリの体つきや顔だちは繊細で、ソドマ[73]の描いた聖セバスティアヌスのように、かすかに倒錯的なところがある。瞳は黒くうるみ、まだひげはなく、動作には生来のしどけない優雅さがある（それでも必要な時には猫のように駆け、跳ぶことができる。彼の胃の消化力はエリアスにわずかに及ばないほどのものだ）。こうした自然のたまものをアンリは十分にこころえていて、実験装置を操る科学者のように、冷たい手つきで利用する。その結果たるや驚くべきものだ。実質的には一つの発見だ。同情とは反省を経ない本能的な感情だから、うまく吹きこめば、私たちに命令を下す野獣たちの未開な心にも根づく、ということをアンリは発見した。何の理由もないのに私たちを遠慮会釈なく殴り、倒れたら踏みつけるようなあの連中の心にも根づくのだ。彼はこの発見が実際にもたらす大きな利益を見逃さずに、その上に個人的産業を築き上げた。

狩人蜂[74]が、攻撃可能な唯一の場所である神経節を刺して、大きな毛虫を麻痺させるように、アンリは対象を「どんなタイプ《ソン・ティプ》か」一目で値ぶみする。そしてそれぞれにあった言葉で話しかければ、少し話すだけで、その「タイプ《ティプ》」は征服される。彼らは話を聞きながら同情を深めてゆき、不幸な若者の運命に心を動かす。物をくれ始めるまでにたいした時間はかからない。

本気になったら、アンリが好印象を与えられないような硬い心の持ち主はいない。ラーゲルでもブナでも、彼の保護者は数えきれないほどいる。イギリス軍の兵士たち、フランスの民間人労働者たち、ウクライナ人、ポーランド人。ドイツの「政治犯」。少なくとも棟長《ブロックエルテスター》が四人、コックが一人、SS

まで一人。だが彼のお気に入りの戦場はカー・べーだ。アンリはカー・べーに自由に出入りできるし、シトロン博士とヴァイス博士は保護者というより友達で、望みの時に、望みの診断でかくまってくれる。これはとりわけ選別が間近な時や、仕事が厳しい時期に用いられる。「冬ごもりさ」とアンリは言っている。

　こうした素晴らしい友人たちがいるので、アンリがめったに第三の道に、つまり盗みに走らないのも当然のことだ。それに盗みの話を進んで打ち明けないのは、お分かりだろう。

　休憩時間にアンリと話すのはとても楽しいことだ。それに役にも立つ。収容所のことで彼の知らないことはないし、理路整然とした緻密な話し方で、論じないことはないからだ。自分の成功については、価値のない成果だとして、節度を持って、礼儀正しく語る。だが話の筋を離れて、ハンスの時は前線にいる息子のことを尋ねた、逆にオットーの場合は脛にある傷を見せた、と接近する時にどんな計算をするのか、喜んで披露してくれる。

　アンリと話すのは役に立つし楽しい。時には強い親しみをおぼえて、互いに理解し、愛情を持てる、と思ったりする。自分が普通とは違うのを自覚して苦しんでいる、その心の底を見たような気になるのだ。だが次の瞬間にはその悲しげなほほえみはこわばり、鏡で練習したような冷たいしかめ面に変わる。「することがあるから《ジェ・ケルク・ショーズ・ア・フェール》」、「会わなければならない人がいるから《ジェ・ケルカン・ア・ヴォワール》」と言っていねいに非礼をわびると、不意にまた獲物を狩りに戦場に出て行く。そうなると、かたくなで、よそよそしい、鎧を着こんだ万人の敵になる。創世記の蛇のように、人知を超えた狡猾さを持つ、理解し難い存在になる。

アンリと話したあとはいつも、心の底から話した時でさえも、私は軽い敗北感を味わった。何かまったく分からないやり方で、私も、人間ではなく、手中の道具として扱われたのではないか、という漠とした疑いが湧いてくるからだ。

今アンリが生きていることは知っている。彼の自由人としての生活ぶりを知るためだったら、多くを費やしてもいいと思っている。だが、もう一度会いたいとは思わない。

化学の試験

化学コマンドーと呼ばれていた第九十八コマンドーは、専門家の部隊になるはずだった。その編成が公式に通知された日、朝もやに包まれた点呼広場で、新たなカポーのまわりに集まったのは、わずかに十五人の囚人《ヘフトリング》だけだった。

まず初めにがっかりさせられたのは、カポーがまたもや犯罪をなりわいとする「緑の三角形」だったことだ。労役部《アルバイツディーンスト》は、化学コマンドーのカポーには化学者をあてるべきだとは考えなかった。このカポーに質問をして労力を費やしてもむだだ。返事をしないか、わめき声と足蹴で答えるだけだろう。彼の貧弱な体つきと、普通よりも低い背たけがそれを物語っていた。

彼が刑務所にふさわしいひどく下品なドイツ語で短い演説をすると、幻滅はさらに確実なものになった。それじゃおまえらが化学者ってわけか。よし、おれがアレックスだ。おまえらが天国に来たなんて思ってるなら、大間違いだぞ。まず第一に、工場が動き出すまではだな、この第九十八コマンドーは塩化マグネシウム倉庫付きの輸送コマンドーとして働くんだ。それから、おまえたちが学《インテリゲンテン》があるからって、このドイツ帝国民《ライヒスドイチャー》[75]のアレックス様をだませるなんて思いやがったら、ちくしょうめ《ヘルゴットサクラメント》、目にもの見せてくれるぞ、このおれ様が……（そしてこぶしを握り、人差し指を立てて、空を斜めに切る。ドイツ人の脅しのゼスチャーだ）。それから最後に言っとくが、化学者でもねえのに、そう言ってだまし通せるなんて思うんじゃねえぞ。いいか、近いうちに試験があるんだ。重合部の三巨頭がなさる化学の試験だ。ハーゲン博士《ドクトル》、プロプスト博士《ドクトル》、パンヴィッツ 技師《インゼニウール》＝博士《ドクトル》のな。
それでな、ええ、紳士諸君《マイネ・ヘレン》、時間がもうずいぶんむだになっちまった、九十六と九十七コマンドーはもう出発したぞ、さあ、進め、足があわせられなくって列を作れねえ野郎は、まずおれとつきあうことになるぞ。

彼もただのカポーでしかなかった。

ラーゲルを出るため、楽隊とSSの点呼台の前を通る時は、五列横隊になり、縁なし帽を手に持って、腕を動かさずに脇にそえ、顎をひいて歩く。話をすることは許されない。それから三列横隊になると、一万足の木靴の足音にまぎれて、二言、三言、ためしに言葉をかわすこともできる。

この化学者の仲間とはだれだろう？　私の脇にはアルベルトがいる。彼は大学の三年生だったから、今度も一緒になることができた。私の左側は見たことのない男だ。かなり若いらしい。ろうのように真っ白な顔。オランダ人の番号だ。私の前の三つの背中も見たことがない。後ろを振り返るのは危険だ。遅れたり、つまずいたりするからだ。それでもちらっと振り返る。イス・クラウスナーの顔が見えた。

歩いているうちは、考える暇がない。前でつまずくものの靴をふまないように、後ろのものに靴をふまれないように、注意していなければならないからだ。それにいたるところに泥水の水たまりや穴があり、またいだり、よけたりしなければならない。だがどこを歩いているのか分かっている。前のコマンドーにいたとき通ったことがあるからだ。H通《ハー・シュトラーセ》りだ、倉庫が立ち並ぶ通りだ。私はアルベルトに教える。本当に塩化マグネシウム部の倉庫に行くのだ。少なくともこれは作り話ではなかった。

到着したところは、風の吹き抜ける、じくじくした広い窪地だ。これが、ブーデと呼ばれるコマンドーの本拠地だ。カポーは私たちを三つの分隊に分ける。四人が貨車から袋を降ろす。七人が下まで運んでくる。四人が倉庫に積み上げる。この最後の四人に、私、アルベルト、クラウスナー、オランダ人が割り当てられる。

やっと話すことができる。私たちのだれにも、アレックスの言ったことは狂人の夢としか思えない。この虚ろな顔、剃り上げた頭、恥ずかしい服装で、化学の試験を受けるというのだ。もちろんドイツ語でするのだろう。金髪のアーリア人博士《ドクトル》の前に出頭せねばならないのだ。鼻をかむ事態にならないよう祈ろう。私たちがハンカチを持っていないことなど知らないだろうし、それを説明するのは不可能だろうから。それに古い相棒の飢えをかかえているから、立っていても、膝が震え出すだろうし、体の臭いもかぎつけられるに違いない。今はもう慣れてしまったが、初めの頃はしつこくつきまとってきたあの臭いだ。かぶとキャベツの、生のものと、煮たものと、消化されたものが入り混じった臭いだ。まあ、そんなところだろうな。クラウスナーがあいづちを打つ。それではドイツ人は化学者をひどく欲しがっているのか？　それとも新たな策略か、あるいは「私たちユダヤ人をばかにする《プール・フェール・シエ・レ・ジュイフ》」また別のからくりだろうか？　試験を要求するなんて、異様でばからしいことが分からないのだろうか？　もはや生者とは言えないこの私たち、わびしく無を待ち望むうちに、半分ほうけてしまったこの私たちだというのに。

クラウスナーは飯盒の底を見せてくれる。普通そこには番号が彫ってある。アルベルトと私は名前を彫りつけた。クラウスナーはそこにこう書いていた。「理解しようとするな《ヌ・パ・シェルシェ・ア・コンプランドル》」

私たちは一日に数分も、ものを考えないし、その時もよそよそしい他人ごとのような考え方しかできないのだが、それでもいつか選別されることは分かっている。私は自分に、もちこたえられるような素質がないことが、よく分かっている。あまりにも都会的で、ものごとを考えすぎていて、作業で消耗しているのだ。ところが今は化学の試験に通れば専門家になれ、専門家になれば助かる、という希望が出てきて、そのことが自分でもよく分かっているのだ。

机に座って書いているたった今でも、こうしたことが本当に起きたとは、私自身も信じられない。

三日間が過ぎた。いつもの、記憶に残りもしない三日間だ。過ぎるまでは長いが、そのあとになるとひどく短く思えてしまう日々だ。そしてみなはもう化学の試験を信ずることに疲れきっていた。

コマンドーは十二人に減っていた。ここのいつものやり方で、三人が姿を消した。たぶん隣のバラックに移されたのか、あるいは世界から抹殺されたかの、どちらかだ。十二人の中で、五人は化学者でなかった。その五人は全員、元のコマンドーに戻してくれるようアレックスに頼んだ。殴られるのは避けられなかった。だが思いがけずに、どこかの筋から、化学コマンドーの補助員として残るよう、決められてしまった。

そんな時、穴蔵のような塩化マグネシウム部の倉庫にアレックスがやって来て、試験を受けに行くよう、私たち七人を呼び出した。そこで私たちは、雌鶏に連れられた七匹の不格好なひよこといった態で、アレックスに続いて重合部事務室《ポリメリザツィオーンス・ビュロー》の階段をのぼった。のぼりきると、件《くだん》の三つの名を記した名札が一つ、扉に打ちつけてあった。アレックスはうやうやしくノックし、縁なし帽を取って、中に入った。物静かな声が聞こえてくる。アレックスが出てきた。「静かにしやがれ《ルーエ・イエット》。待ってろ《ヴァルテン》」

私たちは満足だ。働いている時は、一分一分がなかなか流れないから、一生懸命、後押ししてやらなければならないのに、待つ時はわざわざ押さなくとも、なめらかに流れ去る。待つのはいつもうれしいことだ。古巣に巣くう蜘蛛のように、何もせずにぼんやりとしながら、何時間でも待つことができる。

アレックスは神経質になっている。あちこち歩き回るから、通るたびに道をあけねばならない。私たちもそれぞれ自分なりに落ち着かなくなる。ただメンディだけが例外だ。彼はラビだ。ロシアの下カルパティア[76]の出で、多民族の混住地域だから、住民はみな少なくとも三カ国語はしゃべれるのだが、メンディは七カ国語を話す。博識家で、ラビであるほかに、戦闘的なシオニスト[77]、言語学者、法律家であり、パルチザンの闘士であった。彼は化学者ではないが、それでも試してみたいのだ。小男だが、粘り強く、勇気があって、頭の回転が早い。

バーラが鉛筆を持っているので、みながまわりに集まる。まだ書けるかどうか心配だから、試してみたいのだ。

炭化水素《コーレンヴァサーシュトフェ》、質量作用の法則《マッセンヴィルクングスゲゼッツ》。化合物や法則のドイツ語が頭に浮かんでくる。私の頭に感謝しなければ。全然手入れをしなかったのに、まだこんなによく働いてくれる。

アレックスがやって来る。私は化学者だ。アレックスに何のかかわりがあろうか？　彼は私の目の前に立ちはだかり、私の上着の襟をぞんざいに直す。縁なし帽を取って、頭にかぶせ直す。一歩後ろに下がり、見くだしたように結果を見て、ぶつぶつ言いながら、背を向ける。「何てひでえ新入りだ！《ヴァス・フュア・アイン・ムーゼルマン・ツーガング》」

扉が開く。三人の博士は、午前中は六人しか試験をしない。七人目はあとまわしだ。七人目とは私だ。登録番号が一番大きいから、作業に戻らねばならない。午後になってからアレックスが連れに来る。何という不運だろう、「どんな質問をしたか」訊くことさえできない。

今度こそ本当だ。アレックスは階段の上から私を険しい目つきで見つめる。私のみすぼらしい外観にいくらか責任を感じているのだ。彼は私をこころよく思っていない。イタリア人で、ユダヤ人だからだ。そして何よりも、彼の粗暴な男らしさの理想からひどくかけ離れているからだ。彼は何も分からないし、そうした自分の無知を誇りに思っているくらいだから、私のひ弱さから推して、試験には通りっこない、という態度を露骨に見せつける。

私たちは中に入る。パンヴィッツ博士《ドクトル》しかいない。アレックスは帽子を手に持ち、声を殺して話しかける。「……イタリア人です、ラーゲルには三カ月しかいませんが、もう半分だめになってます……

自分じゃ化学者だって言ってます《エア・ザークト・エア・イスト・ヒェミカー》……」だがアレックス自身はこの点を大いに割り引きしているようだ。アレックスは短くあいさつをして、かたわらに退く。私はスフィンクスと対峙した時のオイディプス王のような気持ちになる。頭ははっきりしている。賭けられた地位が重要なことはこの瞬間にも分かっている。だが試験から逃げ出して姿を消したい、という狂ったような衝動にかられる。

パンヴィッツは金髪で、背が高く、やせている。ドイツ人のすべてがかくあるべき目、髪、鼻を持っており、複雑な作りの机の向こう側に、恐ろしげな様子で座っている。[78]私、囚人《ヘフトリング》一七四五一七番は彼の書斎に立ったままだ。これは整頓の行き届いた、清潔な、磨きぬかれた、本当の書斎で、手を触れたら、そこらじゅうに汚ない跡を残しそうな気がする。

書き物を終えると、彼は目を上げて私を見た。

その日から私はパンヴィッツ博士《ドクトル》のことを、いろいろな角度から、何度も考えてみた。彼の人間としての心の動きはいかなるものか、問い返してみた。重合部を出て、インド・ゲルマン意識[79]から離れる時、どうやって自分の時間を使っているのか。とりわけ、私は、再度自由な人間になった時、また彼に会いたいと思った。復讐のためでなく、人間の心に対する興味のためだ。

なぜならあの視線は人間同士の間で交わされたものではなかったからだ。[80]別世界に住む生き物が、水族館のガラス越しに交わしたような視線だったのだ。もし私があの視線の性格を徹底的に究明できたなら、第三帝国の大いなる狂気の本質をも説明できたに違いない。

私たち全員がドイツ人について考え、言っていたことが、あの瞬間に直接感知できたのだ。あの青い目とあの手入れの行き届いた手を支配する頭脳は、こう語っていた。「目の前のこれは明らかに廃棄にふさわしい部類のものだ。だが特殊な場合だから、その前に何か有益な要素を含んでいないか確かめる必要がある」そして私の頭の中には、鬆《す》だらけのかぼちゃに点々と種ができるように、こんな考えが渦巻いていた。「青い目と金色の髪は本質的な悪意を秘めている。決して通じあえはしない。私は鉱物化学が専門だ。有機合成が専門だ。そして専門は……」

第三の動物学的標本とも言うべきアレックスが、片隅であくびし、歯をむいている間に、試問が始まった。

「あなたはどこの生まれですか?《ヴォー・ジント・ジー・ゲボーレン》」あなたと問いかけてきた。パンヴィッツ技師《インゼニウール》＝博士《ドクトル》はユーモアのセンスを持っていない。それに何といまいましいことか。分かりやすいドイツ語を話そうなどとは、少しも思っていないのだ。

「私は一九四一年にトリーノ大学を最優等で卒業しました」こう言いながらも、信じてはもらえまいという確かな予感を持つ。自分自身も本当だとは思えない。汚れたひびだらけの手と、泥がこびりついた強制労働者用のズボンを見れば十分だ。だが私は私だ。トリーノ大学の卒業生だ。それに、特にこの瞬間には、私の正体は疑いえない。実際、長い間活動していなかったのに、私の有機化学の知識貯蔵所は、思いがけない素直さで要請に応えてくれる。それに加えて、このさえきった銘酊状態、血管を熱く駆けめぐるこの高ぶりは、よく知っているものだ。試験の熱だ、試験を受ける時の、あの私の熱気だ。知識と論証能力のすべてが自然に動員される状態だ。学校の仲間たちがひどくうらやんだ、あの状態だ。

試験はうまく進んでいる。一歩一歩それが確信できるにつれて、背が伸びるような気がする。今は卒業論文にどんなテーマを取り上げたか訊いている。私はひどく骨を折って、あまりにも遠くなった一連の思い出をよみがえらせようとする。まるで前世の化身時の出来事を思い出そうとしているみたいだ。

何かが私を守ってくれる。大昔の私のあわれな「絶縁体定数の測定(81)」は、確固たる生を営んでいるこの金髪のアーリア人の興味を大いに引きつける。英語を知っているか、と尋ねて、ガッターマンのテキストを見せてくれる。これもまったく道理に合わなくて、本当とは思えないのだが、この鉄条網に囲まれた別世界に、イタリアの自分の家で四年間勉強したのとまったく同じ、ガッターマンがあるのだ。

これで終わりだ。試験の間中、体を支えてくれた興奮が急に静まり、私は、真っ白な手が訳の分からない記号を使って、白い紙に私の運命を書きつけるのを、ぐったりしながらぼんやりと見ている。

「さあ、出て行け！《ロース・アプ》」アレックスが場面に割りこんで来る。私はまた彼の権限の下に置かれる。アレックスは踵を打ちあわせてパンヴィッツに敬礼し、軽いまばたきの返礼を受けとる。私は一瞬、適当ないとまごいの言葉を手探りで捜してみる。むだだ。食べる、働く、盗む、死ぬはドイツ語で言える。硫酸、大気圧、短波発信機も言える。だが身分の高い人にどうあいさつをするのかは、まったく分からないのだ。

また階段だ。アレックスは段を飛ぶように降りる。ユダヤ人ではないから革靴をはいている。マレボルジェ[訳注8]の悪鬼のように、足が軽いのだ。私が老人のように手すりにつかまり、サイズがふぞろいの、ぶかぶかな木靴で、つまずきながらやかましく降りるのを、下から険しい目つきでにらんでいる。

うまくいったようだ。だが、頼みにするのは狂気の沙汰だ。ラーゲルのことは十分に承知しているから、予想が禁物なことは分かっている。特に楽観的な予想はいけない。確かなことは一日を働かずに過ごしたこと、だから今夜は飢えがわずかにおさまることだ。これがかちえた確実な利益なのだ。

ブーデに帰るには、金属製の梁や格子がところ狭しと積んである空き地を通らねばならない。巻き上げ機の鋼鉄製ケーブルが道をふさいでいる。アレックスはそれをつかんで乗り越えようとするが、黒い油がべっとりと手についてしまう。畜生《ドンナーヴェッター》め。その時ちょうど私が追いつく。アレックスは憎しみも侮蔑も見せずに、自然な態度で、てのひらと甲を私の肩にこすりつけ、きれいにする。この彼の行為を基準にして、今日私が、彼やパンヴィッツや、アウシュヴィッツだけではなく、どこにでもたくさんいる、多かれ少なかれ彼と同類の人物を判断している、とだれかが彼に伝えたら、無邪気な野獣のアレックスはひどく驚くことだろう。[82]

オデュッセウスの歌

私たちは六人で、地中に埋められたタンクの内壁を削り取り、清掃していた。陽の光は入り口の小さな扉から差してくるだけだった。極上の仕事だった。監視するものがいなかったからだ。だが湿り気があって寒く、錆がほこりになって目を傷め、口や喉に血の味のする膜を作るのだった。

入り口にかかっている縄ばしごが揺れた。だれかがやって来る。ドイチュはたばこを消し、ゴルトナーはシヴァジャンを起こす。そして全員で勢いよく壁をこすり、鉄板を高らかに鳴らす。

職工長《フォアアルバイター》ではなかった。私たちのコマンドーのピコロをしているジャンだった。ジャンはアルザス出身の学生だ。二十四歳だが、化学コマンドーの中で一番若い囚人《ヘフトリング》だった。だから彼がピコロの任務を引き受けている。つまり書記を兼ねた使い走りの小僧のことで、バラックの清掃、道具の受け渡し、飯盒の洗浄、コマンドーの労働時間の記帳、といった仕事をするのだ。

ジャンはフランス語とドイツ語を正確に話す。縄ばしごの最上段に彼の靴が見えるやいなや、全員がひっかくのを止めた。

「それじゃ《アルゾー》、ピコロ、何か変わったことが起きたのかい？《ヴァス・ギーブト・エス・ノイエス》」
「今日のスープは何だい？《ケス・キリア・コム・スープ・オジュールドユイ》」
……カポーの機嫌はどうだ？　ステルンの鞭打ち二十五回の件は？　外の天気はどうだね？　新聞は読んだか？　民間人の厨房はどんな匂いがした？　今は何時だい？

ジャンはコマンドーではみなから好かれている。ピコロは、普通は十七歳以下の少年がなるのだが、名士《プロミネンツ》の中ではかなり等級が上の仕事だ。なぜなら、手作業はしないし、配給の大鍋の底の部分は自由にできるし、一日中ストーブのそばにいられるからだ。そして「それゆえに」配給の半分を余分にもらえ、カポーの友人や腹心になれる可能性があり、カポーから公式に古着や古靴をもらえる。ところで、ジャンは一風変わったピコロだった。体はがっしりしていて、ずるいところもあったが、人が好くて親切だった。収容所や死に対して、自分自身の、個人的な、ひそかな闘いを、勇気をふるって、粘り強く行っていたが、恵まれない仲間と人間的な関係を持つことも忘れなかった。また一方では、粘り強く上手なやり方でカポーのアレックスの信頼をかち得ていた。

アレックスは思った通りの男だった。その正体は、信頼できない、凶暴な野獣そのもので、無知と愚かさを固くかためて鎧にしていた。だが老練な看守としての勘と技能は例外だった。彼は機会があるたびに自分の純粋な血と、緑の三角形を誇示し、いたけ高になって、ぼろをまとい飢えている化学者たちをあからさまに侮蔑した。「おめえたちは博士だからな！《イーア・ドクトーレン》　おまえらは学があるからな！《イーア・インテリゲンテン》」私たちが毎日飯盒を差し出して配給に群がるのを見て、彼はこうあざ笑うのだった。ところが民間人監督《マイスター》にはひどく従順で、卑屈で、ＳＳとは心からの友情を結んでいた。

彼がコマンドーの帳簿と毎日の貸し出し報告書にびくついているのは明らかだった。そこでピコロはこれにつけこんで、なくてはならぬ存在になった。それはゆっくりした歩調の、用心深い、微妙な作戦だった。コマンドー全体は一カ月間、息をひそめてなりゆきを見守った。だがついに針ねずみの防御は破られ、ピコロはその任務を確保し、関係者は全員満足したのだった。

ジャンは職権をかさに着ることはしなかったが、適当な時に正しい言い方で発言すると、その言葉は大きな力を持つことが分かった。もう何度となく、私たちのだれかが鞭で打たれたり、ＳＳに告発されたりするのを、救う力になっていた。一週間前に私たちは友達になった。空襲警報が鳴り響く異常な機会に知りあったのだが、その後はラーゲルの恐ろしいリズムに流されて、洗面所や便所で短いあいさつをかわすことしかできなかった。


彼は揺れる縄ばしごに片手でつかまりながら、私を指して言った。

「今日、スープを一緒に取りに行くのはプリーモだ《オジュールドユイ・セ・プリーモ・キ・ヴィアンドラ・アヴェック・モア・シェルシェ・ラ・スープ》」

昨日まではやぶにらみのトランシルヴァニア人のステルンの役目だった。今彼は倉庫でほうきを盗んだとかいう話で、ひどい目にあっていた。ピコロは毎日の「食糧運搬《エッセンホーレン》」の雑役部隊《コルヴェ》を手伝おう、という私の申し出を支持してくれたのだ。

彼は縄ばしごをよじ登って外に出、そのあとに私が続いた。まばゆい陽の光に目がちかちかした。外は暖かく、太陽が油のしみた地面から、ペンキとタールの臭いを立ち昇らせていた。その臭いは子供の時の夏の浜辺の思い出をよみがえらせた。ピコロは二本の角材の一本を私に渡し、六月の明るい陽光の中を歩き始めた。

私はお礼を言いかけたが、彼にさえぎられた。そんな必要などなかった。カルパティア山脈はまだ雪におおわれていた。さわやかな空気を吸いこむと、いつもと違って体が軽く感じられた。

「そんなに早く歩くなんて気違い沙汰だ《テュ・エ・フー・ドゥ・マルシエ・シ・ヴィット》。時間はあるんだよ《オナ・ル・タン・テュ・セ》」配給は一キロ離れたところで引き渡される。そうしたら五十キロの大鍋に角材を二本渡して、かついで戻らねばならない。これはかなりきつい仕事だ。だが行きは手ぶらで気楽に歩けるし、うれしいことに厨房に近づける機会もあった。

私たちは歩調をゆるめた。ピコロはくろうとだった。抜け目なく遠回りして、少なくとも一時間歩いても疑われないような道を選んだ。私たちはストラスブールやトリーノの家のこと、読書、勉強の話をした。そして母のことも。母はみな何と似ていることか！　彼の母も、ポケットにお金がいくらあるか知らないと言って、彼を叱った。彼の母も、彼が生き残ったのを、毎日生きのびているのを知ったら、さぞびっくりすることだろう。

ＳＳが一人自転車で通る。ブロック長《ブロックフューラー》[83]のルーディだ。止まれ《アルト》、気をつけをして、帽子を取る。

「あいつはいまいましいけだものだ《サル・ブリュト・スリュイ・ラ》。まったく下賤な犬野郎だ《アイン・ガンツ・ゲマイナー・フント》」彼は区別もなくフランス語とドイツ語をしゃべるのだろうか？　無意識なのだ。二カ国語で考えられるのだ。彼はひと月、リグーリアにいたことがあり、イタリアが好きで、イタリア語を習いたいと思っている。私は喜んでイタリア語を教えよう。できないことだろうか？　いや、できるとも。すぐに始めよう。思い立ったら、すぐ実行だ。大切なのは時を逃さないこと、今のこの時をむだにしないことだ。

ローマ出身のリメンターニが通る。上着の下に飯盒を隠して、足を引きずっている。ピコロは耳を澄ます。私たちの会話から単語を聞き取り、笑いながら繰り返す。「ズッパ（スープ）、カンポ（収容所）、アックァ（水）」

スパイのフレンケルが通る。歩調を早める。決して分からないだろうが、あの男は、悪のために悪をなしている。


……オデュッセウスの歌だ。どうして頭に浮かんだのか分からない。だが選ぶ時間はない。今ではもう一時間もないはずだ。もしジャンの頭が良かったら、分かるだろう。分かるさ。今日はいろいろなことが感じられるのだ。

……ダンテってだれだい。『神曲』ってなんだい。『神曲』とは何か手短に説明しようとすると、何と奇妙で目新しい感情が湧いてくることか。地獄の配置はどうなっているか、応報とは何か。ヴィルジリオとは理性、ベアトリーチェとは神学のことだ。

ジャンは耳を澄ましている。私は慎重にゆっくりと語り始める。

古《いにしえ》の炎の大きな火先が

身を揺らしてうめき始める、
風にあおられたかのように。
そして先端があちこちに動き
物言う舌のように
声が湧き出て語り出す。「私が……(84)

ここまでで止めて、訳そうとする。何といたましいことか。あわれなダンテ、ひどいフランス語だ！だがこの試みはうまく行きそうだ。ジャンは言葉が奇妙に似かよっていることに感心し、「古《いにしえ》」調にしてくれる適当な言葉を教えてくれる。
「私が」のあとは？　何も出てこない。記憶に穴があいている。「アエネアスがそう名づける前に」だ。それからまた穴があいている。使えない断片が浮かび上がってくる。「……年老いた父へのあわれみ、ペネローペを幸福にすべき愛の努めも……」次は正確だろうか？

……私は大海原に身を投げ出した。

これはその通りだ、確信がある、なぜ「身を投げ出す」で「身を乗り出す《ジュ・ム・ミ》」でないか、説明できる。ずっと意味が強くて、大胆なのだ。絆を断ち切り、防壁の向こう側に身を投ずることなのだ。この衝動はよく分かる。未知の大海原だ。ピコロは海を航海したことがあるから、何を意味するか知っている。水平線が何ものにもさえぎられずに、そのまま真っ直ぐ閉じる時のことなのだ。あとは海の匂いしか残らない。恐ろしく遠い、甘い思い出だ。

私たちは発電所《クラフトヴェルク》についた。ケーブル敷設コマンドーが働いているところだ。レーヴィ技師がいるはずだ。あそこだ。溝の外に頭だけ出しているのが見える。手で合図を送ってくる。強い男だ。意気消沈しているところは見たことがないし、食べ物のことも話さない。

「大海原《マーレ・アペルト》」。「大海原《マーレ・アペルト》」。「見捨てない《ディゼルト》」で韻を踏んでいる行は知っている。「私を見捨てたことのないあのわずかな仲間たち……」の行だ。だが前に来たか、後に来たかは、思い出せない。そしてあの航海、ヘラクレスの柱の彼方への恐ろしい航海。何と悲しいことか。彼に散文で語らねばならないのだ。これは冒瀆だ。一行しか救い出せなかった。だが立ち止まって味わう価値はある。

……人間がその先に身を乗り出さないように。

「身を乗り出す」これが前の「身を投げ出す」と同じことを言っていると気づくには、ラーゲルまで来なければならなかった。だがジャンには言わない。これが重要な意見だかどうか、自信がないからだ。ほかにも言うべきことはたくさんある。だが太陽はもう高い。正午は間近だ。私は急ぐ。本当の大急ぎだ。

さあ、ピコロ、注意してくれ、耳を澄まし、頭を働かせてくれ、きみに分かってほしいんだ。

きみたちは自分の生の根源を思え。
けだもののごとく生きるのではなく、
徳と知を求めるため、生をうけたのだ。

私もこれを初めて聞いたような気がした。ラッパの響き、神の声のようだった。一瞬、自分がだれか、どこにいるのか、忘れてしまった。

ピコロは繰り返してくれるよう言う。ピコロ、きみは何といいやつだ。そうすれば私が喜ぶと気づいたのだ。いや、それだけではないかもしれない。味気ない訳と、おざなりで平凡な解釈にもかかわらず、彼はおそらく言いたいことを汲みとったのだ。自分に関係があることを、苦しむ人間のすべてに関係があることを、特に私たちにはそうなのを、感じとったのだ(85)。肩にスープの横木をのせながら、こうしたことを話しあっている、今の私たち二人に関係があることを。

私は仲間たちの熱意を高めたから……

……私はこの「熱意を高める」がどれだけの意味を持つか、何とかして説明しようとするが、うまくいかない。ここでまた欠落が出て来る。こんどは手のほどこしようがない。「……月の下部から発する光は」大体こんなふうだったろう。だがその前は？……まったく考えが湧いてこない。このラーゲルで「何も考えられない《カイネ・アーヌング》」と言うのと同じ状態だ。ピコロよ、許してほしい、少なくとも三連句を四つ忘れてしまった。

「何でもないさ《サ・ヌ・フエ・リアン》、同じように続けて《ヴァジイ・トゥー・ドゥ・メーム》」

……その時、遠くにあって、黒く見える
山が現われたが、高しも高し、
今まで見たこともないほどだった。

そう、そう、「高しも高し」だ、「とても高い」ではない。結果の陳述だ。そして山々は、遠くから見ると……山々は……ああ、ピコロ、ピコロ、何か言ってくれ、話しかけてくれ、私の山々のことを思い出させないでくれ、汽車でミラーノからトリーノに帰る時、夕闇に浮かび上がっていたあの山々だ！もういい、続けなければ。こうしたことは考えても、口には出さないものだ。ピコロは私を見ながら待っている。

「見たこともないほどだった」から最後まで思い出させてくれるなら、今日のスープをあげてもいい。私は目を閉じ、指を咬んで、韻をもとに詩句を再構築しようと努める。だがむだだ。残りは沈黙している。頭の中で別の詩句が飛びはねている。「……濡れた地面は風を起こし……」いや、これは別のところだ。遅い、もう遅い。もう厨房に着いてしまった。締めくくらなければ。

三たび風はあたりの水もろとも舟を旋《めぐ》らし、
四度目にはへさきが上に、ともは
下に沈む、かの人の心のままに……

私はピコロの足をとめる。手遅れにならないうちに、この「かの人の心のままに」を聞き、理解してもらうのが、さし迫った、絶対に必要なことなのだ。明日はどちらかが死ぬかもしれない。あるいはもう会えないかもしれない。だから彼に語り、説明しなければ、中世という時代を。このように、予想もできないような、必然的で人間的な時代錯誤[86]を犯させる時代を。そしてさらに、私が今になって初めて、一瞬の直観のうちに見た何か巨大なもののことを、おそらく私たちにふりかかった運命の理由を説明できるもの、私たちがここにいるわけを教えられるもの[87]を、説明しなければ……

私たちはもうスープの列に並んでいる。他のコマンドーの、ぼろを着た不潔なスープ運びたちがひしめく、その真っ只中にいる。あとからやって来たものたちが、うしろでもごった返している。「キャベツとかぶ《クラウト・ウント・リューベン》かな?」「キャベツとかぶ《クラウト・ウント・リューベン》だ」今日のスープはキャベツとかぶだ、という公式の発表がある。「キャベツとかぶ《シュー・エ・ナヴェ》だとさ」「キャベツとかぶ《カポスタ・エーシュ・レーパク》だぞ」

遂に海は我らの頭上で閉じた(88)。

夏の出来事

春の間中、ハンガリーから輸送隊がひっきりなしに来ていた。そして囚人の二人に一人はハンガリー人になり、ハンガリー語がイディッシュ語に次いで、収容所の第二公用語になった。

一九四四年の八月には、五カ月前に入った私たちがもう古参者として数えられるようになっていた。それゆえ第九十八コマンドーの私たちは、以前の約束や、化学の試験に通ったことが、結局何の結果ももたらさなかったことに驚きはしなかった。もうひどくびっくりしたり、悲しんだりはしないのだ。私たちはみな、実際には、ものごとの変化にある種の恐れを抱いていた。「変わる時は、もっと悪くなる」収容所の格言の一つもこう言っていた。それに今までの数え切れないほどの経験から、予想を立ててもむだなことが分かっていた。何のためにわざわざ未来を予測しようと骨を折るのだろう？　自分の行動、言葉がいささかも影響を及ぼしえないというのに。私たちは古参の囚人《ヘフトリング》になっていた。私たちの知恵は、「分かろうとしないこと」、未来のことを考えないこと、いつ、どのように終わりが来るか考えて、身をさいなまないこと、質問をしないこと、されないことだった。

もちろん私たちにも前世の思い出はあった。だが、はるかに遠くてかすみがかかっていた。それゆえ、限りなくいたましく、なつかしかった。幼年時代や、もう取り返しがつかないことの思い出が、だれにでもそうであるのと同じだった。一方、収容所に入った瞬間のことは、違う系列の思い出の筆頭にあった。この思い出は苦痛を伴う、身近なもので、毎日開く傷口のように、現在の経験から絶えず追認を受けていた。

作業場で、連合国のノルマンディー上陸、ロシア軍の攻勢、ヒットラー暗殺計画の失敗、といったニュースが流れると、そのたびに大きな希望の波が起こったが、長くは続かなかった。一日ごとに力が抜け、生きる意欲が衰え、頭に霧がかかるのを、みなが感じていたからだ。それにノルマンディーやロシアはあまりにも遠く、冬は間近に迫っていた。飢えとわびしさは切ないほどに具体的で、残りはすべて非現実そのものだった。だから、私たちのこの泥の世界と、今では終わりなど考えられない、この澱んだ不毛の時間以外に、別の世界、別の時間があるとは思えなかった。

生者には時は常に貴重なものだ。そして時が流れた時、心の中の蓄積が多くなればなるほど、その貴重さは増す。だが私たちにとって、月日は、未来から過去へ、いつも遅すぎるほどだらだらと流れるものにすぎなかった。なるべく早く捨て去りたい、価値のない、余分なものだった。取り返しのつかない貴重な日々が生き生きと流れる時は終わり、未来が、目の前に、打ち壊し難い防壁のように、起伏もなく、灰色に横たわっていた。私たちには歴史などなかった。

しかし四四年の八月になると、高シレジア地方への爆撃が始まった。それは途切れ途切れに停止と再開を繰り返しながら、夏と秋の間中続けられ、最終的な危機に至るまで継続された。ブナの建設という恐ろしい集団労働は不意に停止され、ばらばらで、半狂乱の、発作的な活動に退行していった。合成ゴムの生産開始日は、八月にはもう間近と思えたが、少しずつ延期され、そのうちドイツ人はそれを口にしなくなった。

建設作業は中断され、無数の奴隷の力は別のところに向けられた。奴隷たちは日ごとに不従順になり、消極的な反抗を見せるようになっていった。空襲のたびに、新たな修理箇所ができた。数日前に苦労して取りつけた精巧な機械類を分解し、保管しなければならなかった。また大急ぎで防御壁や防御板を作らねばならなかったが、皮肉にも次の空襲の時には、弱くて役に立たないことが明らかになった。

毎日がまったく同じで、無情なほど長く続く、という単調さや、ブナが活動し始めて、整然とした組織的なわびしさをふりまくことに比べたら、どんなこともましだ、と私たちは信じていた。だが私たち自身も巻きこまれていると感じていた、ある呪いに触れたかのように、まわりでブナがばらばらに壊れ始めた時は、この考えを変えざるをえなかった。焼けてまだ熱い建物の残骸やほこりの中で汗を流したり、飛行機の怒りに触れて地面にひれ伏し、獣のように震えざるをえなかったからだ。うんざりするほど長く続く、風の強い、ポーランドの夏の夕方に、労働でくたくたに疲れ、喉をからからにして収容所に帰って来ても、収容所はめちゃくちゃになっていて、飲み水や体を洗う水が出ず、空っぽの血管にスープもなく、他人の飢えから一片のパンを守り、朝方、まだ暗いうちに、やかましい騒ぎが始まる中で、靴や服を探すために必要な光もない、といったありさまだった。

ブナでは、ドイツの民間人が荒れ狂っていた。自信満々の男が、長い支配の夢から覚めて、なぜだか分からないが、身が破滅しているのを知った時に見せるような怒りだった。政治犯を含めたラーゲルのドイツ帝国民《ライヒスドイチェ》も、危機を目の前にして、土と血の絆を新たに感じていた。この新しい事態は、今までの憎悪と誤解がもつれあっていた状態を、元来の単純な状態に戻し、収容所を再び二つに分けることになった。政治犯も、緑の三角形やSSとともに、私たちの顔に復讐のあざけり笑いや悪意ある報復の喜びを見て取った。あるいはそう信じこんだ。この点では彼らの意見は一致し、凶暴性は倍化された。

今では、私たちが敵側にいることを、ドイツ人はだれ一人として忘れられなくなった。いかなる防壁をも乗り越えて、ドイツの上空にわが物顔に航跡をつけ、爆弾をばらまいて、ドイツ人が作り出した生ける鉄細工をねじ曲げ、今まで侵されたことのないドイツ国民の家の中まで、毎日のように虐殺を持ちこんでくる、あの恐ろしい敵の側だ。

私たちは、と言えば、本当に恐怖心を持つにはあまりにも精神を破壊されていた。まだ正しく感じ、判断できるわずかのものは、爆撃から新たなる希望と力を引き出していた。飢えてはいても、まだ完全な無気力状態に陥っていないものは、みなが恐慌状態にある時を利用して、しばしば工場の厨房や倉庫に、二重の意味で無謀な遠征を試みた（というのは、空襲の危険にじかにさらされる外に、非常時の盗みは絞首刑の罰を受けたからだ）。だが大多数は、前と少しも変わらない無関心さを見せながら、新しい不自由や危険を耐え忍んでいた。それは意識的なあきらめではなく、殴られて飼い慣らされ、もう痛みを感じなくなっている、野獣の曇った鈍さだった。

防空壕に近づくことは、私たちには禁じられていた。地面が震え始めると、私たちは上の空のまま、つまずきながら、発煙弾の腐食性の煙幕の中に分け入り、ブナの構内の、耕作の及んでいない、きたなく汚れた不毛の野原まで体を引きずってゆく。そこで死人のようにごちゃごちゃと積み重なって、身動きせずに横になる。だが四肢が休まるから、束の間のやすらぎは感じられる。そして生気のない目で、あたりに炸裂する火柱や煙の柱を見る。空襲が一時中断される時は、ヨーロッパ人ならみな知っている威嚇的なうなり声(89)を空一杯に聞きながら、幾度となく踏みつけられた地面から、発育の悪いチコリーやカモミールを摘んで、何も言わずに長い間かみ続ける。

警報が解除になると、私たちはいろいろなところからはい出して来て、仕事に戻る。人間や事物の怒りに慣れきった、無数の無言の群れだ。そしていつものあの仕事を始める。いやでいやでたまらない、あの仕事だ。とりわけ今では、むだでばかげているのが分かりきっているのだ。


この世界は、もはや毎日、間近に迫った終末の身震いに深く揺さぶられるようになった。そして新たに生まれた恐怖と希望の中に、時折、さらに悪化した奴隷状態がはさまってきた。こんな時、私はたまたまロレンツォにめぐりあった。

ロレンツォと私との関係は長くて短く、明快であると同時に謎に満ちている。これは、今では現実には存在しない、ある時、ある状況での話だ。だからはるかに遠い時代や伝説上の出来事を、遠く時をへだてて理解する時のようにしないと理解できない、と思える。

具体的に言えば、つまらないことになる。あるイタリアの民間人労働者が六カ月間にわたって、パンや配給の残りを毎日私に持って来てくれたのだ。そしてつぎだらけの肌着を一枚くれ、私のためにイタリアに葉書を書き、返事をもらってくれた。こうしたことに、彼はいかなる代償も要求しなかったし、また受け取らなかった。なぜなら彼は人の好い純朴な人間で、代償のために善行をすべき、とは考えていなかったからだ。

こうしたことはささいなことだ、などと思ってはいけない。私の場合がただ一つの例ではなかった。前にも言ったように、他の囚人たちも民間人とさまざまな関係を持っていて、それから生きのびる手段を引き出していた。だがそれは異なった性質の関係だった。私の仲間たちはそのことを、世間の男が女性関係について話すのと同じような、含みの多い、あいまいな口調でしゃべっていた。まるで正当に誇ることができ、うらやんでもらいたい愛の冒険のような話しぶりだった。だがこれは、ひどく自由な考えの持ち主にとっても、清廉で道にかなったもの、とは言えないものだった。だからこのことをあまりにも満足げに語るのは、不適切で間違った行為だ、と言えただろう。ゆえに、囚人《ヘフトリング》たちは民間人の「保護者」や「友人」のことを、今述べたように語る。自慢げなのだが、そこに節度があって、巻きぞえにしたり、とりわけ無用な競争相手を作らないように、名前は言わない。熟達した、アンリのような職業的誘惑者は、まったく何も語らない。彼らは自分の成功を漠とした神秘のベールでおおい、軽く触れたり、ほのめかすだけに留める。こうして、聴衆の間に、恐ろしく強大な権力を持った、寛大な民間人の庇護を受けているという、よく分からない、不安をかきたてるような伝説ができ上がるように計算しているのだ。これにはあるはっきりとした目的がある。別のところで述べたように、成功の名声を身にまとえれば、あらゆる点で都合がいいのだ。

「組織の一員」であり、誘惑者だという評判は、うらやみとあざけり、侮蔑と賛辞を同時に呼び起こす。また「組織化した」ものを食べている現場を見られると、かなり厳しく非難される。言うまでもなく、これは愚かな行為なのだが、それに加えて節度と気転を欠いてもいるからだ。同じように愚かで無礼なのは、「だれにもらったのか、どこでみつけたのか、どうやって手に入れたのか」と訊くことだ。ラーゲルの決まりを知らない、頭が悪く、役立たずで、無防備な「大番号」だけがこうした質問をする。こうした質問には答えが返ってこないか、あるいは「このやろう、消えうせろ！《フェアシュヴィンデ・メンシュ》」「あっちへ行け《ハウ・アブ》」「出て行け《ウチエカイ》」「引っ込んでろ《シース・イン・デン・ヴィント》」「うせろ《ヴァ・シィエ》」などとどなられる。これらはイタリア語の「あっちへ失せろ《レーヴァティ・ディ・トルノ》」と同じ言い方で、この種の言い回しは収容所にはたくさんある。

また根気のいる、複雑なスパイ作戦を行うのを得意にするものがいる。だれかの保護者になっている民間人、もしくは民間人のグループを割り出し、いろいろな手を使ってその地位を奪おうとするのだ。そこで優先権をめぐって果てしない喧嘩が持ち上がる。もう「基礎を終えている」民間人にとりいるほうがずっと実入りがいいし、なによりも、経験のない民間人よりずっと安全なので、この争いに負けたものはひどく苦い思いをすることになる。感情の面からも、技術の面から見ても、こうした民間人の価値は高い。なぜなら、もう「組織化」の基本を、つまりその決まりと危険を心得ており、しかも階級の障壁さえ意に介さないことがはっきりしているからだ。

　実際、民間人から見れば、私たちは不可触賤民だった。民間人は私たちに、侮蔑からあわれみまで、さまざまな感情を微妙に違えながら持っていた。しかし彼らは、これほどひどい生き方を強いられ、こんな状態に陥るには、よく分からないが、よほど重い罪を犯したに違いない、と多かれ少なかれ考えていた。私たちがしゃべるいろいろな言語は彼らには分からないので、動物がほえるように異様に響く。また彼らは、私たちのおぞましいほどの奴隷状態を見る。髪も、名誉も、名前もなく、毎日殴られ、日ごとにきたならしくなり、目には、反逆心も、平安も、信仰の光も読みとれない。私たちが、泥棒で、信頼できず、どろだらけで、ぼろをまとい、死ぬほど飢えている、ということは分かっているのだが、原因と結果を混同して、私たちはこうしたおぞましさにふさわしい存在だと判断してしまう。だが私たちの顔を区別できるものがいるだろうか？　彼らにとって私たちは中性名詞単数形のKazzett《カツェット》(90)でしかないのだ。

　もちろんそれでも彼らの多くは、時々パンやじゃがいもを投げてくれたり、作業場で「民間人用スープ《ツィヴィールズッペ》」が配られると、底をかきとってから洗って戻したらいいと、飯盒を渡してくれたりする。うるさくからみついてくる飢えた視線をのがれるためだったり、一瞬人間的な衝動にかられたりするからだ。あるいはただ好奇心にかられて、私たちが一口の食べ物に四方から殺到し、体面を捨てて野獣のように争い、最後に最も強いものが勝つと、残りのものはみなしょげて、足をひきずりながら散ってゆくのを見るためだったりする。

だが、私とロレンツォの間では、こうしたことは起きなかった。同じような仲間が何千といた中で、私が試練に耐えられた原因は、その究明に何か意味があるのだとしたら、それはロレンツォのおかげだと言っておこう。今日私が生きているのは、本当にロレンツォのおかげなのだ。物質的な援助だけではない。彼が存在することが、つまり気どらず淡々と好意を示してくれた彼の態度が、外にはまだ正しい世界があり、純粋で、完全で、堕落せず、野獣化せず、憎しみと恐怖に無縁な人や物があることを、いつも思い出させてくれたからだ。それは何か、はっきり定義するのは難しいのだが、いつか善を実現できるのではないか、そのためには生き抜かなければ、という遠い予感のようなものだった。

この本に登場する人物たちは人間ではない[91]。彼らの人間性は、他人から受け、被った害の下に埋もれている。さもなくば彼ら自身が埋めてしまったのだ。意地悪く愚劣なSSから、カポー、政治犯、刑事犯、大名士、小名士をへて、普通の奴隷の囚人《ヘフトリング》に至るまで、ドイツ人が作り出した狂気の位階に属するものはすべて、逆説的だが、同じ内面破壊を受けているという点で一致していた。

だがロレンツォは人間だった。彼の人間性には汚れがなく、純粋で、この否認の世界の外に留まっていた。ロレンツォのおかげで、私は自分が人間であるのを忘れなかったのだ。

一九四四年十月

私たちは全力を尽くして冬が来ないように戦った。暖かい時があったらじっとしがみつき、日没の時はいつも、太陽を少しでも引きとめようとした。だが、みなむだに終わった。昨日の夕方、太陽は、煙突と針金ときたたない色の霧がもつれあう中に、呼び戻せないほど弱々しく姿を消し、今日はもう冬になっていた。

前の冬はここで過ごしたから、冬が何を意味するか、私たちは知っている。残りのものもすぐに学ぶことだろう。それは十月から四月までに、十人中七人が死ぬことを意味する。死なないものも、一日中、絶え間なく苦痛にさいなまれ、それが毎日続くのだ。夜明け前から夕方のスープの配給まで、常に筋肉を緊張させ、交互に足ぶみをし、腕で胸をかかえて、寒さに耐えねばならない。手袋を手に入れるためにパンを使い、縫い目がほどけたら、縫いあわせるため睡眠時間を削らなければならない。外ではもう食事ができないし、寝台によりかかるのは禁じられているから、バラックの中で、それぞれ床にわずかなすき間を見つけて、立ったまま食事をしなければならない。みな手にひびが入るだろうが、ほうたいをもらうには、毎晩何時間も風と雪に叩かれながら、立って待たねばならない。

私たちの飢えが、普通の、食事を一回抜いた時の空腹感と違うように、この私たちの寒さには特別な名前が必要だ。私たちが「飢え」「疲労」「恐れ」「苦痛」と言い、「冬」と言っても、それは別のことだ。こうした言葉は、自分の家で喜びと苦しみを味わいながら生活している、自由な人間によって作り出され使われている、自由な言葉だ。もしラーゲルがもっと長く続いていたら、新たな、耳ざわりな言葉が生まれていたことだろう。一日中、零度以下の寒さにさらされ、風に叩かれる。着ているものといえば、シャツとパンツと綿の上着とズボンだけだ。体には飢えと衰弱が巣くい、終末が近いことを意識しながら重労働に従事する。こうしたことを説明するにはどうしても新しい言葉が必要なのだ。

希望が消え去るのを見せつけるようにして、今朝、冬がやって来た。バラックを出て顔を洗いに行くと、それが分かった。星は見えず、冷たく暗い空には雪の匂いがした。空が白みだして、作業に出るため点呼広場に集まっても、口をきくものはいなかった。そのうち、この冬初めての雪が降り出した。もし去年のこの時期に、ラーゲルでもう一冬過ごすのだと宣告されたら、高圧電流の鉄条網に身を投げたことだろう。もしこの打ち明けるに打ち明けられない、常軌を逸した、ばかばかしい希望が残っていないのなら、もっと筋道の通った考え方ができるなら、今でもそうするだろう。その雪を見た時、私たちの頭にはこうした考えが次々に浮かんでは消えていった。

というのも、「冬」はもう一つ別のことを意味するからだ。

ドイツ人は今年の春に、ラーゲルの広場に大きなテントを二つ立てた。季節のいい間は、その一つに千人以上の人間が入っていた。ところが今はもうテントは取り払われてしまい、余分な二千人がバラック中にひしめいていた。私たち古参の囚人は、こうした異常事態をドイツ人が好まないことを、数を減らすためにすぐに措置がとられることを知っていた。

選別の噂が流れ始めた。Selekcja《セレクチャ》。このラテン語とポーランド語の合成語が外国語のおしゃべりの中に、一回、二回、とはさまり、その数がひんぱんになってゆく。初めは聞きとれないのだが、やがて耳に止まり、最後にはつきまとってくる。

今朝はポーランド人が選別《セレクチャ》のことを話している。ポーランド人はいつも真っ先に情報を得るのだが、普通は秘密にしておく。他人の知らない情報を握っていれば、必ず得になるからだ。みなが選別の近いのを察知した時、自らを遮蔽する《デフィラルシ》(92)わずかの方策は彼らに独占されている（たとえば、パンやたばこで医師か名士を買収する。そして選別の係員をやりすごせるように、適当な時にバラックからカー・ベーに移るか、その逆をする）。

次の日から、ラーゲルと作業場の雰囲気は「選別《セレクチャ》」をめぐるどたばた喜劇、といった態を示す。だれも正確なことは知らないのに、みなが話題にする。仕事中こっそりと会っている、ポーランド人、イタリア人、フランス人の民間人労働者までがそうだ。だからといって絶望の波が起きるとは限らない。私たちの精神状態にはひっかかりがなくて平板だから、不安定になりようがないのだ。飢え、寒さ、労働との戦いは、ものを考えることにわずかの余力も残してくれない。それが選別のことであっても同じだ。各人は各様に反応する。だが道理にかなった現実的行動をするもの、つまりあきらめたり、絶望状態に陥るものは、だれ一人としていない。

準備のできるものは準備する。だがわずかのものに限られる。ドイツ人はこうしたことには厳格できちょうめんだから、選別を逃れるのはひどく難しいのだ。

物質的な準備のできないものは別の防御策を探す。便所や洗面所で、お互いに胸、尻、腿を見せ合い、仲間に自信を植えつけてもらうのだ。「きみは安心していいさ、絶対きみの番じゃない……きみ《ドゥー》は回教徒なんかじゃない《ビスト・カイン・ムーゼルマン》さ……ところが私は……」こう言ってズボンを降ろし、シャツをめくりあげるのだ。

他人にこうした施しをしないものはいない。他人にあえて死刑宣告を下せるほど、自分の運命に自信のあるものはいないのだ。私自身も、ヴェルトハイマー老人にあつかましい嘘をついた。尋ねられたら四十五歳だと言いなさい、そして前の晩にひげを剃るのを忘れないように。たとえパンを四分の一払ってでも。でもそれはそれとして、恐れる必要はないですよ。それにこれがガス室行きの選別かどうか、はっきりしていないのだから。選別されたものはヤヴォジノの休養収容所に行く、と棟長《ブロックエルテスター》が言ったのを聞いたでしょう。私はこう言ったのだ。

だがヴェルトハイマー老人が希望を持つのはばかげている。六十歳に見えるし、大きな静脈瘤が浮き出していて、もう飢えも感じないほどなのだ。だがそれでも彼は平静な気持ちで寝床に入ることができる。そして尋ねてくるものには、私と同じように答える。収容所がこうした状態にある時は、こう言うのが義務なのだ。私自身の言葉も、細々とした細部を除けば、ハイームから聞いたことの繰り返しだ。ハイームはラーゲルに三年いて、頑健だから、驚くほど自分に自信があるのだ。そして私は彼を信じただけだ。

このたよりない言葉にすがって、私も一九四四年十月の大規模な選別を、信じられないほど平静な気持ちで通り抜けた。私は必要なだけ自分をあざむいたから平静になれた。しかし選別されなかったのは、ひとえに偶然によるもので、私の自信に根拠があったわけではない。

ムッシュ・ピンケルトも確実に死刑宣告を受ける一人だ。目を見るだけで十分だ。彼は合図して私を呼び、秘密を打ち明ける謎めかした調子で、どこが情報源かは言えないが、今度のはまったく違う種類の選別だ、と語りかけてくる。法皇庁が、国際赤十字を通じて……、要するに彼は、もうあやぶむ心配はない、と私にも、自分自身にもうけあっているのだ。それというのも、彼は、有名なことだが、ここに入る前にワルシャワのベルギー大使館に勤務していたからだ。

それでも、こうした選別直前の日々は、話に聞けば、人間の限界を超えた苦しみがあると思えても、あれやこれやで、いつもとさほど変わりなく過ぎてゆく。

ラーゲルやブナの規律はいささかたりとも緩められず、飢えと寒さと労働は、私たちの注意力を余さず使いきるのに十分なのだ。

今日は作業の日曜日《アルバイツゾンターク》だ。十三時まで働き、収容所に戻ってシャワーを浴び、髪とひげを剃って、虱と疥癬の総合検査を受ける。ところが不思議なことに、作業場で、私たち全員は、今日選別があることを知った。

その知らせには、いつものように、互いに矛盾する信用し難い情報がついてきた。今朝、診療所で選別があった。割合は全体の七パーセント、三十パーセント、いや、患者の五十パーセントだった。ビルケナウでは焼却炉の煙突が十日前から煙を吐いている。ポズナニのゲットーから来る大輸送隊のために、場所があけられるはずだ。若者たちは若者同士で、老人全員が選別される、と言う。健康なものたちは内輪で、病人だけが選別される、と語る。専門家は除外されるらしい。ドイツ系のユダヤ人は除外されるらしい。小番号の囚人は除外されるらしい。おまえは選別されるぞ。おれは除外されるさ(93)。

規則通り、十三時きっかりに、作業場は空になり、灰色の部隊が、二時間、二つの点呼台の前を切れ目なく行進する。毎日私たちはその点呼台で数をかぞえられ、さらにもう一度確認を受ける。毎日二時間にわたってオーケストラが演奏する、切れ目のないマーチにあわせて、外に出る時と、帰って来る時、歩調を整えねばならないのだ。

すべてがいつもと同じ調子で進んでいるように見える。厨房の煙突はいつものように煙を吐いている し、スープの配給も始まっている。だがそのあとで鐘の鳴るのが聞こえる。それで、時が来たのが分かった。

というのは、この鐘はいつも起床の合図として明け方に鳴るものなのだが、日中に鳴らされる時は「ブロック閉鎖《ブロックシュペレ》」を意味するからだ。これは選別の時に、選別を逃れるものが出ないように、そして、選別されたものがガス室送りになる時は、その姿が見られないように取られる措置だ。

私たちの棟長《ブロックエルテスター》は自分の仕事をよくこころえている。全員が中にいるのを確かめると、扉に鍵をかけ、登録番号、名前、職業、年齢、国籍を書いた用紙を各人に配り、靴だけ残してすべてを脱ぐよう命ずる。こうして裸のまま、手に用紙を持って、係員がバラックに回って来るのを待つのだ。私たちは第四十八ブロックだが、選別が一番から始まるのか、六十番からか、見当がつかない。だがいずれにせよ、少なくとも一時間は静かにしていられる。だから上掛けにもぐりこんで、温まってはいけない理由はない。

大部分のものがうとうとしている時、命令とののしり声と物を蹴る音がたて続けに響いて、係員の到来を告げてくれる。棟長とその助手たちは、下の寝台を皮切りにして、大声でどなり、拳をふるって、おびえた裸の群れを狩り出し(94)、給養・管理部の役目を果たしている昼の居室《ターゲスラウム》にぎゅう詰めに押し込む。昼の居室は縦横七メートルに四メートルの小部屋だから、狩り出しが終わると、温かな人の体がびっしりと詰まって、はちきれんばかりになる。部屋はくまなく埋まっているから、木の壁に強い圧力がかかり、ぎしぎしと音をたてる。

私たちはもう全員が昼の居室に入っている。恐怖を抱くだけの時間がないだけではなく、その空間すらない。四方にぎっしりと詰まっている肉体の温かな感触は、奇妙なものだが、不愉快ではない。だが息をするために鼻を突き出し、手に持っている用紙を折ったりなくしたりしないよう、注意していなければならない。

棟長は昼の居室と寝所の間の扉を閉め、昼の居室と寝所のそれぞれ外に通ずる扉を開ける。その二つの扉の間に、SSの下士官が一人、私たちの運命を好き勝手に決めようと待ち構えている。その右隣には棟長、左隣にはバラックの給養係が控えている。私たちは一人ずつ、昼の居室から十月の寒気の中に、裸のまま飛び出し、三人がいる二つの扉の間のわずかな距離を走り、用紙をSSに渡して、寝所の扉をくぐらねばならない。SSはみなが走り抜ける一瞬の間に顔と背中を見て、それぞれの運命を決め、用紙を右か左の男に渡す。これが各人の生死を表わすわけだ。三、四分のうちにバラックの二百人は「処理」され、午後一杯で収容所の一万二千人の処理が終わる。

昼の居室の人ごみの中にぎゅう詰めにされていた私は、まわりの圧力が少しずつ緩み始めるのを感じた。そしてすぐに私の番になった。みなと同じように、私も、顎を引き、胸を突き出し、筋肉を目立つように引き締めて、なめらかな力強い足取りで走った。そして目の隅でなんとか後ろを見ようとした。私の用紙は右側に行ったようだった。

みなは次々に寝所に帰って来て、服を着る。だが自分の運命をはっきり知っているものはだれもいない。まず死刑宣告の用紙は右側なのか左側なのか、確かめる必要がある。もう迷信に気がねして、お互いに遠慮している場合ではない。みなが、やせこけて、一番老人くさくて、最も「回教徒化」したもののまわりに集まる。もし彼らの用紙が左側にいったなら、左側こそが死刑宣告の側なのだ。

選別がまだ終わらないうちに、左側が本当に、「不吉な側《シュレヒテ・ザイテ》」であったことが分かる。もちろん例外はある。たとえば、若くて頑丈なルネが左側だった。たぶん眼鏡をかけているからだ。近眼の人に特有の、少しねこ背の歩き方をしたからだ。だが一番可能性があるのは、単純な見間違いだ。ルネは走り抜ける順番が私のすぐ前だったから、用紙の取り違えが起きたのかもしれない。私は何度も考えた末に、この考えをアルベルトに話す。ありうることだ、と二人の意見が一致する。私はこのことを将来どう考えるようになるか分からない。ただ、今のところは、いささかもはっきりした感情が湧いてこないのだ。

サトレルも同じように間違えられたらしい。彼はトランシルヴァニア出身のたくましい農夫で、二十日前まで家にいた。彼はドイツ語を知らないし、何が起こったのか全然分かっていないので、片隅でシャツにつぎをあてている。もうシャツの必要などない、と言ってやるべきだろうか?

こうした間違いに驚いてはいけない。検査は簡単な、おざなりなものだ。それにラーゲルの管理部に大事なのは、役に立たないものを除くことではなく、決められた割合のあき場所をすみやかに作ることなのだ。

私たちのバラックの選別はもうすんだ。だが他のバラックはまだだから、禁足令は解けていない。そうしているうちにスープの大桶が届いたので、棟長《ブロックエルテスター》はすぐに配給にかかるよう指示する。選別されたものには倍量が支給される。これが棟長のばかばかしくも慈悲深い考えから来ているのか、SSの明確な指示によるものなのか、分からなかった。だが、実際に、選別から出発までの二、三日間(時にはもっと長い時もある)、モノヴィッツ－アウシュヴィッツの犠牲者たちはこの特典を享受したのだ。

ツィーグラーは飯盒を差し出して、普通の配給量をもらうが、まだぐずぐずしている。「まだ何かほしいのか？」棟長が尋ねる。ツィーグラーにはおまけがつくことが思い浮かばないので、手で一突きして追い払う。だがツィーグラーは戻ってきて、卑屈に、執拗に要求する。本当に左側に入れられたんだ、みなが見ている、用紙を調べてみるといい。倍量の権利があるんだ。余分量をもらうと、彼は静かに寝台に戻って、食べる。

今ではもうみなが、飯盒の底をスプーンでたんねんにひっかいている。スープの最後の残りをかきとろうというのだ。がちゃがちゃという金属性の音がやかましいが、それは一日の終わりを意味する。やがて静けさが少しずつあたりをおおってゆく。すると三段目にある私の寝台から、クーン老人が、縁なし帽を頭にかぶり、上体を激しく揺さぶりながら[95]、大きな声で祈り始めるのが見聞きできる。選別されなかったことを神に感謝しているのだ。

何と良識のない男だろう。まだ二十歳なのに、翌々日にはガス室行きになるギリシア人のベッポが、隣の寝台にいるのが見えないのか？　ベッポはすべてを知っているから、横になって、何も言わず、何も考えずに、ただ電球をじっと見つめている。次は自分の番なのをクーンは知らないのか？　いかなる贖罪の祈りも、免罪も、罪の償いも、つまり人間に可能なすべてをもってしても、いやすことのできない、いまわしい出来事が今日起きたのを、クーンは分からないのか？

もし私が神だったら、クーンの祈りを地面に吐き捨ててやる。

クラウス

雨が降ると、泣きたいような気持ちになる。今は十一月で、もう十日間も雨が降っている。地面は沼の底のようで、木でできたものはみな、きのこのにおいがする。

もう十歩左に寄れたら、屋根があるから濡れずにすむ。肩をおおう袋があれば、それでもいい。火にあたって乾かせるという見込みだけでもいい。肩とシャツの間に詰める乾いたぼろきれでもいい。シャベルを土につきたてながら、こんなことを考えている。乾いたぼろがあれば確実に幸せになれる、と本気で信じている。

今となってはもうこれ以上ずぶ濡れになりようがない。ただなるべく動きを少なくしよう。とりわけ新しい動きは禁物だ。ずぶ濡れの冷たい服が、体のまだ濡れていない部分に必要以上にふれてほしくないからだ。

今日は、幸運にも風がない。奇妙なことだ。いつもどこか運がいいと心の中で思っている。いつもほんのささいなことが私たちを絶望の縁にとどまらせ、生きのびさせてくれる。雨は降っているが風はない。あるいは雨も風もあるのだが、今晩、スープの余りがまわってくる。それなら今日もなんとか晩まで生きる力が湧いてくる。また雨も風もあり、いつもと同じように飢えにさいなまれて、もう本当に耐え難いと思う時がある。苦痛と嫌気しか感じられず、これこそ地獄の底の責め苦だ、と思ってしまう時がある。だがそんな時でも、もし望むなら、いつ何時でも、高圧電流の鉄条網に触れたり、線路に身を投げられる、そうすれば雨降りもおしまいだ、と考えるのだ。

私たちは今朝から泥に浸かる作業をしている。広げた足は軟らかな泥にめりこんで、動かすこともできない。だからシャベルを振るうたびに上体が揺れる。私は穴の中途、クラウスとクラウスナーは穴の底、グーナンは私の上で地表に顔を出している。グーナンだけがあたりを見渡せるから、時々人が通ると、手を早めたらいいか、休めるか、クラウスに短い言葉で注意する。クラウスナーはつるはしで掘り、クラウスが土をシャベルで私のシャベルに渡し、私はそれを次々にグーナンに送り出し、彼が脇に積み上げる。残りのものたちは、手押し車で、どこかに土を運んでは戻ってくる。だがどこへ行くのか、興味など湧こうはずがない。今日の私たちの世界は、この泥の穴なのだ。

クラウスが手先を誤って、泥を一かたまり、私の膝にぶつける。初めてではないから、注意しろとしかりつけるが、さほどききめがあるとは思えない。彼はハンガリー人でドイツ語はよく知らないし、フランス語は一言も分からない。背はひょろひょろと高く、眼鏡をかけていて、ゆがんだ、小さな、奇妙な顔をしている。笑う時は子供のようになる。しかもよく笑うのだ。だが彼は働きすぎる。力をあまりにも使いすぎる。呼吸から、動作から、思考まで、すべてを節約する、私たちの地獄の底の技術を、彼はまだ学んでいない。殴られるほうがいいことをまだ知らない。普通、殴られても死なないが、労苦は死を招く、それもひどい死を招くからだ。だがこれに気づく時はもう手遅れなのだ。彼はまだものを考えている……ああ、違う、あわれなクラウス、きみのは筋の通った考えではない、雇われ人のばか正直さでしかない。それをここまで持ちこんできたのだ。外と同じだと思っている。働くことが公正で、筋の通った好都合な行為である、外の世界と。働けば働くほど、お金がもうかり、豊かな生活ができるという常識が通用する、外の世界と。

「気をつけろ！《ルガルデ・モア・サ》……もっとゆっくりやれ《パ・シ・ヴィット》、ばか野郎《イディオ》！」グーナンが上からののしる。それからドイツ語に翻訳するのを思い出して、「ゆっくりやれ《ラングザーム》、低能野郎《ドゥー・ブレダー・アイナー》、ゆっくりだ《ラングザーム》、分かったか《フェアシュタンデン》？」クラウスは、もしお望みなら、疲労死もできる。だが今日は困る。私たちは一つながりで働いており、作業のリズムは彼に決められてしまうからだ。

　さて、あれは炭化物部のサイレンだ。いまイギリス人捕虜が帰って行く。四時半だ。次にはウクライナの娘たちが通り過ぎるだろう。そうすれば五時だ。背すじを伸ばせる。もうあとは帰りの行進だけだ。点呼と虱の検査をすませれば、休めるのだ。

　集合だ、いろいろな場所から「集まって来る《アントレーテン》」時間だ。泥まみれの人形がいたるところからはい出してきて、こわばった四肢を伸ばし、バラックに道具を返す。私たちは木靴を取られないよう、注意深く穴から足を引き抜き、雨のしずくをしたたらせながら、ふらふらと歩いて、帰りの行進の列を作る。

「三人横隊《ツー・ドライエン》だ」私はアルベルトの脇につこうとした。今日は離れ離れで働いたから、お互いどうだったか訊く必要があるのだ。だが腹をだれかに突かれて、後ろに並ばされる。見ろ、ちょうどクラウスの隣だ。

さて、出発だ。カポーが固い口調で歩調を刻む。「左《リンクス》、左《リンクス》、左《リンクス》」初めのうちは足が痛いが、少しずつ温まってきて、神経がゆるんでくる。朝には、打ち負かすことなど不可能な永遠の一日、と思えた今日も、一刻一刻が過ぎて、穴があけられてしまった。今はもう死んで横になっていて、すぐに忘れられてしまう。もう一日とは言えない。だれの記憶にも跡をとどめないからだ。私たちは明日が今日と同じことを知っている。雨の多い少ないはあるかもしれない。地面を掘る代わりに、炭化物部に行かされて、煉瓦の積み降ろしをやらされるかもしれない。明日戦争が終わることもありうる。あるいは私たち全員が殺されたり、他の収容所に移されたりするかもしれない。またラーゲルはラーゲルであるがゆえに、近々確実になされると絶え間なく言われているあの大改革がなされるかもしれない。だが明日のことなど真剣に考えられるものがいるだろうか？

記憶とは奇妙な機械だ。収容所にいる間中、私の頭には、友人がずっと昔に書いた詩の二行が踊っていた。

明日、という言葉が
意味を持たなくなる日まで……

ここではその通りだ。収容所の俗語で「決して」とは何と言うかご存知だろうか？　「明日の朝《モルゲン・フリュー》」と言うのだ。

今は「左《リンクス》、左《リンクス》、左《リンクス》、また《ウント》左《リンクス》」の時間だ。足を間違えてはいけない時だ。クラウスは無器用な男だ。行進ができないので、もうカポーに一回蹴とばされている。すると急に手まね入りの下手くそなドイツ語をもぐもぐと話し出す。聞いてくれ、シャベルで泥をぶつけたことをあやまりたいのだ。彼はまだ自分がどこにいるのか分かっていない。だからハンガリー人は変わった人種だと言われるのだ。

足をあわせながら、むずかしいことをドイツ語で話そうとするのはよくばりすぎだ。足が間違っていると注意するのは、今度は私の番だ。彼を見ると、眼鏡についた雨のしずくの後ろに、目が見えた。それは人間クラウスの目だった(96)。

すると今ここで語っておく価値のある、重大なことが起きた。おそらく、ちょうどあの時に起きたということで価値があるのだろう。私はクラウスに長々と話を始めてしまったのだ。下手くそなドイツ語だが、ゆっくりと言葉を切って、一言ごとに、彼が理解したか、確かめながら。

夢を見た話だ。私は自分の生まれた家にいて、家族とテーブルを囲んでいた。足はテーブルの下にきちんと入れ、あふれんばかりの食べ物を目の前にしていた。季節は夏で、イタリアでのことだった。ナポリですか？……その通りだ、ナポリだ(97)、細部にこだわっている場合ではない。すると不意に鐘が鳴る。私は不安にかられて立ち上がり、扉を開ける。するとだれがいたと思う？　きみだ、このクラウス・パーリ(98)だ。帽子をかぶり、栄養状態は良く、服も清潔だ。自由人の服装をしていて、手には丸パンを持っている。二キロはありそうで、まだ温かい。私はとてもうれしくなって、「やあ、パーリ《セルヴス・パーリ》、元気かい？《ヴィー・ゲーッ》(99)」と声をかけ、中に通し、だれだか家族に紹介する。ブダペストから来たので、こんなに濡れているんだ。きみは今みたいにびしょ濡れだった。私は飲み物と食べ物を出し、寝ごこちのよいベッドを整えた。夜だったが、素晴らしく暖かい火があったから、私たちの体はすぐに乾いてしまった（そう、私もびしょ濡れだった）。

市民としてのクラウスはとてもよい若者だったことだろう。だがここでは長く生きられそうもない。これは一目で分かることで、公理のようにはっきりしている。ハンガリー語が分からないのが残念だ。彼の感動はせきを切り、マジャール人の耳慣れない言葉に託されて、奔流のようにあふれ出す。私は自分の名前しか聞きとれなかったが、重々しい身振りから、神に誓い、前途を祝福しているらしい、と察しがついた。

あわれで愚かなクラウス。みんな嘘なんだ。夢など見はしなかった。彼は私にとって無に等しい。わずかのいっときを除いたら、ここではすべてが無であるのと同じように。体に巣くう飢えと、降りそそぐ雨と寒さだけが例外だ。クラウスがこうしたことを分かったなら……

研究所の三人《ディー・ドライ・ロイテ・フォン・ラボール》

収容所に入ってから、どれだけ月日が流れたのだろうか？　カー・ベーを出てからは何日目だろう？化学の試験の日からは？　十月の選別からは？

アルベルトと私はしばしばこういった問いや、また別の問いを交わす。十七万四千番台の輸送隊で運ばれてきた私たちイタリア人は、入所時には九十六人いた。十月まで生き残れたのはわずかに二十九人だった。そしてその中から八人が選別された。こうして今では二十一人に減ってしまったが、冬はまだ始まったばかりだった。私たちの何人が新しい年をむかえられるだろう？　そして春まで生き残れるのは？

二、三週間前から空襲は止んでいた。十一月の雨は雪に変わり、残骸をおおってしまった。ドイツ人とポーランド人は、ゴム長靴と革の耳あてと詰め物をした作業服を着て仕事に来ていた。イギリス人の捕虜は素晴らしい革製の制服を着ていた。私たちのラーゲルでは、恵まれた何人かを除けば、オーバーは支給されなかった。私たちのコマンドーは専門家の集まりで、たてまえの上では屋内作業しかしないことになっていた。だから私たちは夏服のままだった。

私たちは化学者だから、フェニルベータ[100]の袋を運ぶことになる。初めて空襲を受けた夏の盛りに、私たちはそれを倉庫から運び出した。フェニルベータは服を通して汗まみれの四肢にこびりつき、おぞましい皮膚病のように肌をむしばんだ。ただれた顔の皮膚は大きくうろこ状にはがれ落ちた。やがて空襲が中断されて、私たちはまた倉庫に袋を運ばされた。すると倉庫が爆撃を受けたので、袋をスチレン部の地下室まで避難させることになった。今、倉庫の修理が終わって、袋をもう一度積み上げねばならないのだ。フェニルベータの鼻を刺す臭いは私たちのただ一着の服にしみこんで、昼も夜も影のようにつきまとってくる。今までのところ化学コマンドーにいる利点は、こうしたことだけだ。他の囚人がオーバーをもらったのに、私たちはもらえない。他の囚人が五十キロのセメント袋を運んでいるのに、私たちは六十キロのフェニルベータの袋を運ぶ。化学の試験と、あの時生まれた幻想を、どう考えればいいのだろうか？　夏の間に、少なくとも四回、九三九号館のパンヴィッツ博士の研究所のことが話題にのぼり、私たちの中から重合部の分析家の選抜が行われる、という噂が流れた。

今はもうたくさんだ。もうおしまいだ。これが最後の幕だ。冬が始まり、私たちは冬と最後の戦いをする。これが最後にならないという幻想は持ちようがない。一日に何度となく、体の声に耳を澄まし、四肢に問いかけてみる。答えはただ一つ、もう力がない、だ。周囲の事物はすべて終末と崩壊を物語っている。九三九号館の半分はねじれたトタンとしっくいの山だ。かつては過熱蒸気がうなっていた太いパイプからは、形のくずれた、柱のように太い水色のつららが地面まで垂れ下がっている。ブナは静まり返っている。風向きが良い時耳を澄ますと、地面に、絶えまなく響く鈍い震動音が聞こえる。近づいてくる前線の音だ。ラーゲルには、ロシア軍の前進に押されて、ウージのゲットーから囚人が三百人、移送されて来た。彼らはワルシャワ・ゲットーの伝説的な戦いの声をもたらし、もう一年も前にドイツ人がいかにしてルブリンの収容所を清算したか、語ってくれた。隅々に機関銃を四丁ずつ配置し、バラックに火を放ったのだ。この事実は決して文明世界に届くことがないだろう。そして私たちの番はいつだろう?

今朝カポーはいつものように部隊を分けた。塩化マグネシウム部の十人は塩化マグネシウム部へ。彼らは足をひきずり、できるだけゆっくりと発つ。塩化マグネシウム部の仕事はひどくきついからだ。一日中塩分を含んだ冷たい水に足首まで浸かる仕事だ。靴や服や皮膚がふやけてだめになってしまうのだ。カポーは煉瓦を一つつかんで投げつける。彼らはぶざまな格好でよけるが、足は早くならない。これはもう毎朝見られる習慣のような光景なのだが、カポーはいつも本気で傷つけようとは思っていないのだ。「便所《シャイスハウス》」の四人は作業に向かえ。すると新しい便所の建設にあてられた四人が出発する。ウージとトランシルヴァニアから輸送隊が到着して、コマンドーの人数が全体で五十人を超えると、こうしたことの監督にあたっている正体不明のドイツの官吏が、私たちに「二席つきコマンドー専用便所《ツヴァイプラッツィゲス・コマンドーシャイスハウス》」の建設を許可したのだ。私たちはこうした優越性の印を何とも思わないわけではない。私たちのコマンドーが、帰属を誇れる数少ないコマンドーの一つになるからだ。だがこうなると、明らかに、仕事を離れ、民間人と結合をたくらむ一番単純な口実がなくなってしまう。「貴族は《ノブレス》身分《オブリジュ》にふさわしい振る舞いをせねばならぬ」弓に別の弦を張っているアンリはこう言う。

煉瓦積みに十二人。ダーム監督《マイスター・ダーム》のところに五人。貯水タンクに二人。いないのは何人か？ 三人だ。ホモルカは今朝カー・ベーに入り、鍛冶屋は昨日死に、フランソワはなぜか分からないが、どこかへ移送された。勘定は合う。カポーは記帳をして満足する。もうコマンドーの名士以外は、私たちフェニルベータの十八人しか残っていない。すると予期せぬことが起こる。

「パンヴィッツ博士から労役部《アルバイツディーンスト》に報告が来た。研究所に囚人《ヘフトリング》が三人選抜された。一六九五〇九のブラキエ、一七五六三三のカンデル、一七四五一七のレーヴィだ」カポーがこう言う。一瞬耳なりがして、ブナがぐるぐると回り出す。第九十八コマンドーにはレーヴィが三人いるが、フンデルト・フィアウントジープツィヒ・フュンフ・フンデルト・ジープツェーン(101)は私の番号だ。間違いであるはずがない。私は選抜された三人の一人なのだ。

カポーは底意地の悪い笑いを浮かべながら私たちを見つめる。ベルギー人とルーマニア人とイタリア人だ。つまり「フランス人《フランツォーゼン》」が三人というわけだ。研究所という天国に選ばれたのが、こともあろうに三人とも、ラテン系の、「フランス人《フランツォーゼン》」だなんてありうるだろうか？

仲間の多くは祝福してくれる。その筆頭がアルベルトだ。心から喜んでいて、うらやみの影もない。彼が私に舞い降りたこの幸運に文句をつけるはずがない。それどころか、とても喜んでいる。友情のためと、この幸運から彼も利益を引き出せるからだ。事実私たち二人は、今では緊密な同盟で結ばれていて、「組織化」した食べ物はすべて等分に分けることに決めている。それに彼には私をうらやむ理由がない。というのは、研究所に入るのを彼は期待していなかったし、望んでもいなかったからだ。この私の飼い馴らしえない友人は、体をめぐる血があまりにも自由すぎるので、ある体制に安住しようなどと考えつきもしないのだ。彼の本能は自らを別のところへ導く。別な解決法、予想外の手段、新たな思いつき、新奇な手へと向ける。アルベルトは安定した職よりも、不安定な「自由業」をためらいなく選び、闘いを始める男なのだ。

私はポケットに労役部《アルバイツディーンスト》発行のカードを持っている。それには、囚人《ヘフトリング》一七四五一七号は、専門職労働者として、新しいシャツとパンツを得る権利を持ち、毎週水曜日にはひげ剃りを受けるべきである、と書かれている。

ばらばらになったブナは、新雪の下に、身をこわばらせて静かに横たわっている。まるで途方もなく大きな死骸のようだ。「空襲警報《フリーガーアラルム》」(102)のサイレンは毎日うなり声をあげる。ロシア軍は八十キロのところまで迫っている。発電所は止まり、メタノール精留塔はもう存在せず、四つあったアセチレンタンクも三つが爆発してなくなっていた。私たちのラーゲルには、毎日、ポーランド東部全域の収容所から「救い出された」囚人が、ごちゃまぜになって流れこんでくる。その中から労働用に残されるのはわずかで、大部分は即座にビルケナウから煙突へ向かう。配給の量はさらに少なくなり、カー・ベーはふくれ上がってあふれ出し、E囚人《ヘフトリング》は収容所に猩紅熱《しょうこうねつ》と、ジフテリアと、発疹チフスを持ちこんできた。

ところが、囚人《ヘフトリング》一七四五一七は専門職に昇進したから、新しいシャツとパンツの権利があり、毎週水曜日にひげ剃りを受けるべき、なのだ。ドイツ通を自任するものも、こうした行動までは理解できないだろう。

大都会に分け入る三匹の野獣といった態で、私たちはとまどい、警戒しながら、おずおずと研究所に入った。なんとなめらかで清潔な床だろうか！　驚いたことに、これはどこにでもあるような研究所だ。長い作業台が三つあって、その上にはなじみ深いものがたくさん置いてある。精密天秤ばかり、ヘラウスの電気抵抗炉、ヒョプラー・サーモスタット、そして隅にある、しずくを受けるガラス器具類。匂いが鞭打ちのように襲いかかってきて私をおののかせる。有機化学実験室のかすかな芳香だ。大学の薄暗い大講義室、イタリアの五月のさわやかな大気、そして四年生の時の学生生活の思い出が一瞬、鮮やかによみがえり、すぐに消えてしまう。

スタヴィノガ氏が仕事の場所を割りあててくれる。彼はドイツ系のポーランド人で、まだ若く、精力的な顔つきをしているのだが、顔にやつれが見える。彼も博士《ドクトル》だ。化学ではなく、言語学だが（理解しようとしないことだ《ヌ・パ・シェルシェ・ア・コンプランドル》）、それでも彼が研究所長だ。私たちに進んで話しかけたりはしないが、話す用意はあるようだ。私たちに敬称《ムシュー》をつける。ばからしくて居心地が悪くなる。

研究所の暖かさには驚いた。寒暖計は二十四度を指している。ここにいるんだったら、ガラス器具を洗うのも、床を掃くのも、水素のボンベを運ぶのも、その外のどんなことも苦にならない。冬の問題も、もう解決済みだ。そして二度目の調査で、飢えの問題も解決の見通しがつく。毎日帰る時に身体検査をするだろうか？　そうだとしたら、便所に行く時はどうだろう？　もちろんそんなことはしない。ここには石けんやベンジンやアルコールがある。上着の内側に秘密のポケットを作り、ベンジンの商売をしている工作所のイギリス人と組になろう。監視がどれだけ厳しいか見てみよう。だが私はもうラーゲルに一年いる。もしだれかが盗みをしようと思い、真剣に事にあたるなら、監視や身体検査など少しも妨げにならないことは分かっているのだ。

どうもまったく思いがけない道を通って、幸運がやって来たようで、今年の冬は寒さと飢えに苦しまなくてていいようにしてくれたらしかった。こうして私たち三人は一万人の死刑囚にうらやまれることになった。これは重い病気にかからず、凍傷をまぬがれ、選別を切り抜けられる可能性が大きくなったことを意味する。こうした状況なら、ラーゲルのことで私たちより経験の少ないものは、生きのび、解放される希望を持ちたくなるだろう。だが私たちは違う。こうしたことがどうなるか、よく知っているからだ。これはすべて運命の賜物なのだ。だからこそ、できるだけ短期間のうちに、集中的に味わい尽くすべきなのだ。明日確実なものなど何一つないからだ。ガラスを割ったり、計量を間違えたり、少し不注意でいるだけでも、追い返されて、風と雪に体を消耗させ、煙突行きにふさわしい体になるかもしれないのだ。それにロシア軍がやって来た時、何が起こるか、想像がつこうか？

なにしろロシア軍がやって来るのだ。足もとの大地は夜も昼も震えている。がらんとした静かなブナにいると、大砲のこもった鈍い発射音が、今では絶え間なく聞こえてくる。呼吸している空気までもがはりつめている。解決を待つ空気だ。ポーランド人はもはや働かず、フランス人はまた顔をまっすぐにして歩き始めた。イギリス人は片目をつぶって、人差し指と中指でこっそりとVサイン[103]を作る。大っぴらにすることもあるくらいだ。

　だがドイツ人は目も見えず、耳も聞こえないらしい。あえてすべてを無視し、強情に殻に閉じこもっている。またもう一度合成ゴムの生産開始日を決めたほどだ。一九四五年の二月一日だ。彼らは防空壕や塹壕を掘り、損害箇所を修理し、建物をたて、戦い、命令し、組織を整え、殺戮を行う。ほかに何ができただろうか？　彼らはドイツ人だ。その行動は熟慮の結果ではなく、彼らの本性と自ら選んだ運命からやって来ている。ほかにどうすることもできないのだ。もし断末魔にあえぐ人の体に傷がついたら、その傷にはかさぶたができ始めることだろう。体全体がその日のうちに死ぬとしても。

　今では毎朝、部隊を分ける時、カポーは真っ先に私たち「研究所の三人《ディー・ドライ・ロイテ・フォン・ラボール》」を呼ぶ。朝も晩も、収容所の中では、群れの仲間と私を区別するものはない。だが作業中の昼間は暖かな屋内にいて、だれにも殴られることがない。さしたる危険もなしに石けんやベンジンを盗んで売り、革靴の配給券ももらえるかもしれない。それに私のしていることを労働だなんて言えるだろうか？　労働とは貨車を押し、鉄骨を運び、石を割り、シャベルで土を掘り、凍りついた鉄製の道具を裸の手で握ることだ。ところが、ここでは一日中座っているだけだ。ノートと鉛筆もある。それに分析法を思い出すようにと、本まで一冊貸してくれた。帽子と手袋を入れる引き出しはあるし、外に出たい時は、スタヴィノガ氏に言うだけでいい。彼は決してだめだと言わないし、遅れて来ても何も訊かない。彼はあたりに満ちている崩壊のきざしに肉体を責めさいなまれているかのようだ。

コマンドーの仲間たちは私をうらやんでいる。それももっともなことだ。私は満足だと言ってはいけないだろうか？　だが朝に、怒り狂う風から逃れて研究所のしきいをまたぐと、カー・ベーにいた時や、休息の日曜日などの休止状態の時、いつもやって来る仲間が、すぐ脇によりそってくる。ものごとを思い出す苦しみ、人間であると感じる、昔の、身を削られるようなすさまじい思いだ。意識が暗闇から抜け出して来ると、これらが犬のように素早く襲いかかってくる。そんな時私は鉛筆とノートを取り上げ、だれにも言えないようなことを書きつらねる。

それからここには女がいる。何カ月女の姿を見ていなかっただろう？　ブナでは時々、革の制服とズボンを身につけた、ウクライナやポーランドの女たちと出会った。彼女らは同郷の男たちと同じようにがっしりしていて、荒々しかった。夏は汗まみれで、髪はボサボサ、冬は厚い服を着てぶくぶくにふくれていた。シャベルやつるはしを使って働いていたから、そばにいても女とは感じなかった。

だがここでは違う。研究所の娘たちを前にして、私たち三人は恥ととまどいで奈落の底に落ちたような気になる。私たちは自分がどんな格好をしているか知っている。お互いの姿が見えるし、時にはきれいな窓ガラスに姿が映る時があるからだ。こっけいでおぞましい格好だ。頭は月曜日には剃り上げられているが、土曜日には焦げ茶色の短い毛でおおわれる。むくんだ黄色い顔には、そそっかしい床屋がいつも切り傷をつけるし、青あざや、感覚のなくなった傷口があるのも珍しいことではない。首は細長く、喉仏がつき出していて、羽をむしられた鶏のように見える。服は信じられないほど不潔で、泥と血と油のしみだらけだ。カンデルのズボンはすねの中ほどまでしかないから、骨ばった毛深い足がむき出しだ。私の上着は肩から、まるで木のハンガーに下げられているかのように、垂れ下がっている。体はのみの巣だから、人目もはばからずに、いつも掻くことになる。そして恥ずかしいほどひんぱんに便所に行きたいと言わねばならない。また木靴は、泥、油、泥、油と、規則的に汚され、おまけに耐え難いほどやかましい音をたてる。

それに自分では体の臭いに慣れていても、娘たちはそうではなく、おりにつけ、顔をしかめる。それというのも、これが普通の、体を洗っていない時の臭いではなく、かすかに甘ったるい、囚人《ヘフトリング》特有の臭いだからだ。ラーゲルに着いた時にまずかがされた臭いで、ラーゲルの寝所や厨房や洗面所にしつこくこびりついている。この臭いはすぐ体にしみつく。そして絶対にとれない。「あんなに若いのに、もう臭いじゃないか!」私たちは普通新入りをこう言って受け入れるのだ。

この娘たちは、私たちには別世界の生き物と見える。三人のドイツ人の娘と、倉庫係をしているポーランド人のリヂバ嬢《フロイライン・リヂバ》と、秘書のマイヤー夫人《フラウ・マイヤー》だ。彼女らはすべすべしたバラ色の肌を輝かせ、清潔で、色鮮やかな、暖かそうな、美しい服を着、長い金髪を美しく整えている。話し方はとても優雅で上品だ。そして決められた通りに研究所を清掃、整頓しておくかわりに、片隅でたばこを吸い、ジャム付きのパンを人目もはばからずに食べ(104)、爪にやすりをかけ、ガラス器具をたくさんこわし、私たちのせいにしようとする。掃除する時には、私たちの足まで掃く。私たちとは口をきかず、不潔でむさくるしい私たちが、研究所を、足にあわない木靴をはいて、体をひきずりながらよたよたと歩いているのを見ると、顔をしかめる。私は一度リヂバ嬢にものを尋ねたことがある。彼女は私に答えずに、めいわくそうな顔をしてスタヴィノガをふり返り、早口で何か言った。何と言ったか分からなかったが、「臭いユダヤ人《シュティンクユーデ》」という言葉ははっきりとききとれた。私の血管は凍りついた。スタヴィノガは、仕事の質問がある時はいつでも私にじかにして下さい、と言った。

この娘たちは歌を歌う。どこの研究所の娘たちも歌を歌うのと同じだ。これは私たちにひどくつらい思いをさせる。また自分たち同士でおしゃべりをする。配給制や、婚約者、家、次の祝祭の話……

「日曜日は家に帰るの？　私は帰らないわ。旅行がとても不便になっているんですもの！」

「私はクリスマスに帰るわ。二週間だけだけど。その次は来年のクリスマスね。でも本当だと思えないわ。今年は何て早く過ぎてしまったんでしょう！」

……今年は何と早く過ぎたことだろう。去年の今、私は自由な人間だった。法の外にあったが、自由の身で、家族もあり、名前も持ち、休みなく働く、好奇心旺盛な頭脳と、敏捷で健康な体を誇っていた。私は過ぎ去った多くのことを考えた。仕事、戦争の終結、善と悪、ものごとの本質、人間の行動を支配する法。そして山、歌、愛、音楽、詩。私は運命がほほえんでくれることを、ばかばかしくも、広く、深く信じていた。そして殺すことや、死ぬことは、自分には縁のない文学上のできごとだと思っていた。私の日々は楽しくて悲しかったが、すべてがなつかしかった。みな濃密で前向きな日々だった。未来は大いなる富として目の前に控えていた。あのころの生活で、今でも残っているものといったら、かろうじて飢えと寒さをしのげる体力だけだ。自らの生を絶てるほどにも、十分に生きていないのだ。

もしドイツ語がうまく話せたら、こうしたことをマイヤー夫人に説明できるかもしれない。だがもちろん分かってもらえないだろう。また彼女が理解できるほどの頭脳を持っていて、その上親切でも、私が近寄るのを我慢できずに、逃げ出すことだろう。だれでも不治の病人や死刑囚からは逃げ出すからだ。さもなくば、民間人用スープ[105]の半リットル券をめぐんでくれるかもしれない。

確かに今年は早く過ぎ去った。

最後の一人

もうクリスマスも間近だ。アルベルトと私は肩を並べ、風に負けないよう前かがみになって、灰色の長い隊列の中を歩いている。もう夜で、雪が降っている。歩くだけでも容易でないのだから、隊列を組んで歩調を合わせるのはなおさら難しい。ときたま、前を行くものがつまずいて、黒い泥の上に転がる。それを避け、列の元の位置に戻るよう、注意していなければならない。

研究所行きになって以来、アルベルトと私は別々に働くようになったので、帰りの行進の時にはいつも話すことがたくさんある。大体は高尚な話ではない。仕事や、仲間や、パンや、寒さのことだ。だが一週間前から新しい話題ができた。ロレンツォが毎晩、イタリアの民間人労働者のスープを三、四リットル持って来てくれるのだ。それを運ぶ問題を解決するため、私たちはここで「メナシュカ」と呼ばれるものを手に入れねばならなかった。つまりブリキ製の特製飯盒で、バケツといったほうがいいようなしろものだ。ブリキ工のジルバールストが、パンの配給三つ分と引き換えに、雨樋のきれはしを二つないで作ってくれたのだ。がっしりしていて容量の大きい、素晴らしい出来の容れ物で、私たちが生きている新石器時代にふさわしい形をしている。

収容所全体でも、私たちより大きなメナシュカを持っているのは、何とかいうギリシア人だけだ。これは物質的な利益の外に、社会的地位を目に見えて向上させた。私たちのようなメナシュカは貴族の紋章であり、特権許可状なのだ。アンリは私たちの友達になりつつあり、対等の話し方をしてくれる。Lは保護者然とした、親切めかした話し方をするようになっている。エリアスに至っては、私たちにぴったりとへばりついて、一方ではこの「組織化《オルガニサチャ》」の秘密を執拗に探りつつも、もう一方では訳の分からない連帯と愛情の言葉をあびせかけ、どこで覚えたのか、びっくりするような猥褻な言葉やののしり言葉を、イタリア語やフランス語で、耳も割れんばかりにわめきたて、それで明らかに私たちをほめたたえたつもりなのだ。

こうした新しい事態が道徳的に見てどうか、という点については、アルベルトも私も、誇れることは何一つない、と言わねばならない。だが言い訳を見つけて納得してしまうのはひどく簡単なことなのだ。それに、話すべき新しい話題があるというこの事実自体が、見のがせない利点なのだ。

私たちは二つ目のメナシュカを買って、初めのものと交代で使う計画を話しあう。そうすれば、今ロレンツォが働いている遠い作業場に、一日一回遠征するだけですむからだ。それからロレンツォにどうやって埋め合わせをするか、話しあう。もちろん、ここから帰れたらの話だが、そうなったら、彼にできるだけのことをする。しかしこうしたことを話すのが何の役に立つのだろうか？　帰還が難しいのは、彼も私たちも十分承知していることだ。何かをすぐにする必要がある。ラーゲルの靴屋で彼の靴を修理させるのはどうだろうか。ラーゲルでは靴の修理はただだ（逆説のように聞こえるかもしれないが、抹殺収容所では、公式には、すべてがただだ）。アルベルトが試してみることにする。彼は靴修理工の長と友達だ。スープを何リットルか差しだせば十分だろう。

それから最近考えた三つの企てのことを話しあう。そして職務上の秘密を守るため、これらを広く知らしめられないことを、二人して嘆く。残念なことだ。これが知れ渡れば、私たちの個人的威信は大きく上がるだろうに。

第一の企ては私が考えたものだ。私は第四十四ブロックの棟長《ブロックエルテスター》がほうきを欲しがっているのを知って、作業場で一つ盗んでおいた。ここまでは何も特別なことはない。難しいのは帰りの行進を切り抜けて、ほうきをラーゲルに持ちこむことだ。私は今までだれも考えつかなかったと思えるやり方で、この問題を解決した。盗んだほうきを柄と頭に分け、柄をのこぎりで二つに切り、それぞればらばらに持ちこんで、ラーゲルで組み立て直したのだ（二つに切った柄は腿に結びつけて、その上にズボンをはいた）。柄をつぐために、私は鉄板のきれはしとかなづちと釘を見つけなければならなかった。移し替えには四日間しかかからなかった。

私の心配とは裏腹に、お客はこれにけちをつけなかったばかりか、珍しいだろう、と何人かの友達に見せて自慢したのだ。彼らは「同じ型の」ほうきをあと二つ、正式に注文してよこした。

だがアルベルトの編み出したものは、さらに一味変わったものだ。まず第一に、彼は「やすり作戦」(106)を練り上げ、二度試みて、二度とも成功した。まず用具倉庫に行って、やすりを求め、大きいものを選ぶ。倉庫番は彼の登録番号の脇に「やすり一つ」と書くだけだ。アルベルトは倉庫から出ると、ある信用できる民間人のもとへ急行する（その男はトリエステ出身の悪党中の悪党で、悪事については天才的であり、利害や博愛心からではなく、技巧を愛するがゆえに、アルベルトを助けていた）。男は自由市場で、いとも簡単に、大きなやすりを、同じ価値か、少し価値の下がる小さなやすり二つに換えてくれる。アルベルトは「やすり一つ」を返し、もう一つを売りとばす。

そして彼は最近、傑作を完成した。新しく、大胆で、とても優雅な結合だった。アルベルトが数週間前から、特別な仕事をまかされていたことを知っておいてもらいたい。朝、作業場で、彼はペンチとドライバーとバケツを渡される。バケツの中にはいろいろな色のセルロイド製のラベルが数百枚入っている。彼はこのラベルを金具にはめこみ、パイプに取り付ける。重合部を縦横に駆けめぐっている、冷水、温水、蒸気、圧縮空気、ガス、ナフサ、「未使用」、といった数えきれないほどある長いパイプを区別するためのラベルだ。それから、もう一つ、別のことも知っておいてもらいたい（これらはまったく関係ないと思えるだろう。だが才能とは、まったく関係なく思えることを結びつけたり、関係づけたりすることではないだろうか？）。つまり私たち囚人《ヘフトリング》はみな、多くの理由から、シャワーを嫌っていることだ（水は少ないし、冷たいか、熱すぎる。脱衣場はなく、タオル、石けんもない。それに部屋を留守にしなければならないが、その間にすぐ盗みにあう）。シャワーは義務なので棟長《ブロックエルテスター》はさぼったものを処罰する管理体制を作らねばならない。普通は[107]ブロックの委任を受けたものが扉の前に立ち、出て行くものの体が濡れているかどうか、ポリュペーモスのように手で探ってみる。濡れているものは受け取りをもらい、乾いているものは鞭打ちを五つ受ける。翌朝は受け取りを出さないと、パンはもらえない。アルベルトはこの受け取りに目をつけた。これは普通、粗末な紙製の札で、返って来る時は濡れてしわくちゃになり、読めなくなってしまう。アルベルトはドイツ人というものを知っていた。そして棟長《ブロックエルテスター》はみなドイツ人かドイツ学派のものたちだ。彼らは秩序、組織、官僚主義を愛する。それに怒りっぽくて、手の早い野蛮人のくせに、幼児のように、光るものや色鮮やかなものを好む。

こうした課題を与えられて、素晴らしい解決法が出てきた。アルベルトはラベルを色別に分けて、組織的に抜いておいた。そしてその各々から小さな円盤を三枚打ち抜いた（それに必要な穴あけ器[108]は私が研究所から組織化した）。一つのブロックに十分な二百枚がそろうと、彼は棟長のもとにゆき、この「特製品《スペツィアリテート》」を、パンの配給十個分で売る、しかも分割払い[109]で、という法外な申し出をした。棟長はもちろん大喜びで買い入れた。今ではアルベルトは、全バラックに確実に売れる、素晴らしい流行品を持っている。バラックごとに色を変えればいいのだ（どんな棟長も、けちとか新しいもの嫌いとは思われたくないのだ）。それに一番重要なのは、競争相手が出てくる心配がないことだ。彼だけが原料に近づけるからだ。工夫のゆきとどいた解決法ではないだろうか？

頭上に黒い空をいただき、次から次へと出て来る水たまりに足をとられながら、私たちは泥沼のような道を歩き、こうしたことを話す。話しながら歩く。私は空の飯盒を二つ持ち、アルベルトは一杯になったメナシュカの重さを快く味わっている。また楽隊の演奏が始まる。そしてＳＳの前で勢いよく縁なし帽をとる「脱帽《ミュツェン・アプ》」の儀式だ。もう一度「労働は自由をもたらす《アルバイト・マハト・フライ》」だ。カポーの報告だ。「第九十八コマンドー、囚人六十二名、欠員なし《ツヴァイ・ウント・ゼヒツィヒ・ヘフトリンゲ・シュテルケ・シュティムト》」だが今日は解散させずに、点呼広場まで行進させる。点呼だろうか？　そうではない。投光器のぎらぎらした光と、おなじみの絞首台の枠組みが見える。

さらに一時間ほど、凍った雪の上に硬い木靴の靴音が響く。部隊が次々と帰ってくるのだ。やがて全コマンドーの帰還が終わると、不意に楽隊の演奏が止み、しわがれ声がドイツ語で静粛を命ずる。一瞬のうちにあたりが静まると、また別のドイツ語の声が、敵意をはらんだ暗闇から湧き上がってきて、怒気をこめて、大声で、長々と演説をする。そして最後に死刑囚が投光器の光の中に引き出される。

こうした道具立て、この残忍な儀式は、目新しいものではない。収容所に入って以来、私は今までに十三回も公開の絞首刑に立ちあわされたからだ。だが以前のは普通の犯罪であり、厨房での盗み、サボタージュ、脱走などだった。今日は別だ。

一カ月前、ビルケナウの焼却炉の一つが爆破された。この企てがどのように実行されたのか、だれも真相を知らない（おそらく将来もだれにも分からないだろう）[110]。ガス室や焼却炉の作業に従事していた特別コマンドー《ゾンダーコマンドー》のしわざだ、収容所の残りの囚人からは厳重に隔離され、自分たちも定期的な抹殺の対象になっていた特別コマンドーの囚人たちのしわざだ、という噂が流れていた。要するにビルケナウでは、私たちと同じように武器もなく衰弱しきった奴隷たちが何百人も、自らの憎悪を実らせて、行動に移す力を見つけ出した、ということなのだ。

今日目の前で殺される男は、その反乱に何らかの形で加担したのだ。彼はビルケナウの反逆者と連絡を取り、武器を私たちの収容所に持ちこんで同時蜂起を企てていた、とのことだ。彼は今私たちの目の前で死ぬ。そして彼に用意された孤独な死が、その人間としての死が、不名誉ではなく、栄光をもたらすことを、ドイツ人たちは理解できないのだ。

だれ一人として理解できなかったドイツ語の演説が終わると、また初めのしわがれ声が響いた。

「分かったか？」《ハプト・イーア・フェアシュタンデン》

「分かりました《ヤヴォール》」と答えたのはだれだ？　だれでもないし、全員である。まるで私たちのいまいましいあきらめが自然に実体化して、頭上でいっせいに声を上げたかのようだった。だがみなは死に行くものの叫び声を聞いた。それは昔からの無気力と忍従の厚い防壁を貫いて、各人のまだ人間として生きている核を打ち震わせた。

「同志諸君《カメラーデン》、私が最後だ《イッヒ・ビン・デア・レッテ》」

私たち卑屈な群れの中から、一つの声が、つぶやきが、同意の声が上がった、と語ることができたら、と思う。だが何も起こらなかった。私たちは頭を垂れ、背を曲げ、灰色の姿で立ったままだった。ドイツ人が命令するまで帽子も取らなかった。落としぶたが開き、体が無残にはね上がった。楽隊がまた演奏を始め、私たちは再び列を作って、死者が断末魔に身を震わす前を通りすぎた。

絞首台の下ではＳＳたちが、私たちの通るのを無関心に眺めていた。彼らの仕事は終わった。しかも大成功だった。もうロシア軍がやって来るはずだ。だが私たちの中にはもう強い男はいない。最後の一人は頭上にぶら下がっている。残りのものたちには絞首索など必要ない。もうロシア軍が着くはずだ。

だが飼いならされ、破壊された私たちしか見いだせないだろう。待ち受けている無防備の死にふさわしいこの私たちしか。

人間を破壊するのは、創造するのと同じくらい難しい。たやすくはなかったし、時間もかかった。だが、きみたちドイツ人はそれに成功した。きみたちに見つめられて私たちは言いなりになる。私たちの何を恐れるのだ？　反乱は起こさないし、挑戦の言葉を吐くこともないし、裁きの視線さえ投げつけられないのだから。


アルベルトと私はバラックに入っても、顔を見あわすことができなかった。あの男は頑丈であったに違いなかった。私たちを打ち砕いたこの条件に屈しなかったのだから、私たちとは別の金属でできていたに違いなかった。

なぜなら私たちもまた破壊され、打ち砕かれていたからだ。たとえ私たちが適応でき、何とか食べ物を見つけ、労苦と寒さに耐えることを学び、帰還できるとしても、だ。

私たちはメナシュカを寝台に放り出し、スープを分け、いつもの猛々しい飢えをいやした。そして今は心が恥に押しつぶされている。

十日間の物語

ロシア軍の砲撃の音が、もう何カ月も、鈍く断続的に響いてくる。そんなある日、正確には一九四五年の一月十一日に、私は猩紅熱にかかり、またカー・ベーに収容された。「伝染病室《インフェクツィオーンスアプタイルング》」だ。かなり清掃の行きとどいた小部屋で、二段の寝台が十個並んでおり、そのほかにたんすが一つ、背なし椅子が三つ、そして生理現象のためのバケツつき椅子が一つある。部屋の大きさは縦三メートル、横五メートルほどだ。

上の寝台に上がるのは、はしごがないため、ひどくやっかいだった。だから病気が重くなると、病人は下の寝台に移された。

私は十三人目の患者だった。先客の十二人のうち、四人は猩紅熱にかかっていた。フランス人の「政治犯」が二人と、ハンガリーのユダヤ人の少年が二人。そしてジフテリア患者が三人、チフス患者が二人、顔におぞましい丹毒をわずらっているものが一人。あとの二人は二つ以上の病気にかかっており、信じられないほど衰弱していた。

私の熱は高かった。幸いなことに寝台をまるまる一つ占領できた。私はほっとして横になった。四十日間の隔離の権利があること、つまりそれだけ休めることを、私は承知していた。そして猩紅熱の結果も、選別も心配しなくていいほど体の状態はいい、と信じこんでいた。

収容所のことに長い間経験を積んだおかげで、私は自分の持ちものを中に持ちこむことができた。電線を編んで作ったベルト、ナイフ付きスプーン、針と縫い糸三本、ボタン五つ、それに研究所で盗んだ撃鉄用の発火石が十八個。この石をナイフでたんねんに削ると、普通のライターの口径にあう小さな石が三つとれる。これは一つでパンの配給六個か七個分の価値があった。

四日間が平穏に過ぎた。外は雪でとても寒かったが、バラックには暖房があった。私はサルファ剤を大量に投与されたが、激しい嘔吐感に苦しみ、ほとんど物を食べられなかった。話をする気にもなれなかった。

猩紅熱をわずらっている二人のフランス人は親切だった。二人ともフランス東部のヴォージュ県出身の民間人で、ドイツ軍がロレーヌ地方から退却する際掃討され、数日前、大輸送団で収容所に送りこまれてきたのだった。年上のほうはアルチュールという名の農夫で、背が低く、やせていた。同じ寝台に寝ていたもう一人は、シャルルという学校の先生で、三十二歳だった。彼はシャツの代わりに、こっけいなくらい短い夏用のランニングをあてがわれていた。

五日目に床屋がやって来た。テッサロニキ出身のギリシア人で、故郷の言葉である美しいスペイン語しか話せなかったが、収容所で使われている言葉は、少しずつ、すべて理解できた。名はアシュケナージといい、収容所には約三年間いた。どうやってカー・ベーの「床屋《フリゼール》」の仕事を手に入れたのか分からない。彼はドイツ語もポーランド語も話せないし、ひどく野蛮なわけでもなかったからだ。中に入って来る前に、廊下で、同郷の医師と、興奮した様子で長々と話しているのが聞こえた。彼の顔つきは私には尋常とは思えなかった。だが地中海東部の人々のしぐさは私たちと違っているので、恐がっているのか、うれしいのか、それともあわてているのか、分からなかった。彼は私のことを知っていた。少なくとも私がイタリア人なのを承知していた。

自分の番が来た時、私はやっとのことで寝台を降りた。そして何かニュースがあるのか、イタリア語で尋ねてみた。彼は剃る手を止め、意味ありげに重々しく目をつぶり、顎で窓を示し、手を大きく西のほうへ伸ばして、

「明日《モルゲン》、仲間《アッレ・カマラド・ヴェク》、全部出ていく」と言った。

私が驚くのを待つかのように、彼は一瞬目を大きく見開いて私を見つめ、「みんなだ《トードス》、みんな《トードス》」と付け加えた。そして手を動かし始めた。私の発火石のことを知っているので、乱暴な剃り方はしなかった。

この知らせを聞いても、生々しい感情はいささかも湧いてこなかった。もう何カ月も私は、苦痛、喜び、恐れを感じていなかった。あのラーゲルに特有の、条件付きとも言うべき、距離のあるよそよそしい感じ方しか味わっていなかった。もし今私にかつての感受性があったなら、と私は考えた。ひどく動揺したことだろうに。

私は完全に明瞭な考えを持っていた。かなり前から、アルベルトと私は、収容所の清算と解放にとも

なう危険を予見していた。それにアシュケナージの情報は、もう何日も前から流れていた噂を確認したにすぎなかった。ロシア軍は百キロ北方のチェンストホヴァにいるそうだ。百キロ南方のザコパネにいるそうだ。ブナではドイツ人が妨害用の地雷を敷設したそうだ。

私は部屋の仲間の顔を一つ一つながめた。だれと話しても意味がないのは明らかだった。「それで？」と答えるだけでおしまいだろう。だがフランス人たちは違う。まだ来たばかりだからだ。

「知ってるかい？　明日収容所は引き払われるぞ」

彼らは私に質問を浴びせかける。「どこへ？　徒歩でか？……病人も？　歩けないものは？」彼らは私が古参の囚人で、ドイツ語も分かるのを知っていた。そこでこの問題に関しては認めている以上のことをさらに知っている、と結論を出したのだ。

私はほかのことは知らなかった。そこでそう伝えたが、彼らはなおも質問を浴びせかけてきた。何とわずらわしいことか。もうラーゲルに何週間もいるのに、質問してはいけないことをまだ学んでいないのだ。

午後にギリシア人の医師が来た。病人の中で歩けるものは全員靴と服を支給され、翌日、健康なものとともに二十キロの行軍に出発する、と彼は言った。残りのものたちは、病気の軽い患者の中から補助役を選んでカー・ベーに残る。

医師はひどく陽気で、酔っているみたいだった。彼の人となりは分かっていた。教養があり、頭が良いが、エゴイストで、計算高い男なのだ。だれの区別もなく全員が、パンをいつもの三倍配給される、とも言った。病人たちはこれを聞いて喜びをあらわにした。私たちはどうなるのか、いくつか質問をしてみた。ドイツ人はおそらくきみたちを運のままにまかせるのだろう。いや、殺すとは思わない。彼はこう答えた。だが正反対のことを考えているのを、あえて隠そうとしなかった。彼のその陽気さが何よりも雄弁にものごとを語っていた。

彼はすでに行進用の道具を整えていた。彼が出てゆくとすぐに、ハンガリー人の少年たちがあわてて相談を始めた。二人はかなり回復していたが、まだ衰弱がひどかった。病人と残るのが不安だから、健康なものと出発しようと考えているのが分かった。これは筋道の通った考えではなかった。だが私だってこれほど弱っていなかったなら、群れに頼る本能に従っていたかもしれない。恐怖とはひどく感染しやすいものだし、恐怖におびえるものは第一に逃げようとするからだ。

バラックの外では、収容所がいつになくざわついているのが感じられた。ハンガリー人の少年の一人は立ち上がり、外に出て、三十分ほどたってから、よごれたぼろをかかえて戻ってきた。消毒に回される衣類の倉庫から引き出してきたに違いなかった。彼と仲間は、ぼろの上にぼろを着て、あわただしく身づくろいをした。恐怖にしりごみさせられる前に、事をすべてなしとげようと急いでいるのが分かった。ひどく衰弱しているくせに、どたん場になって見つけた破れ靴で、しかも雪の中を歩こうと考えるのは、たとえ一時間しか歩かないにしても、正気の沙汰ではなかった。私は説得しようと努めたが、彼らは何も答えずに私を見つめるだけだった。おびえたけだもののような目つきをしていた。

たった一瞬だが、彼らが正しいのかもしれない、という考えが頭をよぎった。二人はぎこちない動作で窓から出て行った。ぶくぶくの荷物のような姿が、外の闇の中をふらふらと遠ざかるのが見えた。二人は帰らなかった。彼らはついてゆけずに、行進開始から数時間後にSSの手で殺された、とずっとあとになってから知った。

私にも靴は一足必要だった。これははっきりしていた。だが吐きけと熱と脱力感を克服するには一時間ほどかかった。廊下で一足見つけた（健康な囚人が患者の靴置き場を荒らして、一番いい靴を持っていったあとだった。だから底の壊れた、左右のあわない、役に立たない靴があちこちに散らばっていた）。[111]ちょうどそこで私はアルザス出身のコスマンに会った。彼はクレルモン・フェランでロイターの通信員をしていた男だ。彼も興奮し、上機嫌だった。「もしきみが先に帰りついたら、メッツの市長に、私も帰ると書いてくれたまえ」と言った。

コスマンは名士たちとの親交で有名だったから、その楽観的な態度はよい前ぶれに思えた。私は彼の態度を見て、今はこれだけ衰弱しているが何とかなるさ、と自分自身を安心させた。私は靴を隠し、寝台に戻った。

夜もふけてから、ギリシア人の医師が肩に袋をかつぎ、防寒帽をかぶって、再度やって来た。彼は私の寝台にフランス語の小説[訳注9]をほうり出して、「とっておいて、読みたまえ、イタリア人。今度会った時、返してくれればいいから」と言った。今でも私はこう言った彼を憎んでいる。私たちに死刑が宣告されたことを知っていたのだ。

最後にアルベルトがやって来た。禁令を犯して[112]、窓からあいさつをかわすためだ。彼は私の分身だった。私たちは「二人組のイタリア人」であり、外国人の仲間はよく私たちの名を取り違えた。六カ月間寝床をともにし、配給以外の組織化した食べ物はすべて分けあってきた。だが彼は子供の時猩紅熱にかかっていたから、病気をうつすことができなかったのだ。だから彼は出発し、私は残った。私たちは別れのあいさつをかわした。多くの言葉を費やす必要はなかった。もうあらゆることを何度も語りあっていたからだ。だがそれでも私たちは、長い間離れ離れになるとは思っていなかった。彼はかなりましな状態の大きな革靴を見つけていた。彼は必要なものをすべて、即座に見つけられる男だった。

出発するものがみなそうであったように、彼も快活で自信ありげだった。それはよく理解できた。何か新しい重大なことが起こりつつあったのだ。ついに、ドイツとは別の力があたりに迫り、私たちのいまいましい世界全体が、目に見えて軋みだしたのが感じられたのだ。少なくとも健康なものたちはそう感じていた。疲れ、飢えていたが、動けたからだ。だがひどく衰弱していたり、素裸だったり、素足のものが、別の感じ方、考え方をするのもまたあたりまえのことだ。だから私たち病人の頭を満たしていたのは、まったく無防備なまま、運命にもてあそばれている、というしびれるような感覚だった。

健康なものたちはすべて、一九四五年一月十八日の夜に出発した（何人かが確かな忠告を受けて、最後の瞬間に服を脱ぎ、病棟の寝台にもぐりこんだのは例外だ）。各地の収容所から移送されて来たものを含めて、二万人ほどいただろう。彼らのほとんどは退避行の最中に死んだ。アルベルトもその中にいた。おそらくいつかだれかが彼らの物語を書いてくれることだろう[113]。

こうして私たちは寝床に残された。病に冒され、恐怖よりもはるかに強い無力感をかかえて、独りぼっちのままだった。

カー・ベー全体で、およそ八百人ほど残ったのだろう。私たちの部屋には十一人いた。一緒に寝ていたシャルルとアルチュールを除くと、みな一つずつ寝台を占領していた。ラーゲルという巨大な機械のリズムが絶え、私たちにとって、時間と空間の外にあった十日間が始まった。


一月十八日。撤退の夜、収容所の厨房はまだ活動していて、その朝、病棟では最後のスープが配られた。中央暖房の設備は放棄された。バラックにはまだ少し暖かみが残っていたが、時がたつにつれて温度は下がっていった。すぐにも寒さに苦しめられることは目に見えていた。外は、温度が高い場合でも、零下二十度くらいのはずだった。病人の多くはシャツしか着ていず、それすらないものもいた。

私たちがどんな状態に置かれているのか、知っているものは一人もいなかった。ＳＳが何人か残っており、監視塔のいくつかに人影が見えた。

お昼ごろ、ＳＳの准尉が一人、バラックを巡回してきた。バラックごとに、残った非ユダヤ人の中からバラック長を選び、ユダヤ人と非ユダヤ人に分けて、すぐに病人のリストを作るよう命じた。ことははっきりしている、と私は思った。ドイツ人が最後まで分類を愛する国民性を発揮したことに驚くものはいなかった。そして翌日まで生きられると本気で考えたユダヤ人は一人もいなかった。

二人のフランス人は何を言っているか分からなかったので、おびえてしまった。私はいやいやながら

SSの演説を通訳した。彼らがおびえているので、私はいら立った。まだラーゲルに入ってから一月もたっていないし、飢えてもいないし、ユダヤ人でもないのに、おびえているのだ。

　またパンの配給があった。私は医師がくれた本を読んで午後を過ごした。とても面白かった。奇妙にはっきりとおぼえている。私は上掛けを求めて隣の病室を訪ねた。多くの患者が外に出たらしく、上掛けがそのままになっていた。私は厚手のものを何枚か手に入れた。

　上掛けが「赤痢病室」から来たものだと知ると、アルチュールは顔をしかめた。
「そんなこと言う必要はないじゃないか《ヤベ・ボワン・ブズワン・ドゥ・ル・ディール》」実際、しみだらけだった。だが私は、いずれにせよ、待ち受けている運命のことを考えるなら、暖かく眠ったほうがいい、と考えていた。
すぐに夜になった。だが電気はまだついていた。バラックの片隅に武装したSSが一人いるのを見て、静かな恐怖を味わった。だが私は前に述べた、自分のものとは思えない、条件付きの恐怖しか感じていなかったし、口もききたくなかった。そこで遅くまで本を読み続けた。

　時計はなかったが、およそ二十三時ぐらいだっただろうか、監視塔[114]の投光器を含めて、灯がすべて消えた。遠くには防空監視灯の光の束が見えた。すると強く輝く光の花が空にいくつも咲き、空中にじっと漂いながら、地面をあかあかと照らし出した。そして飛行機のこもった轟音が聞こえてきた。

　それから爆撃が始まった。別に目新しいことではなかった。私は床に降り、靴に素足を入れて待った。

　遠いようだった。おそらくアウシュヴィッツだ。

　だが不意に近くで爆発があり、考えるいとまもなく、第二、第三と、耳を聾《ろう》せんばかりに爆発音が続いた。ガラスが割れ、バラックは揺れ、木の壁の合わせ目に差し込んでおいたスプーンが床に落ちた。

そして終わったようだ。やはりヴォージュ県出身の若い農夫のカニョラーティは、空襲の経験がないらしかった。裸のまま寝床を飛び出し、片隅に伏せてわめき散らしていた。

数分後には収容所が攻撃を受けたのが分かった。バラックが二つ激しい勢いで燃えあがり、別の二つが粉々になっていた。だがみな空のバラックだった。みすぼらしい姿の、裸の患者が十人ほど、火の移りそうなバラックから出て来た。隠れ場所を求めていたが、受け入れは不可能だった。彼らはさまざまな言葉で執拗に言い張り、請い願い、おどしつけた。私たちは扉に物をあてがわねばならなかった。彼らは炎に照らし出されながら、解けた雪の上を、裸足で、別の場所に体をひきずっていった。多くは、ほどけた包帯を後ろにひきずっていた。風が変わらない限り、私たちのバラックに危険はないと思えた。


ドイツ人はもういなくなった。監視塔はからっぽだった。


まさにアウシュヴィッツが存在したがゆえに、現在、いかなるものも神の摂理について語るべきではない。私は今、こう考えている。だがあの時、逆境にいて救われたという聖書の記述が記憶によみがえり、みなの心を風のように通り抜けたのは確かだった。

眠ることはできなかった。ガラスが一枚割れていて、とても寒かったからだ。ストーブを見つけてすえつけ、石炭と薪と食べ物を手に入れなければ、と私は考えた。みな必要なことだった。だがだれかの助けがなければ実行に移せないのは分かっていた。そこで二人のフランス人に相談してみた。

一月十九日。フランス人は賛成した。明け方に私たち三人は起き上がった。私は病気に冒され、無防備で、寒く、心細かった。

残りの病人たちは好奇心をまじえた尊敬の念で私たちを見ていた。病人はカー・ベーから出てはいけないのを知らないのだろうか？　ドイツ人が全員退避していなかったら？　だが彼らは何も言わなかった。だれか試すものがいるのに満足していたのだ。

フランス人たちはラーゲルの構造がまったく分かっていなかった。だがシャルルは勇気があり頑健で、アルチュールは賢く、農夫の実際的な良識を身につけていた。私たちはおざなりながら、上掛けで体を包み、冷たい風が吹く、霧の屋外に出て行った。

私たちが見たのは、今まで見たり聞いたりした光景とはまったく違ったものだった。

ラーゲルは死ぬやいなや、すぐに腐敗し始めたようだった。水も電気もなかった。壊れた窓や扉は風にバタバタと鳴り、屋根からはずれたトタン板はキーキーと軋り、火事の灰は高く遠く舞っていた。それに爆弾の仕事に人間の手が加わっていた。何とか動けるだけの、ぼろをまとった、今にも倒れそうな、骸骨のような病人たちが、うじ虫の侵略部隊のように、凍った硬い地面をところかまわずはいまわっていた。彼らは食べ物や薪を求めて、空のバラックをすべて探っていた。そして昨日まで一般の囚人《ヘフトリング》は出入りできなかった、グロテスクな飾りつけのある憎らしい棟長《ブロックエルテスター》の部屋を、狂ったような怒りをこめて荒らしていた。もう自分の内臓を管理できないので、いたるところに糞便をまき散らし、今では収容所全体の唯一の水源である、貴重な雪を汚していた。

燃えてまだ煙をあげているバラックの残骸のまわりでは、病人たちが群れをなして地面に腹ばいになり、最後の熱を吸いとろうとしていた。またどこからかじゃがいもを見つけてきて、凶暴な目つきであたりを見回しながら、火事のおき火で焼いている病人たちもいた。何人か、たき火を起こせるだけの力があるものがいて、ありあわせの容器で雪を解かしていた。

私たちはできるだけ早く厨房に向かったが、じゃがいもはほとんど残っていなかった。それを袋二つに詰めて、アルチュールを見張りに残した。シャルルと私は名士のブロック《プロミネンツブロック》(115)の残骸の中に探していたものを見つけた。まだ使える排気筒のついた鋳物のストーブだ。シャルルが一輪車を押してきたので、二人でストーブをのせた。それからバラックまで押してゆく役目を私に残して、彼は袋のほうに走った。するとアルチュールが寒さで気絶しているのが見つかった。シャルルは袋を二つかついで安全なところまで運び、友人の手あてにかかった。

その間、かろうじて立てるだけの私は、重い一輪車を何とかあやつろうとしていた。すると、エンジンの音が聞こえ、バイクに乗ったSSが一人、不意に収容所に入って来た。彼らの硬い顔を見るといつもそうなるように、私は恐怖と憎しみで淵に沈むような気持ちになった。姿を隠すには遅すぎたし、ストーブを放り出したくはなかった。ラーゲルの規則では、気をつけをし、帽子をとるよう定められていた。私は帽子をかぶっていなかったし、体は上掛けをかぶっていたから、自由がきかなかった。そこで手押し車から数歩離れ、ぶざまな、おじぎのような動作をした。ドイツ兵は私を見ずに通り過ぎ、バラックの角を曲がって行ってしまった。どれだけの危険を冒したかは、ずっとあとになってから分かった。

私はやっと自分のバラックの入り口にたどりつき、シャルルの手にストーブを渡した。力仕事のために息は切れ、目の前には黒い蝶が舞っていた。

それをすえつけるのが一仕事だった。私たちは三人とも手がかじかんでおり、おまけに冷たい金属はてのひらにはりついてきた。だが体を暖めて、じゃがいもを煮るため、すぐにもストーブをつけなければならなかった。私たちは薪と石炭と、燃えたバラックから、もえさしを見つけてきた。

壊れた窓を修理し、ストーブが熱をふりまき始めると、みな体の中で何かがゆるんだような気になった。すると二十三歳のフランス系ポーランド人で、チフス患者のトヴァロフスキが、働いた私たち三人にそれぞれパンを一きれずつ贈ろうと提案し、みなの同意を得た。

一日前だったら、こうした出来事は考えられなかっただろう。ラーゲルの法とは、「自分のパンを食べよ、そしてできたら、隣人のパンも」であり、感謝の念など入る余地がなかったからだ。ラーゲルは死んだ、とはっきり言うことができた。

これが私たちの間で生まれた、初めての人間的な行為だった。この瞬間から、まだ死んでいなかった私たち囚人《ヘフトリング》が、ゆっくりと人間に戻ってゆく過程が始まったと言えると思う。

アルチュールはかなり具合がよくなったが、それからは寒さに身をさらすのを避けるようになった。そしてストーブを燃やし続け、じゃがいもを調理し、部屋を掃除し、病人を世話する役目を引きうけた。

シャルルと私は外でのさまざまな仕事を分担した。日暮れにはまだ一時間ほど時間があった。一回の出撃で、だれかが雪の中に投げ捨てた蒸留酒が半リットルと、ビールの酵母が一缶手に入った。私たちはゆでじゃがいもと、酵母をスプーンに一杯、各人に配った。何となくビタミン欠乏症にきくのではないかと考えてのことだった。

暗闇が降りてきた。収容所全体でストーブがあるのは私たちの部屋だけだった。これはかなり誇っていいことだった。他の病室の病人たちがおおぜい扉の前に群がってきたが、シャルルの堂々とした体におじけづいてしまった。この部屋に入ると、伝染病患者とまじりあうことになるからひどく危険であり、しかも今のような条件でジフテリアにかかるのは、三階から飛び降りるよりもずっと致命的だとは、私たちも、彼らも、だれ一人として考えなかったのだ。

これを意識していた私でさえ、いつまでも考えこむことはしなかった。私は、ずっと前から、病気による死をありうることとして考えるのに慣れていた。一度かかったらもう免れえない、手の及ばないものと考えていた。それに、感染の危険がより少ない別のバラック、別の部屋に居を移せばいい、という考えは頭に浮かばなかった。ここには自分ですえつけたストーブがあって、素晴らしい暖かさをふりまいていた。ここには寝台もあった。それに今では、私たち「伝染病室《インフェクツィオーンスアブタイルング》」の十一人は、一つの絆で結ばれていた。

大砲の音があちこちで間遠に響き、機関銃の発射音が断続的に聞こえてきた。もえさしだけが赤く輝く暗闇に包まれて、シャルルとアルチュールと私は、厨房で見つけた香りのよいたばこをふかし、昔のことや未来のことをあれこれと話しあった。寒気と戦争が荒れ狂う、果てしなく広い平原の真ん中で、病菌がひしめく暗い部屋にいながら、私たちは、自分とも、周囲の世界とも、和合していると感じていた。私たちは疲れきっていたが、長い時を経てやっと何か有意義なことができたと思っていた。おそらく創造の第一日目を終えた神のような気分だったのだろう。

一月二十日。夜明けがやって来た。ストーブをつけるのは私の番だ。全身に虚脱感があるほかに、関節が痛むので、猩紅熱は完治にほど遠いと、一瞬ごとに思い知らされてしまう。ほかのバラックに火をもらいに、寒気の中に飛び出さねばならないと考えると、ぞっとして身震いが走る。

発火石のことを思い出した。紙に蒸留酒をふりかけ、発火石から黒い粉を一つまみ、ナイフでたんねんに紙の上に削り取り、ナイフで発火石を強くこすった。するとどうだ。何度か火花が閃いた後、粉の山が燃えあがり、紙からアルコールの青白い炎があがった。

アルチュールは大喜びでベッドから降り、昨日ゆでたじゃがいもの中から一人頭三個を温め直した。その後シャルルと私は、飢えと寒さをかかえながら、また壊れかけの収容所の巡回に出発した。

食料のじゃがいもはかろうじて二日分しかなかった。水は雪を解かさねばならなかったが、大きな容器がないため、ひどくやっかいな仕事で、しかも黒い不潔な液体しか得られず、濾す必要があった。

収容所は静かだった。他の飢えた幽霊たちが、私たちと同じように歩き回って探検をしていた。ひげはもうぼうぼうになり、目はくぼみ、ぼろの間に黄色い骸骨のような四肢をのぞかせていた。よたよたと歩きながら人気のないバラックに出入りして、あらゆるものを持ち出していた。斧、バケツ、汁じゃくし、釘。みんな役に立つはずだった。そして目先のきくものは、周囲の田野のポーランド人と取り引きをしてもうけることを考えていた。

厨房では、二人の男が、最後の十個ほどの腐ったじゃがいもを争って取っ組みあいをしていた。ぼろをつかみあい、手先の定まらない、ゆっくりとした奇妙な動作でなぐりあい、凍てついた唇からイディッシュ語でののしりの言葉を吐き出していた。

倉庫の中庭には、キャベツとかぶがそれぞれ大きく山積みにされていた（私たちの栄養のもとであった、あの味のない大かぶだ）。完全に凍りついていたから、つるはしを使わなければはぎとれなかった。シャルルと私は交代交代で一撃ごとに全エネルギーを費やし、五十キロほどかきとった。また別のものも見つかった。シャルルが塩を一箱と（「何てすてきな掘り出し物だろう！《ユヌ・ファミューズ・トルヴァーユ》」）、五十リットル入りの水容器を見つけたのだ。その中には、水が大きな氷になって入っていた。

これらをすべて手押し車（以前は食料をバラックに運ぶのに使われていたものだ。いたるところに沢山ほうり出してあった）にのせ、雪の上をやっとのことで押しながら戻った。

その日は、ゆでじゃがいもと、切ったかぶをストーブで焼いたもので満足したが、次の日はずっとよくなるとアルチュールがうけあった。

午後は何か役に立ちそうなものを探そうと、診察室に行った。先客があった。すべてが経験のない略奪者の手でひっくり返されていた。中身の全部入ったびんは一本もなく、床はぼろと大便と医療材料におおわれ、ひきつった裸の死体が一つころがっていた。だが前に来たものが見落としたものがあった。自動車用のバッテリーだ。ナイフで端子に触ってみた。火花が小さく閃いた。充電してあった。

夕方、私たちの部屋には灯がともった。

私はベッドに横になったまま、窓から、道をはるか彼方まで見渡していた。そこを、もう三日間も、逃亡中の国防軍《ヴェールマハト》[116]が奔流のように通り過ぎていた。装甲車、白い迷彩をほどこしたティーゲル戦車[117]、馬に乗ったドイツ兵、自転車に乗ったドイツ兵、武装していたり、していなかったりする徒歩のドイツ兵。夜になると、姿が見えるかなり前から、戦車のキャタピラーの音が聞こえてきた。

「まだ通るんだろうか?《サ・ルール・アンコール》」とシャルルが訊いた。

「ずっと通るのさ《サ・ルール・トゥジュール》」

果てしないように思えた。

一月二十一日。だが終わった。二十一日の朝が来ると、烏が舞う恐ろしいほど殺伐とした平原には、ひとけがなくなった。そして平原は身を固くして、目の届く限り白く広がるばかりだった。まだ何かが動いているのを見るほうがいい、と私は思った。ポーランドの民間人も、どこへ身を隠したのか、姿が見えなかった。風まで止んだようだった。私はただ一つのことだけ望んでいた。寝床にいて上掛けの下にもぐり、筋肉と神経と意志をすりへった状態のまま弛緩させ、死人のように、終焉を、あるいは終わりのない結末を（どちらでも同じことだ）待つことだ。

だがもうシャルルがストーブをつけている。快活で、信頼がおけ、友情あふれるシャルル、人間に戻ったシャルル[118]が私を仕事に呼んでいる。

「さあ、プリーモ、《ヴァジ・プリーモ》そこから降りてこいよ。《ドゥサン・トワ・ドゥ・ラオー》ジュールが耳をつかんでもらいたがっているぞ……《イリヤ・ジュール・ア・アトラペ・パル・レゾレイユ》[119]」

ジュールとは排便用のバケツのことで、毎朝とっ手を持って外に運び、黒い井戸に空けなければならないのだ。これが毎日の最初の仕事だった。そして私たちのうちの三人がチフス患者で、手を洗うこともできないのを考えると、愉快な仕事でないのはお分かりだろう。

私たちはキャベツとかぶの料理を始めなければならなかった。私が薪を探し、シャルルが水にする雪を集めに行く間に、アルチュールは、皮むきに協力するよう、寝台に座っていられる病人を動員した。トヴァロフスキ、セルトレ、アルカレ、シェンクがその呼びかけに応えた。

セルトレもヴォージュ県の農夫で、二十歳だった。体の調子は良いように見えたが、声が日ごとに不吉な鼻声[120]になり、ジフテリアがめったに治らないことを思い出させるのだった。

アルカレはトゥールーズのユダヤ人でガラス工だ。とても物静かで、頭もはっきりしていた。顔に丹毒をわずらっていた。

シェンクはスロヴァキアの商人で、ユダヤ人だ。チフスの回復期にあり、すさまじいばかりの食欲を見せていた。フランスの血をひくポーランド系のユダヤ人、トヴァロフスキもやはりチフスの回復期にあったが、彼のほうは愚かでおしゃべりだった。だが陽気な気分を振りまいてくれるので、私たちの共同体には役に立った。

病人たちが寝台に座ってナイフを使っている間に、シャルルと私は料理ができる場所を一生懸命に探した。

形容のしようがない不潔さが収容所全体を侵していた。だれも管理しようと思うものなどいないから、便所はすべてあふれ、百人以上もいる赤痢患者はカー・べーの隅々まで汚し、バケツや、かつては糧食に用いられていた桶や、飯盒をすべて便器に変えていた。足もとを見ないでは一歩も歩けなかった。暗闇の中を歩くことは不可能だった。まだまだ厳しい寒さに苦しめられてはいたが、雪解けがやって来たらどうなるのだろうと考えて、私たちはぞっとした。手のほどこしようがないまでに病気が広がり、悪臭に息が詰まってしまうことだろう。それに雪が解けてしまえば、まったく水がなくなってしまうのだ。

長い間探した末に、やっとのことで、かつては洗濯場だったところに、さほど汚れていない場所を見つけた。私たちはそこで大きな火を起こし、時間の節約と病気の予防のため、雪にクロラミンをまぜて手にこすりつけ、消毒した。

スープを作っているというニュースは、死にぞこないの群衆の間にすぐに広まった。扉の前には飢えをむき出しにした顔が集まってきた。シャルルは汁じゃくしをかかげて、彼らに短いが力強い演説をした。フランス語だったが、訳す必要もなかった。

大多数は散っていったが、一人が前に進み出た。男は肺の病気にかかっていたパリっ子で、自称高級服の仕立て屋だった。スープ一リットルと引き換えに、収容所に残されたたくさんの上掛けを使って服を縫う用意がある、と申し出た。

マキシムは本当に腕がいいことを示してみせた。翌日、シャルルと私は、けばけばしい色の、粗い布地でできた、上着とズボンと手袋を手に入れていた。

夕方、大歓迎の中で初めてのスープを配り、がつがつと食べ終わると、平原の深い静けさが破られた。私たちは本気で不安になるにはあまりにも疲れていたから、寝台に横になったまま耳を澄まして、不思議にも平原のあらゆる地点に配置してあるように聞こえる大砲の発射音と、頭上を飛んでゆく砲弾のうなり声を聞いていた。

外の生活は美しい、まだ美しいはずだ、だから今ずるずると屈服してしまうのは本当に残念なことなのだ、と私は考えていた。私はうとうとしているものを起こし、みなが聞いているのを確かめると、最初にフランス語で、次に知っている限りのドイツ語でこう言った。今では全員が家に帰ることを考えるべきだ。それは私たち次第なのだから。すべきこと、してはいけないことをはっきりしなくてはいけない。各人は自分の飯盒とスプーンをしっかりと手もとに置いておくように。スープがたまたま余っても、他人にあげたりしてはいけない。便所に行く以外は寝台から降りてはいけない。何か用事のあるものは、私たち三人だけに頼むように。アルチュールが主に規律と衛生を監視する。そしてジフテリア患者とチフス患者のものを取り違える危険を冒すくらいなら、飯盒とスプーンはむしろ汚れたままにしておこう、と。

病人たちは私が言ったことに気を配れないほど、すべてに無関心だ、という印象を受けた。だが私はアルチュールのきちょうめんさに深い信頼を寄せていた。

一月二十二日。大きな危険に軽い気持ちで立ちむかえるものを勇気があると言うなら、シャルルと私はこの朝勇気があった。私たちは高圧電流の鉄条網のすぐ外にある、ＳＳのキャンプまで探索の手を伸ばしたのだ。

キャンプの衛兵たちはあわてて出発したらしかった。テーブルにはスープが半分ほど入った皿がいくつも残されていて、凍りついていた。私たちはとてもおいしくごちそうになった。またジョッキになみなみとつがれていたビールは黄色っぽい氷になり、ゲームが始まったばかりのチェス盤がそのままになっていた。ベッドのある大部屋には貴重な品物が山とあった。

私たちはウォッカ一びん、各種の薬品類、新聞、雑誌、詰め物をした上掛け四枚（そのうち一枚は、今トリーノの私の家にある）を積みこんだ。私たちは何も知らずに上機嫌で、出撃の成果を部屋に持ち帰り、アルチュールの管理にゆだねた。やっと夕方になってから、おそらくそれから三十分後に起こったことを知った。

たぶん追い散らされたのだろうが、武装したＳＳが何人か放棄されたキャンプに入ってきた。彼らは武装ＳＳ《ＳＳヴァッフェ》(121)の大食堂にフランス人が十八人居を構えているのを見つけ出し、うなじに弾を撃ちこんで全員を組織的に殺し、ひきつった体を道路の雪の上に並べて立ち去っていったのだ。十八の死体はロシア軍が来るまでさらしものになっていた。埋葬できる力のあるものがだれ一人としていなかったからだ。

それ以外にも、どこのバラックでも、木のように硬直した死体が寝台を占めていたが、取り除こうとするものはいなかった。穴を掘るには地面が凍りすぎていた。たくさんの死体が一つの塹壕に積み上げられていたが、初めの日から死体は穴の外にはみ出していた。そしてその醜い光景が窓ごしに見えるのだった。

私たちの病室と赤痢病室との間にはたった一枚の木の壁しかなかった。そこにいる多くは瀕死の病人で、死んだものも多かった。床には凍った便が層をなしていた。寝床からはい出して、食べ物を探すだけの力があるものは一人もいず、初めにそうしたものは、戻って来て仲間を助けようとはしなかった。仕切り壁のすぐ近くのある寝台には、イタリア人が二人、寒さをしのごうと抱きあっていた(122)。彼らの話し声はしばしば聞こえてきたのだが、私がフランス語しか話さなかったので、長い間私がいるのに気づいていなかった。その日シャルルがたまたま私の名をイタリア風に発音したため、それからはひっきりなしにうめいたり、助けを求めたりし始めた。

もちろん私は、力と手段があれば、彼らを助けたいと思っていた。何よりも彼らの叫び声に悩まされるのを終わらせたかったからだ。夕方、仕事が全部終わると、私は水のはいった飯盒と昼のスープの残りを持ち、疲れと嫌悪感を抑えながら、汚れた暗い廊下を、彼らの病室まで手さぐりで体を引きずって行った。その結果、それ以来、薄い壁を通して、下痢疾患病室全体が、ヨーロッパ中のあらゆる言葉の抑揚をつけて、昼も夜も私の名を呼び、それに何か訳の分からない願いごとをつけ加えるようになった。それからは逃れようがなかった。もう泣きたいくらいの気持ちになり、彼らを呪ってやりたいと思った。

夜は夜で、またびっくりするような醜態が用意されていた。

私の下の寝台にいるラクマケルは、不幸にも人間の残骸になり果てていた。彼は、かつては、十七歳のオランダ系ユダヤ人で、背が高く、やせていて、穏やかな性格の持ち主だった。どうやって選別をまぬがれたのか分からないのだが、三カ月間ベッドにいた。彼は次々にチフスと猩紅熱にかかり、その間に重い心臓の機能障害を併発し、床ずれもひどくなって、今ではうつぶせにしか寝られないほどになっていた。それにもかかわらず、食欲はすさまじかった。オランダ語しか話せないので、だれも彼の言うことを理解できなかった。

ラクマケルは夕方、キャベツとかぶのスープを配給二つ分ほしがったが、おそらくそれがすべての原因だったのだろう。彼は真夜中にうめき声をあげ、寝台から飛び出した。便所に行こうとしたが、ひどく衰弱していたので、床に落ち、大声で泣き始めた。

シャルルが灯をつけたので（蓄電池は神の賜物のような効果を発揮した）、事態がどれだけ重大か、確認できた。少年の寝床と床はべっとりと汚れていた。狭い部屋の中で、臭いはすぐに耐え難いものになった。予備の水はわずかしかなく、替えの上掛けやわらぶとんはなかった。それに、あわれなチフス患者は恐ろしい感染源だった[123]。もちろん汚物の中に放り出したまま、一晩中うめかせ、寒さに震わせておくわけにはいかなかった。

シャルルはベッドから降りて、無言のまま服を着た。私が灯を支えている間に、ナイフで、わらぶとんと上掛けの汚れた部分をすべて切り取った。それから母親のような優しさでラクマケルを床から持ちあげ、わらぶとんから出したわらで、できる限り体をふきとり、あわれな少年が横になれるただ一つの姿勢で、つくり直した寝台に重そうに置いた。そして床の便をトタンのきれはしでかき取り、クロラミンを少し水で薄めて隈なくまき散らし、自分の体にも振りかけた。

彼がこれだけのことをするのに、どれだけ力をふりしぼって疲労を克服せねばならなかったかを考えると、彼の自己犠牲のほどがおしはかれた。

一月二十三日。じゃがいもがなくなった。何日も前から、鉄条網の向こう側だが、収容所からさほど遠くないどこかに、大きなじゃがいもの貯蔵所があるという噂がバラック中に広まっていた。どこかの開拓精神に富んだものがたんねんに探索をしたのか、だれかが場所を正確に知っていたのだろう。事実、二十三日の朝、鉄条網の一部分が壊され、そのすき間から、みじめな格好の行列が二列、行き来するのが見られた。

シャルルと私は青白い平原に吹きすさぶ風をついて出発した。私たちは壊された障壁の外に出た。

「おい、プリーモ《ディ・ドンク・プリーモ》、外に出た《オネ・デオール》じゃないか！」

その通りだった。逮捕された日以来初めて、私は武装した衛兵もなく、自分と家とをへだてる鉄条網もなしに、自由でいた。

収容所からおよそ四百メートルほど離れたところに、じゃがいもが埋まっていた。宝の山だった。長い二本の溝にじゃがいもがぎっしり詰まっていて、凍結防止のために、わらと土が交互にかぶせてあった。これでもう飢え死にの心配はなくなった。

　だが掘り出すのは決して簡単ではなかった。寒さのため地表が大理石のように硬くなっていたからだ。つるはしを何度もふるうという重労働を果たして、外殻に穴をあけ、保管品をむき出しにしたものもいた。だが大多数は、前のものがあけた穴にもぐりこみ、奥まで入っていって、外にいる仲間にじゃがいもを手渡す方法をとっていた。

　あるハンガリー人の老人がそうしているうちに死に襲われた。その老人は飢えをむき出しにしたまま、硬直して横たわっていた。腹を雪の上に残し、頭と肩を土の中に入れ、じゃがいもに手を伸ばしていた。すると次に来たものが死体を一メートルほど移し、邪魔のなくなった穴で仕事を続けるのだった。

　それ以来私たちの食事は良くなった。ゆでじゃがいもとじゃがいもスープの外に、アルチュール式のじゃがいもクッキーを病人に出せるようになった。生のじゃがいもを削って、煮てつぶしたじゃがいもと混ぜ、熱いトタンの上で焼くのだ。煤の味がした。

　だが病状の進んでいたセルトレはそれを味わうことができなかった。鼻声がますますひどくなる外に、その日は食べ物をきちんと呑みこめなくなった。喉のどこかがおかしいらしく、一口呑みこむたびに息を詰まらせそうになるのだ。

　私は前のバラックに病人として残っている、ハンガリー人の医師を探しにいった。彼はジフテリアと聞くと、数歩下がって、私に出てゆくよう命じた。

　ただ士気を高めようとして(124)、私はみなの鼻に樟脳油をたらした。そして、きっときくから、とセルトレにうけあった。私自身もそう信じようとしていた。

一月二十四日。自由だ。鉄条網にあいた穴がそれを具体的に教えてくれる。注意して頭をつかうべき対象は、ドイツ人でも、選別でも、作業でも、殴打でも、点呼でもない。おそらくずっと後になってから実現する、帰還のことだ。

だがそれを確信し続けるには努力がいるし、ましてそれを楽しむ余裕のあるものなどいなかった。あたりには破壊と死しかなかったからだ。

窓の正面にある死体の山は、崩れて溝の外まであふれ出していた。じゃがいもがあるにもかかわらず、みなの衰弱は極限に達していた。収容所で治った病人など一人もいず、多くは新たに下痢や肺炎にかかった。動ける状態になかったり、そうする力を欠いていた病人は、寒さに身を縮めて、寝台にぼんやりと横になっているだけだった。そして気がつかないうちに死んでいった。

残りのものもみなひどく疲れていた。ラーゲルに何カ月も、何年もいた人間は、じゃがいもだけでは強壮になりえなかった。シャルルと私は毎日、調理を終えて、二十五リットルのスープを洗濯場から部屋へひきずって来ると、寝台に身を投げ出してあえがねばならなかった。そして、そうしているうちに、きちょうめんで家庭的なアルチュールが分配をするのだった。「働いたものへの超勤手当《ラビオ・プール・レ・トラヴァユール》」が割りあて三つ分と、「隣のイタリア人のため《プール・レジタリアン・ダ・コテ》」の残りが少し、あまるように注意していた。

隣にある、大部分が結核患者の第二伝染病室では、事情がかなり違っていた。動けるものは全員別のバラックに移り住んでいた。病気が重く衰弱していた仲間たちは、一人、また一人と、孤独のうちに死んでいた。

私はある朝、針を借りようとしてそこに入った。病人が一人、上段の寝台で断末魔の喉声を出していた。彼は私の声を聞きつけ、起き上がって座り直し、寝台の縁からまっさかさまに私のほうに体を垂らした。胸と腕は硬直し、目は白く見開かれていた。下の寝台の男が反射的に腕を伸ばして体を支えようとしたが、死んでいるのに気づいた。その死体は、体の重みでゆっくりすべり、床にずり落ちて、そこに横たわったままになった。名を知っているものはだれもいなかった。

だが第十四バラックでは新しいことが起きていた。そこには手術を受けた患者が収容されていたが、何人かはかなり体の調子がよかった。彼らは引き払われたらしいイギリス人の軍事捕虜収容所に遠征隊を組織した。その冒険は多くの実りをもたらした。彼らはカーキ色の制服を着こみ、手押し車に見たこともない珍品を一杯詰めこんで帰ってきた。マーガリン、プディング用の粉、ラード、大豆の粉、ブランデー。

夕方、第十四バラックからは歌声が聞こえてきた。

イギリス人のキャンプまで二キロ歩き、物を運んでくる力のあるものは、私たちの中には一人もいなかった。だがその実りの多い遠征は、間接的にだが、多くのものに恩恵をもたらした。物の不公平な分配状況が生産と交易を促したのだ。死の雰囲気が漂う私たちの部屋には、ろうそく工場が生まれた。芯に硼酸《ほうさん》をしみこませ、厚紙の型にろうを流しこむのだ。第十四バラックの金持ちたちは製品をすべてひきとり、ラードと大豆の粉で支払ってくれた。

電気機械倉庫《エレクトロマガツィーン》で生ろうのかたまりを見つけたのは私だった。それを持ち出す私を見たものたちの、がっかりした顔が浮かんでくる。彼らはこう尋ねてきた。

「それで何をしようと言うんだい？」

製造の秘密を明かしていいはずがなかった。私自身も、収容所の古参囚人が自慢げに答えるのを何度も聞いていた。何とかやってゆける、適応したもの、「良い囚人」であるという自慢である。

「おれはいろいろなことを知っているんだ《イッヒ・フェアシュテーエ・フェアシーデネ・ザヒェン》……」

一月二十五日。ショーモジィの番だった。彼は五十歳ぐらいのハンガリー人の化学者で、背が高く、やせていて、無口だった。オランダ人と同様にチフスと猩紅熱の回復期にあった。だが何か新しいことが突然起こった。不意に高い熱が出たのだ。五日間ほど彼は何も言わなかったが、この日になって口を開き、しっかりした口調で言った。

「わらぶとんの下にパンが配給一つ分ある。三人で分けてくれ。私はもう食べられない」

私たちは何も言えなかったが、その時はパンに手をふれなかった。彼の顔は半分ふくれあがっていた。意識のあるうちは、苦い沈黙に閉じこもっていた。

だが夕方と、その夜と、二日間にわたって、沈黙が切れ目なしのうわごとに変わった。奴隷が主人に許しを求める最後の夢を、いつ果てるともなく見ているようだった。彼は息を吐くたびに

「そうであります《ヤヴォール》」とつぶやき始めた。機械のように規則的で正確だった。貧弱な肋骨の枠組みが下がるたびに、「そうであります《ヤヴォール》」、それが何万回となく続くのだ。体を揺すぶったり、口をふさいだり、せめて言葉だけでも変えさせようとする衝動が湧いてくるほどだった。

人の死がどれほどたいへんなものか、あの時ほどよく分かった時はなかった。

外は相変わらず静まり返っていた。烏の数がひどく増えた。なぜだかみなが知っていた。大砲を撃ちあう音は、もう長い間をおいてしか聞こえなくなった。

ロシア軍は今にもやって来るぞ、とみなが話していた。みながそう宣言し、確信していた。だが心静かにそう信じているものは一人もいなかった。なぜならラーゲルでは希望を持つ習慣や、自分の理性への信頼感が失われてしまうからだ。ラーゲルでは考えることは役に立たない。ものごとは大体予期できない形で起こるからだ。それに危険でもある。苦痛の源である感性を生かしておくことになるからだ。だが苦痛がある限界を超えると、何か思慮深い自然の法則が働いて、感性を鈍くしてくれる。

喜びや不安や苦痛と同様に、待つことも私たちを疲れさせる。一月二十五日が来て、それでも一つの世界だった、あの凶暴な世界と無関係になってから八日間たつと、私たちの大部分は疲れ切ってしまい、待つことさえできないようになっていた。

夕方、ストーブのまわりに座ると、シャルルとアルチュールと私はまた人間に戻るのを感じた。あらゆることが話題になった。ヴォージュ県のプロヴァンシェールでは日曜日をどう過ごすか、というアルチュールの話に私は熱狂した。私がイタリアの休戦のこと、混乱した絶望的状態で、パルチザンのレジスタンス闘争が始められたこと、私たちを裏切った男のこと、山でいかに捕えられたかを話すと、シャルルはほとんど涙を流さんばかりになった。

私たちの頭上や背後の暗がりでは、八人の病人が、フランス語の分からないものも、話を一言も聞きもらすまいとしていた。ただショーモジィだけが、ますますかたくなに死に忠誠を誓っていた。

一月二十六日。私たちは死者と亡霊の世界に横になっていた。文明の最後の痕跡も、周囲や心の中から消えてしまった。勝ち誇るドイツ人の手で始められた野獣化の作業は、敗れたドイツ人によって完成された。

人を殺すのは人間だし、不正を行い、それに屈するのも人間だ。だが抑制がすべてなくなって、死体と寝床をともにしているのはもはや人間ではない。隣人から四分の一のパンを奪うためにその死を待つものは、それが自分の罪ではないにしろ、最も粗野な野蛮人や最も残忍なサディストよりも、考える存在としての人間の規範からはずれている。

私たちの存在の一部はまわりにいる人たちの心の中にある。だから自分が他人から物とみなされる経験をしたものは、自分の人間性が破壊されるのだ。私たち三人はこうしたことの大部分から逃れられた。これにはお互いに感謝している。だから私とシャルルの友情は、時の流れに耐えられるはずだ。

だが頭上数千メートルの雲の切れ目では、空中戦というひどくこみ入った奇跡が進行していた。裸で、力もなく、無防備な私たちの頭上で、同じ時代の人間たちが、精巧な機械でお互いを殺そうと努めていたのだ。彼らが指を少し動かすだけで、収容所全体を破壊し、何千もの人間を殺すことができた。一方私たちのエネルギーと意志を全部合わせても、たった一人の仲間の命を一分間長びかせることさえできなかった。

大騒ぎは夜になって終わり、部屋は再びショーモジィの独りごとに満たされた。

真っ暗闇の中で、私は不意に目を覚ました。「あわれな老人《ル・ボーヴ・ヴュー》」は口をつぐんでいた。死んだのだ。最後の命の痙攣が彼を寝台から床へ投げ出した。膝、腰、肩、頭が床にぶつかる音が聞こえた。

「死が彼をベッドから投げ出したのだ《ラ・モール・ラ・シャッセ・ドゥ・ソン・リ》」アルチュールがこう言った。

もちろん夜に外へ運び出すことはできなかった。眠るしかなかった。

一月二十七日。朝が来た。床にはやせこけた四肢がむさくるしく積み重なっている。かつてはショーモジィと呼ばれたものだ。

だがもっとさしせまった仕事がある。手が洗えないのだから、調理して食べたあとでなければ、彼にさわれない。それに「空けに行くほどいやなことはない……《リアン・ドゥ・シ・デグータン・ク・レ・デボルドゥマン》」といみじくもシャルルが言った仕事がある。まず便器のバケツを空けに行かなければ。生きているものが一番要求が多い。死んだものは待つことができる。私たちはいつものように仕事にとりかかった。

ロシア軍は、シャルルと私がショーモジィを少し離れているところに運んでいる時にやって来た。彼はひどく軽かった。私たちは灰色の雪の上にたんかをひっくり返した。

シャルルは縁なし帽をとった。私は帽子がないのを残念に思った。「伝染病室《インフェクツィオーンスアプタイルング》」の十一人で、あの十日間で死んだのはショーモジィだけだった。セルトレ、カニヨラーティ、トヴァロフスキ、ラクマケル、ドルジェ（この男のことは今まで話さなかった。彼はフランスの実業家で、腹膜炎の手術をしたあと、鼻のジフテリアにかかっていた）は、数週間後に、アウシュヴィッツに作られたロシア軍の臨時病棟で死んだ。私は四月にカトヴィーツェ[訳注10]で健康を回復したシェンクとアルカレに会った。アルチュールは無事に家族のもとにたどりついた。シャルルは教師の仕事をまた始めた。私たちは長い手紙をやり取りし、いつかまた会えるのを楽しみにしている。

アヴィリアーナ・トリーノ、一九四五年十二月—一九四七年一月

若者たちに*

*一九七三年刊『これが人間か』学生版のために書かれた序文。

この本が書かれた一九四六年当時、ラーゲルで起きたことは、まだほとんど何も知られていなかった。たとえば、アウシュヴィッツだけで、何百万人もの男、女、子供が周到に練り上げられた科学的方法で虐殺され、衣服や財産だけでなく、骨や歯や髪の毛まで「利用された」ことは知られていなかった（収容所解放の際、七トンの髪の毛が見つかった）。また強制収容所体制全体の犠牲者が九百万から一千万人にのぼることも知られていなかった。とりわけ、ナチス・ドイツと全被占領国が（イタリアも含めて）、一つのおぞましい奴隷収容所網を作っていたことは知られていなかった。当時のヨーロッパの地図を見ると目まいが起きる。本来の意味でのラーゲルが（つまりこの本で語られる死の窓口のことだ）、ドイツだけで数百あり、それ以外に別の種類の収容所が数千もあったのだ。そしてその中には、イタリアの軍人だけでも、約六十万人が抑留されたことを考えてみてほしい。シャイラーの計算によると（『第三帝国の興亡』による）、一九四四年当時、ドイツの強制労働者は少なくとも九百万人はいた、とのことだ。

この本からは、ドイツの重工業とラーゲルの管理機構がいかに密接な関係を保っていたか、読みとれることだろう。ブナの巨大な施設がアウシュヴィッツ地区に拠を定めたのは決して偶然ではなかった。これは奴隷経済への逆行であると同時に、計画的かつ賢明な経済政策でもあったのだ。もちろん大工場と奴隷収容所の共存が好都合だったからだ。

したがって収容所体制をとるに足らない末梢的現象と考えてはならない。ドイツの軍事産業は収容所体制の上に築かれていた。収容所体制こそがファシズムにおおわれたヨーロッパを支えた基本制度であった。ナチス当局は、枢軸側が勝利した暁には、この体制を維持し、発展させ、完成させる、と明言していた。そうなったら「貴族体制」を基礎にした「新秩序」が到来するのは目に見えていた。つまり、一方には「支配民族」（ドイツ人自身のことだ）から成る支配階級がいて、もう一方には、大西洋からウラル山脈まで、ひたすら働き、従うだけの、無数の奴隷群がいる体制だ。これはファシズムの完璧な自己表現になっていたことだろう。特権階級を神聖化し、自由と平等を完全に否定した体制を作り上げただろうからだ。

今ファシズムは敗北した。イタリアでも、ドイツでも、自ら望んだ戦争により、一掃された。二つの国は面目一新して廃墟から立ち上がり、困難な再建の道を歩んだ。そして全世界はアウシュヴィッツや、ダッハウや、マウトハウゼンや、ブーヒェンヴァルトに「死体製造工場」があったことを知り、信じられないという驚きと恐怖を味わった。そして同時に、ラーゲルは死んだ、ラーゲルはもう過去の怪物になった、痛ましいことは確かだが、もう二度と起こらない発作的行為だった、その罪はヒットラーという一人の男が負うべきで、そのヒットラーも死んでしまった、そして彼の血なまぐさい帝国も彼とともに崩壊してしまった、と考えて胸をなでおろした。

あれから四半世紀を経た今日、私たちは周囲を見回してみるが、安心するのは早すぎたのではないか、という危惧を抱いてしまう。今ではもちろん、ガス室や焼却炉はどこにもない。だが強制収容所は、ギリシア、ソ連、ヴェトナム、ブラジルに存在する。そしてほとんどあらゆる国に、監獄、少年院、精神病院といった、アウシュヴィッツと同様の、人間から名前、顔、尊厳、希望を奪う施設が存在する。そして何よりもファシズムはまだ死に絶えていない。ある国ではより強化され、また別の国では虎視たんたんと復讐を狙っている。ファシズムはいまだ「新秩序」を約束するのを止めていない。ナチのラーゲル体制についても、しばしば、その実在にあえて疑問を投げはしても、決して否定的な意見を述べようとしないほどだ。だから今日、この種の本は、過去の歴史の証言を研究するといった、穏やかな心境では読めないはずだ。ブレヒトもこう書いている。「この怪物を生み出した子宮はいまだ健在である」と。

こうした理由が一つと、さらにもう一つ、自分の世代の過ちを明かすのが、若者を尊重することになると信ずるがゆえに、私は喜んでこの『これが人間か』の学生版の編纂を引き受けた。新しい読者のうち、たとえただ一人でも、狂信的国家主義と理性の放棄から始まった道がどれだけ危険か、理解してくれるなら、さいわいである。

一九七二年

プリーモ・レーヴィ

若い読者に答える*

*一九七三年刊『これが人間か』学生版の末尾に収録された文章で、著者は学生たちへの疑問に答えるという形で、アウシュヴィッツ強制収容所について、さまざまな角度から論じている。

かなり前のことだが、本もまた、人と同じように、望みや期待に反する、予想もつかない運命を持つものだ、と書いた人がいる。この本も数奇な運命をたどった。書き出したのは遠い昔のことだ。この本の一八二ページに見ることができる。「だれにも言えないようなことを書きつらねる」という箇所だ。私たちはみな事実を語ることが必要だ、と切実に感じていた。だから私はこの本をあそこで書き始めたのだ。寒さと、戦争と、無遠慮な視線にさらされた、あのドイツの研究所で。だがかろうじてなぐり書きをしたあのメモは、どんな方法を使っても、持っていられないことが分かっていた。すぐに捨てなければならなかった。もし身につけているのを見つかったら、命がなかったからだ。

しかし帰国するやいなや、私は数カ月のうちに、この本を書き上げた。それほどあの思い出は心の中で燃えていた。草稿はいくつかの大出版社に断られた後、一九四七年に、フランコ・アントニチェッリが主宰していた小さな出版社に引き取られた。だが二千五百部出版された後、出版社が解散になり、本は忘却の淵に沈んでしまった。それに、あの戦後のつらい時期には、過ぎ去ったばかりの苦しい年月の記憶をよみがえらせようと望む人々はいなかった、という事情も重なっていた。一九五八年にエイナウディ社から再刊されて、この本はようやく新しい生を得た。それからは、絶えることなく、読者の興味を引きつけている。六カ国語に翻訳されたし、ラジオ用の脚本と劇場用台本も作られた。

この本は、学生と教師の間で好評を得た。それは出版社と私の期待をはるかに上回るものだった。イタリア全土の何百という学校の生徒が手紙をよこして、この本について手紙を書くか、あるいは本人が来て講演をしてくれるよう招いてくれた。私はこうした申し出を、仕事の許す限り、すべて受け入れた。これは自分の今までの二つの仕事に、第三の仕事をつけ加えることになったが、私は喜んでそうした。つまり私自身を紹介し注釈する仕事、さらに正確に言えば、アウシュヴィッツの冒険を生き抜き、それを語ったあの遠い昔の私自身を紹介し、注釈する仕事だ。こうして読者である学生諸君と何度も会う中で、私は数多くの質問に答えなければならなかった。中には無邪気な問いや深い理解に裏づけされた問い、感動的な問いや腹立たしい問い、表面的な問いや深い内容の問いなどがあった。私はこうした中のいくつかが、いつも出てきて、決してなくならないことに気づいた。それらは筋の通った、理由のある疑問であるにちがいなかった。そしてそれらに対して、この本はある意味では満足のいく答えを出していなかった。そこで私はそうした質問にここで答えることにする。

1　あなたの本にはドイツ人への憎しみ、恨み、復讐心の表現がありません。彼らを許したのですか?

個人的な性向なのだろうが、私は人を簡単に憎めない。憎しみとは動物的で未熟な感情だ。私は自分の思想や行動を、できる限り理性の側に近づけたいと思っている。だから私は、復讐や個人的報復をしたい、あるいは真の敵や仮想の敵に苦痛を与えてやりたい、という幼稚な願望として、憎しみを抱いたことはない。それに私の見るところでは、憎しみとは個人的なもので、ある特定の個人、名前、顔に向けられるものだ。ところが、当時私たちを迫害したものが、顔も名も持っていなかったことは、この本からも読み取れるはずだ。彼らは遠く離れ、目に見えず、近づき難かった。ナチ体制は、慎重にも、奴隷と主人が直接、接触するのを、最小限に留めていた。この本では、主人公とＳＳが面と向かって出会ったのはわずか一回しかなかったことに気づかれたことだろう。それもナチ体制が壊れ、ラーゲルが崩壊した最後の時になって、ようやくその出会いが実現したのは偶然ではない（二〇五ページ）。

それにこの本が書かれた一九四六年当時、ナチズムとファシズムにははっきりした外貌がないように見えた。まさにそれにふさわしく、幽霊が雄鶏のときの声で消えてしまうように、無に帰り、まるで恐ろしい夢であったかのように消えてしまった。一体どうすれば、幽霊の群れに恨みを抱き、復讐を誓えただろうか？

これはお人好しの幻想だ、とヨーロッパやイタリアの人々が気づいたのは、さほどたってからではない。ファシズムは死んだどころではなかった。ただ身を隠し、ひそんでいただけだった。そしてファシズム自身のせいで起きた、第二次世界大戦の大災害から、ようやく抜け出してきた社会に、ずっと適合した形をとっていた。前よりも分かりにくく、もう少しもっともらしい衣裳をつけて、再度姿を現わそうと、だんまりをきめこんでいる最中だった。新しくもないある種の顔、古くさい嘘、尊敬を求めるある種の人物、ある種の放縦や黙認を目の前にして、私は憎しみに走りたい誘惑にかられた。それもかなり強く感じたことを告白しておかねばならない。だが私はファシストではない、私は理性を信ずるし、話しあいを最上の進歩の手段と考えている。だから憎しみよりも正義を好むのだ。ゆえに、私はこの本を書くにあたって、犠牲になりましたというあわれっぽい調子や、復讐を叫ぶたけり狂った調子を捨て、証人が使うような、節度ある平静な言葉を慎重に用いたのだ。私の言葉が感情を抑えた、客観的なものになればなるほど、それだけ信用の置ける、有意義なものになると考えてのことだった。ただこうすることによってのみ、裁判に臨む証人は任務を果たすことができる。つまり判事に判断材料を提供できるのだ。そして判事になるのは、あなた方読者だ。

だが明確な意見を述べないからといって、すべてを無差別に許していると思われては困る。いや、私は罪人のだれ一人として許したことはない。イタリアのものであれ、外国のものであれ、ファシズムの罪と過ちを自覚し、弾劾し、自分や他人の意識からそれを根絶するという決意を見せない限りは（それも事実によってだ、言葉ではだめだ、遅すぎてもいけない）、今も、将来も、だれ一人許すつもりはない。だがもしこうしたことができたなら、許そう。キリスト教徒でない私も、ユダヤ教やキリスト教の戒律に従って、敵を許す用意はある。悔い改めた敵はもはや敵ではなくなるからだ。

2　ドイツ人は知らなかったのでしょうか？　連合国側は？　どのようにして、ヨーロッパの真ん中で、だれにも知られずに、大虐殺が、何百万人もの人を殺戮することが、できたのでしょうか？

現在私たちヨーロッパ人が生きている世界は、重大な欠陥を数多くさらけ出し、危機に陥っている。だがそれでも、かつての世界に比べれば、大きな利点がある。全員がすべてを、即座に知ることができる、という点だ。今日ではジャーナリズムは「第四の権力」になっている。少なくとも理論上は、新聞記者やジャーナリストはどこへでも自由に出かけられる。彼らを止めたり、遠ざけたり、黙らせたりするものはいない。それに情報を得る方法も簡単になった。自国のであろうと、外国のであろうと、ラジオ放送は自由に聞ける。売店に行けば、自国の特定の傾向の新聞から、アメリカ、ソ連の新聞まで、広い選択範囲の中から、好きなものを自由に買える。また好きな本を買って読んでも、「反イタリア活動」の科を受けたり、政治警察が家宅捜索にやって来ることもない。もちろんあらゆる条件から自由になれるわけではないが、少なくとも好きな条件は選べる。

だが独裁国家ではこうはいかない。「真実」はただ一つ、権力の高みから宣せられる。新聞はこの唯一の真実を、右へならえをして、繰り返すだけだ。ラジオ放送も同じだ。そして外国の放送は聞けない。まず第一に犯罪行為として監獄行きになる危険があるし、さらには適当な波長の電波を元の放送にかぶせて、聴取ができないようにされているからだ。本は、といえば、国家に都合のいい本しか、翻訳、出版されない。そうでない本は外国に探しに行き、危険を冒して国内に持ちこむしかない。だがこうした本は麻薬や爆弾よりも危険とみなされるから、もし国境で見つかったら、差し押さえをくい、罰せられる。以前に出版された「好ましからざる本」や新たに指定を受けた「有害な本」は、広場で公開の焚刑にあう。これが一九二四年から一九四五年までのイタリアの状況だった。ナチ体制下のドイツも同じだった。そしてこんな状態の国がいまだにたくさんある。ファシズムと英雄的な闘いを繰り広げたソ連を、その中に数えあげねばならないのは残念なことだ。独裁国家では、事実を曲げ、過去に遡って歴史を書き変え、情報をゆがめ、正しい部分を削り、作りごとを付け加えるのは、すべて正当なことと考えられている。情報と宣伝が入れ替わっているのだ。だからそうした国では国民はさまざまな権利を持つ市民ではなく、奴隷になり、奴隷として国家に(そしてそれを具現化している独裁者に)、狂信的な忠誠と盲目の服従を捧げなければならない。

こうした条件があれば、事実の隠蔽は、どんなに重大な事実であっても、可能になる(必ずしも容易ではないだろうが。人間性を徹底的に侵すのはやさしくはないからだ)。ファシスト統治下のイタリアでは、マッテオッティ社会党議員の暗殺後、すぐに沈黙体制をしく作戦がかなりうまくいった(一九二四年)。ヒットラーとその宣伝相のヨーゼフ・ゲッベルスは、真実を管理し隠蔽する作業では、結局ムッソリーニよりもはるかにすぐれた能力を示した。

だがドイツ国民に強制収容所という巨大な機構を隠すことは不可能だったし、ナチの観点から見れば、望ましいことでもなかった。国内に無制限の恐怖状態を作り出し維持するのは、ナチズムの一つの目的だったからだ。ヒットラーに逆らうのはひどく危険だ、と人々が悟るのは都合のいいことだったのだ。事実、ナチズムの初期から、何百何千というドイツ人がラーゲルに入れられた。共産主義者、社会民主主義者、自由主義者、ユダヤ人、プロテスタント、そしてカトリック。国全体がそれを知っていた。そしてラーゲルに入れられた人々が苦しみ死んでいることも知っていた。

それにもかかわらず、ドイツ人の大多数が、後にラーゲルで起きた残虐行為を詳しく知らなかったのは事実だ。百万人単位の、企業化された、組織的な虐殺、ガス室、焼却炉、おぞましい死体の利用法。こうしたことは知られてはならなかったし、実際に戦争が終わるまで、知っていたのはわずかだった。秘密保持のためにさまざまな配慮がなされていたが、特に行政用語には、用心深くも、皮肉たっぷりな婉曲法が用いられていた。たとえば「虐殺」と言わずに「最終的解決」と言っていた。「流刑」ではなく「移動」であり、「ガスによる殺戮」ではなく「特殊処置」といった具合だった。理由がないわけではなかった。こうしたおぞましい情報が広まれば、国全体から寄せられている盲目的な信頼や、戦闘部隊の士気がおびやかされる、とヒットラーが恐れたのだった。それに連合国側に知られて、宣伝材料として徹底的に利用されるかもしれなかった。だが結局は知られてしまった。しかし連合国側のラジオがラーゲルでの残虐行為を繰り返し伝えても、そのあまりのひどさのために、信ずる人は少なかった。

当時のドイツの状況を最も納得のいく形で要約しているのは、オイゲン・コーゴンの『SS国家』だろう。彼はかつてブーヒェンヴァルトの囚人であったが、今はミュンヘン大学で政治学の教授を勤めている。

「ドイツ人は強制収容所について何を知っていただろうか？　実在するという事実以外はほとんど何も知らなかった。今でさえ何も知らないと言える。恐怖体制の実態を固く秘密にしておき、不安を広め、際限なく募らせるというやり方は、大きな効果をあげた。前にも述べたように、ゲシュタポの職員でさえ、多くは、囚人を送りこんでいる当人なのに、ラーゲルで起きていることを知らなかった。囚人の大多数も、収容所がどのように機能しているか、どんな方法がとられているのか、不確かな知識しかなかった。ましてドイツ国民がどうして知りえただろうか？　収容所に入ったものはまったく予想もつかなかった深淵の世界を見いだした。この事実は、秘密がいかによく保たれていたかを雄弁に物語っている。

だが……それでも、収容所の存在を知らなかったり、治療所だと思ったりしていたドイツ人は一人もいなかった。親類や知人が収容所に送られていないドイツ人はわずかだった。少なくともだれそれが送られたと知らないものは、少なかった。またドイツ人はすべて、さまざまな形の反ユダヤ的蛮行を目にしていた。何百万ものドイツ人が、無関心や、好奇心や、侮蔑や、底意地の悪い喜びを抱きながら、シナゴーグの焼き打ちや、泥道にひざまずかされて辱めを受けているユダヤ人の男女を見たはずだ。多くのドイツ人は外国の放送で事実を知ったはずだし、ラーゲルの外で作業中の囚人と接したものも少しはいたはずだ。少なからぬドイツ人が、道や駅で、みじめな囚人の群れに出くわしているはずだ。全警察署とラーゲルの指揮官にあてられた、一九四一年十一月九日付の、警察庁及び公安委員会長官発の通達には、こう書かれている。『特に徒歩による移動中に、たとえば駅から収容所への移動時に、多数の囚人が衰弱から死に至る、もしくは昏倒する、という事実を承知おかれたい〔……〕一般市民にこうした事実を知らしめぬ措置は不可能である』それに監獄が満杯状態だったこと、国内のいたるところで極刑が次々に執行されていたことを知らないドイツ人はいなかった。全般的に見て事態はかなり深刻だ、と理解していた検察官や警察官、弁護士、聖職者、社会福祉従事者らは何千人といた。多数の実業家がラーゲルのSSに物資を供給していたし、SSの経済管理事務所に労働奴隷のあっせん願いを出した産業家もたくさんいた。またあっせん事務所の職員の多くは知っていた。〔……〕多数の大企業が労働奴隷を収奪していた事実を知っていた。強制収容所の近辺や内部で働いていた労働者も少なくはなかった。色々な専門分野の大学教授がヒムラーの設立した医学研究センターに協力していたし、いくつもの公立、私立病院の医師が職業的殺人者と協働していた。またかなりの数の空軍兵士がSSの管理下に移され、そこで起きたことを知ったはずだった。ラーゲルのロシア軍捕虜の大量虐殺を知っていた士官は大勢いたし、東部の占領地域の収容所、ゲットー、町、田野で、いかにおぞましい蛮行が行われたか、はっきりと知っていた兵士や憲兵も数多くいた。それとも、こうして列挙した断定の一つでも、嘘だと言えるだろうか？」

私の意見では、これらの指摘は一つたりとも嘘と言えない。だがもう一つ事実を加えなければ、全体像は完成しない。つまり、情報を得る可能性がいくつもあったのに、それでも大多数のドイツ人は知らなかった、それは知りたくなかったから、無知のままでいたいと望んだからだ。国家が行使してくるテロリズムは、確かに、抵抗不可能なほど強力な武器だ。だが全体的に見て、ドイツ国民がまったく抵抗を試みなかった、というのは事実だ。ヒットラーのドイツには特殊なたしなみが広まっていた。知っているものは語らず、知らないものは質問をせず、質問をされても答えない、というたしなみだ。こうして一般のドイツ市民は無知に安住し、その上に殻をかぶせた。ナチズムへの同意に対する無罪証明に、無知を用いたのだ。目、耳、口を閉じて、目の前で何が起ころうと知ったことではない、だから自分は共犯ではない、という幻想を作りあげたのだ。

知り、知らせることは、ナチズムから距離をとる一つの方法だった（そして結局、さほど危険でもなかった）。ドイツ国民は全体的に見て、そうしようとしなかった、この考え抜かれた意図的な怠慢こそ犯罪行為だ、と私は考える。

3　ラーゲルから脱走した囚人はいましたか？　なぜ大衆的な反乱が起きなかったのでしょうか？

一番ひんぱんになされたのが、この質問だった。だからその裏には特別な興味や切実な関心があるに違いない。私はこの質問を好意的に解している。今日の若者は自由をいかなる場合でも放棄できない財産と考えている。だから囚われたらすぐに脱走したり、反乱を起こそうと思うのだ。それに、多くの国の軍事法は、戦時捕虜になったらあらゆる手段を用いて自由の身になり、戦闘員の地位を回復するよう努めるべきである、と定めている。またハーグ協定によって、この種の脱走が無罪になるのも事実だ。脱走は義務、という考えは、冒険小説や、大衆小説、映画によって絶えまなく繰り返されている（『モンテ・クリスト伯』を思い出してほしい）。不当に（あるいは正当な理由で）獄につながれた英雄が、とてもありえない状況で脱走を試み、いつも成功してしまうのだ。

囚われの状態、不自由な状態を、不当で異常なもの、と感ずるのはいいことだ。脱走や反乱によって治療すべき、病気のようなものと考えているからだ。だが残念なことに、こうした図式は強制収容所の実態にはほとんどあてはまらない。

たとえば、アウシュヴィッツから脱走を試みた囚人はわずか百人ほどで、そのうち成功したのは、数十人だった。脱走は難しい上に、ひどく危険だった。囚人は精神を破壊されているほかに、飢えと虐待から衰弱しており、髪は剃られ、よく目立つ縞の服と、音をたてずに素早く歩くのが不可能な木靴を身につけていた。お金も持っていなかったし、地元の言葉であるポーランド語を普通はしゃべれなかった。また地域との接触はなかったし、地理も知らなかった。それに脱走防止用に残虐な対抗措置が用意されていた。捕えられたものは、しばしば厳しい拷問を受けた後、点呼広場で公開絞首刑に処せられた。脱走が発覚した時、脱走者の友人は共犯とみなされ、独房で餓死させられた。同じバラックの全員は二十四時間立たされ、時にはその「犯罪者」の両親が捕えられ、ラーゲル送りになった。

SSが脱走を試みた囚人を射殺すると、休暇褒賞がもらえた。だから、ただ褒賞を得んがために、まったく逃げる気のない囚人を撃ち殺すことがよくあった。それが逃亡事件の公式記録件数を人為的に増やしている。実際の数は、私が述べたように、ずっと少ない。事情はこんな具合だったから、アウシュヴィッツの収容所を脱走できたのはわずかの「アーリア系」(つまりユダヤ人ではない)ポーランド人に限られる。彼らの出身地はラーゲルからさほど離れていなかったから、目的地があり、人々にかくまってもらえる自信があったのだ。別の収容所でも事情は大体同じだった。

反乱がなかったことについては、話は少し違ってくる。まず、実際に反乱が起きたラーゲルがいくつかあったことを知っておく必要がある。たとえば、トレブリンカ、ソビボール、そしてアウシュヴィッツに付随していたビルケナウ。参加人員はさほど多くなかった。いわば、ワルシャワ・ゲットーの蜂起と同じように、人間精神の驚くべき気高さを示す行為だった。これらの反乱はすべて、何らかの特権を持った囚人たちによって、つまり普通の囚人より精神的にも肉体的にも恵まれた状態の囚人たちによって、計画、指導されていた。これに驚いてはいけない。苦しみのより少ないものが反乱を起こすという事実が逆説的に思えるのは、初めのうちだけだ。ラーゲルの外でも、下層労働者が戦うのは、めったになかったことだ。「ぼろきれたち」は反乱を起こさないのだ。

政治犯だけの収容所や政治犯が多数いた収容所では、今まで陰謀をめぐらしてきた経験が物を言って、しばしば、正面きった反乱ではなく、防御活動が生み出された。それはラーゲルによっても、時期によっても違っていたが、たとえば、SSをおどしたり買収したりして、無差別の権力に歯止めをかけること、あるいはドイツの軍事産業の仕事をサボタージュしたり、脱走を組織することなどだった。連合軍と無線で交信して、収容所のおぞましい状況を知らせることもあった。またSSの医師を囚人の医師に替えて、病人の待遇を良くさせた。選別を「操縦」して、スパイや裏切り者を死に送り、何らかの特別な理由で生き残ってほしい囚人を救った。また前線の接近にともなって、ナチがラーゲルの清算を決定するかもしれないので(事実、しばしばそうした)、軍事的にも抵抗の準備をした。

こうした防御活動は、アウシュヴィッツ地区のように、ユダヤ人の数が多かった収容所では、能動的にせよ受動的にせよ、非常に困難だった。そこでは、普通囚人たちは、組織的活動や軍事的な経験をまったく欠いていた。全ヨーロッパの国々から集められ、言語も違っていたので、意思が通じなかった。特にユダヤ人は他の囚人よりも飢え、疲れ、衰弱がひどかった。ラーゲルでのユダヤ人の生活条件がはるかに厳しかったほかに、ゲットーで長い間、飢えや迫害や屈辱的行為に責めたてられ、弱っていたことが多かったからだ。その当然の結果として、ラーゲルでのユダヤ人の生存期間は悲劇的なほど短かった。要するにユダヤ人は、絶え間なく死の刈りこみを受けては、ひっきりなしに来る輸送隊で更新される、浮動人口でしかなかった。このように質の低下した不安定な人間集団の内部に、反乱の芽が根づかないのは当然のことだろう。

それならば、汽車から降りたばかりで、何時間も(時には何日も!)ガス室行きを待っていた囚人が、なぜ反乱を起こさなかったのか、という疑問が湧くことだろう。これについては、ドイツ人はこの集団虐殺用に、悪魔のように狡猾で柔軟な戦略を完成していた、ということを付け加えておこう。新たに到着したものたちは、大体は、何に出くわすのか知らなかった。彼らは暴行も受けずに、手ぎわよく、事務的に迎えられ、「シャワーのため」裸になるよう、勧めを受けた。時には石けんとタオルを手渡され、シャワーの後には熱いコーヒーが出る、という約束まで与えられた。事実、ガス室はシャワー室のように偽装され、水道管と、蛇口と、脱衣場、洋服かけ、ベンチなどが置いてあった。しかし囚人たちが、自分の運命のあやうさをわずかでも疑ったり知っているそぶりを見せると、ＳＳとその協力者はすぐさま行動に出て、恐ろしい暴力をふるった。叫び、おどし、足蹴にし、銃を撃ち、封印された貨車で五日間も十日間も旅してきたため、とまどい、絶望し、消耗しきっていた人々に、人を咬むように訓練された犬をけしかけた。

事実はこうだった。だから、しばしば言われてきたように、ユダヤ人は臆病だったから反乱を起こさなかったのだ、という主張は、ばかげた悪意あるものに聞こえる。反乱を起こしたものなどだれもいなかったのだ。たとえば、アウシュヴィッツのガス室の試運転で犠牲になったのは、三百人のロシア軍捕虜だった。彼らは若く、軍事的な訓練を受け、政治的素養もあり、邪魔になる女子供もいなかったが、それでも反乱を起こさなかった。

　最後に一つ、私の考察をつけ加えておきたい。抑圧を容認してはいけない、抵抗すべきだ、という、今では深く根づいている考え方は、ファシスト統治下のヨーロッパには広まっていなかった。特にイタリアではそうだった。もちろん政治活動をしていた小集団はこうした考えを持っていたが、ファシズムやナチズムはその成員を孤立させ、放逐し、暴行を加え、殺害した。数百、数千にのぼる、ドイツのラーゲルの最初の犠牲者は、ほかでもない、反ナチズムの政党の幹部たちであったことを忘れてはならない。彼らの影響力が働かなくなったので、組織を作って抵抗するという民衆の願望は、かなりあとにならないと強まらなかった。その組織化には特にヨーロッパ各国の共産党が力をつくした。だが、彼らがナチズムに対する戦いに身を投じたのは、一九四一年にドイツが、独ソ不可侵条約（一九三九年九月に締結されたリッベントロップ＝モロトフ協定）を破って、ソ連に不意打ちをくらわせてからだった。要するに、反乱を起こさなかったことで囚人を非難するのは、何よりも歴史的視点の誤りだ。なぜならラーゲルの囚人たちに、今ではみなが保持しているが、当時は特殊なエリートしか持っていなかった政治意識を、要求することになるからだ。

4　解放後アウシュヴィッツを訪れたことがありますか？

　一九六五年の収容所解放記念式典の際、私はアウシュヴィッツを訪れた。本文で指摘しておいたし、巻頭の地図からも見てとれることだろうが、アウシュヴィッツの一大強制収容所帝国は、四十ものラーゲルで構成されていた。本来のアウシュヴィッツ収容所は同名の町（ポーランド名はオシフィエンチム）の郊外に建てられていて、二万人の収容能力を持ち、いわば全体の行政首府であった。それに付随してビルケナウのラーゲルがあったが、これはいくつかのラーゲルの集合体で、時期に応じて三つから五つまで数が変わっていた。この収容所は六万人を収容するまでふくれ上がったが、そのうちの約四万人は女性で、ここにはガス室と焼却炉があった。そしてこれ以外に労働収容所が多数あったが、数は一定せず、「首府」から百キロも離れているものもあった。モノヴィッツと呼ばれていた私の収容所は中でも最大で、約一万二千人の収容能力を持つまでになった。これはアウシュヴィッツの約七キロ東方にあった。アウシュヴィッツ地区全体は現在ポーランド領に属している。

中央収容所を訪れた時、私はさして強い印象を受けなかった。ポーランド政府はそれを一種の国民的記念碑に変えていた。バラックは清掃され、ペンキが塗られていて、植え木が立ち並び、花壇が作られていた。博物館には痛ましい記念品が陳列されていた。何トンもの髪の山、大量の眼鏡、くし、ひげ剃り用のはけ、人形、子供の靴。だがそれは博物館だった。人手が加わり、整頓され、静止していた。収容所全体が博物館のように思えた。私のいたラーゲルはもうなかった。隣接していた合成ゴムの工場がポーランド政府の管理下に移り、拡張されて、その地域を完全に占領していたのだ。

囚人としては一度も見たことがなかったビルケナウのラーゲルに入ると、私は激しい苦痛に襲われた。そこでは何一つ変わっていなかった。かつて泥におおわれていたところは今もそのままで、息を詰まらせるような夏の砂ぼこりが舞っていた。戦線が通過した時に燃えなかったバラックは、当時のままで、屋根は低く、汚れほうだいで、木のつぎ目はひろがり、床は土を踏み固めた土間のままだった。寝台はなく、白木の板でできた寝床が天井まで連なっていた。ここには美しく改装されたものは何もなかった。かたわらには、私の友人で、ビルケナウの生き残りのジュリアーナ・テデスキがいた。彼女は、その縦一・八メートル、横二メートルの寝床で女たちが九人も寝た、と教えてくれた。小窓からは焼却炉の残骸が見える、とも教えてくれた。当時は煙突の上に炎が見えたのだった。彼女は古参の囚人たちに尋ねたことがあった。「あの火は何の火?」「私たちを焼いている火さ」彼女らはこう答えたという。

私たち生き残りは、この悲しみを呼び起こす場所に対して各々違った反応を示す。だがそれは大別すると二種類に分けられる。第一は、ラーゲルを訪れるのを拒み、話題にすることさえ避けるものたちだ。忘れたいと願いながら、どうしても忘れられずに、悪夢に責めさいなまれているものたちだ。さもなければ、うまく忘れることができて、すべてを遠ざけ、ゼロから生き始めたものたちだ。普通、この種の人たちは、そのほとんどが、確たる政治意識のなかった、「災難から」ラーゲルに送りこまれた人々である。あの苦しみは彼らにとって災害や病気のようなものだった。

深い傷痕を残しはしたが、意味や教訓を考えさせるまでには至らなかった。その思い出は彼らにとって、自分には無縁の、苦痛しか呼び起こさない侵入者にすぎなかった。それゆえ、早く捨てさろうとしたのだ（あるいは今でもそう努力している）。ところがもう一方には、元「政治犯」の囚人や、政治思想、宗教的確信、深い道徳的意識を持っていたものたちがいる。これらの生き残りにとっては、思い出すことは義務である。彼らは忘れたいなどとは思わないし、特に社会が忘れ去ることを警戒している。なぜなら、自分たちの経験には深い意味があり、ラーゲルは偶然の出来事でも、歴史上の椿事でもなかったことを理解しているからだ。

ナチのラーゲルはヨーロッパ・ファシズムの頂点、完成であり、その最もおぞましい表現だった。だがファシズムはヒットラーやムッソリーニ以前にも存在していたし、はっきり分かる形をとったり、形を変えて偽装したりして、第二次世界大戦の敗北を切り抜け、生きのびている。世界のどこであろうとも、「人間」の根本的自由と平等を否認し始める国があったら、その国は強制収容所体制に向かう。しかもこれを途中で止めるのはひどく難しいのだ。自分の経験にどれだけ恐ろしい教訓が含まれているか、十分に理解した元囚人たちはたくさんいる。彼らは毎年、若者たちをひきつれて、「自分の」収容所に巡礼の旅をする。もしこうして本を書き、学生たちに解説することで同じ目的を果たせないなら、そして時間が許すなら私も喜んでそうすることだろう。

5　なぜあなたはドイツのラーゲルだけ問題にして、ソ連のラーゲルについて沈黙しているのですか？

第一の質問への答えに書いたように、私は判事よりも証人でありたい。自分で見て耐え忍んだことを、証拠として持ち帰るのが私の義務だった。私の本は歴史書ではない。執筆に際しては厳しい制限を設けて、後に本や新聞で知った事実はすべて除き、直接経験したことだけ取り上げるようにした。たとえば、この本には、アウシュヴィッツの大虐殺の数字が出てこないし、ガス室や焼却炉の模様が描かれていないことに気づかれたことだろう。ラーゲルにいた時、私はこうした事実を知らなかった。あとになって、世界中が知った時に、私も知ったのだ。

私がソ連のラーゲルについて語らないのも、同じ理由からだ。幸運なことに、私はそこにいたことがない。だから、本で読んだことしか語れない。つまりその問題に関心のある人ならみな知っていることしか語れないのだ。だが言うまでもないが、それでも私は、意見を持ち判断を下すという万人の義務を放棄しようとは思わない。またそんなことは不可能だ。

ソ連とナチのラーゲルには類似点がうかがわれる一方、本質的な違いも見られる。根本的な違いはその目的だ。ドイツのラーゲルは人類の流血史上、唯一独特のものだ。政敵を除いたり、暴力でおどしつけるという古来の目的のほかに、民族とその文化全体を地上から抹殺するという、近代的でおぞましい目的が加わっていたからだ。一九四一年ごろから、ラーゲルは巨大な殺人機械に変わっていった。何百万という人間の生命と身体を抹殺するために、ガス室と焼却炉が、用意周到に準備された。アウシュヴィッツにはおぞましい記録がある。一九四四年の八月に、一日で二万四千人を殺したという記録だ。もちろんソ連の収容所は快適な場所ではなかったし、今でもそうだ。だが、スターリンの暗黒時代ですら、囚人の殺戮が目的になったことはなかった。囚人の死は、ひんぱんに起こる事故であって、残忍そのものと言うべき無関心な態度で見過ごされたが、本質的には意図してなされたものではなかった。つまりそこでの死は、飢えと、寒さと、伝染病と、労苦の副産物だったのだ。この二種類の地獄を比較すると、陰惨な事実しかあげられないのだが、これにまだ付け加えるべきことがある。普通、ドイツのラーゲルは、中に入ると出てこられなかった。死以外には、刑期に終わりがなかった。反対にソ連の収容所では、刑期がないことは考えられなかった。スターリンの時代には、「罪人」は、時にはいとも簡単に、十五年とか二十年の長期刑を言いわたされたが、自由になる希望は、わずかなりとも残されていた。

この根本的な差違から、次のような違いが生まれてくる。囚人と看守との関係が、ソ連ではさほど非人間的ではないことだ。みな同じ言葉を話す、同じ国民で、ナチ体制下のような「超人」と「非人間」ではない。また病人は、おそらくおざなりだろうが、治療を受けることができる。あまりにも苛酷な仕事には、個人や集団で抗議することも考えられる。体罰はまれだし、さほど残虐なものではない。また家から手紙や食べ物の小包を送ってもらうこともできる。

要するに個々人の人間性が否定されたり、完全に破壊されることはない。ところがドイツのラーゲルでは、少なくともユダヤ人とロマは、ほぼ全面的な虐殺の対象になった。それは子供も例外としなかった。途方もない数の子供がガス室で殺された。人類の残虐史上、唯一のできごとだった。こうしたことの総合的な結果として、この両体制の死亡率はかなり違ってくる。ソ連では、最も苛酷な時期で、全入所者の三十パーセントほどだ。これは確かに我慢ならないほど高い数字だ。だがドイツのラーゲルでは死亡率は九十から九十八パーセントだった。

ソ連の最近の事態は憂慮すべきものだ、と私は考えている。つまり反体制知識人が、いく人となく、その場で狂人と宣告されて精神病院に閉じこめられ、苦しいだけでなく、脳の機能をゆがめ弱める「治療」を施される、という事態のことだ。ソ連政府は反対意見を恐れているようだ。しかもそれを罰するのではなく、薬で取り除こうとしている（あるいは薬を使うとおどして）。おそらくこの技術は普及してはいないのだろうが（一九七五年現在では、狂人として収容された政治犯は、百人を超えていないと思える）、いまわしいことには変わりがない。なぜならこうした行為は、科学の濫用であり、権力の意志にひたすら忠実であろうとする、医学の許しがたい身売りだからだ。この事実からは、民主的な反対意見の自由と、市民的諸権利の自由が、まったくないがしろにされていることがはっきりと見てとれる。

逆に現在、ソ連のラーゲル現象は、量的には減退しつつあるらしい。一九五〇年当時は、政治犯は何百万人といたようだ。ところが、「アムネスティ・インターナショナル」（政治信条にかかわりなく、世界中のすべての政治犯を助けようという趣旨で設立された非政治的機関）の資料によると、今日（一九七六年）では約一万人に減っている、とのことだ。

だが、それでも、ソ連の収容所は、非難の対象になるべき、不法で非人間的なものだ。このラーゲル群は、社会主義とは何の関係もない。むしろソ連の社会主義を大きく汚している。これは、どちらかと言えば、ツァーの絶対主義体制の野蛮な遺産と理解すべきで、ソ連政府はこれを解消できなかったか、あえてしようとしなかったのだ。ドストエフスキーが一八六二年に書いた『死の家の記録』を読めば、その百年後にソルジェニツィンが描いたのとまったく同じ監獄の状態が読みとれるはずだ。しかしラーゲルのない社会主義体制は可能だし、さほど難しいことではない。世界のさまざまな地域で、もう実現されているからだ。だがラーゲルのないナチズムは考えられない。

6　『これが人間か』の登場人物で、解放後、会った人はいますか？

この本の登場人物は、残念ながら大部分はラーゲルにいた時や、注113で述べた恐ろしい退避行の際に、死んでしまった、と考えてほしい。また生き残った囚人もラーゲルで感染した病気で、あとになってから死んでしまった。そしてその他のものがどうなったのか、跡をたどることはできなかった。ただわずかだが、何人か生き残ったものがいて、互いに連絡を取っている。あるいは新たに連絡先が分かったものがいる。

「オデュッセウスの歌」に出てくる「ピコロ」のジャンは元気に生活している。家族は殺されていたが、彼は帰国後結婚して、子供を二人もうけ、フランスの田舎町で薬屋を開業して、とても静かな生活を送っている。バカンスでイタリアにやって来るので、こちらで何度も会っている。私が何回か会いにいったこともある。奇妙なことに、ジャンはモノヴィッツで過ごした時の出来事をかなり忘れていた。彼の頭の大部分は、すさまじい退避行の思い出に占められていた。彼はその退避行の際に、友人がみな衰弱して死んでゆくのを見たのだ（アルベルトもその中に入っていた）。

六五ページでピエーロ・ソンニーノと呼んだ人物にはよく会う。彼は『休戦』（注122を参照）の「チェーザレ」と同一人物だ。彼も長い間苦労を重ねて社会復帰し、仕事を見つけ、家庭を持った。今はローマに住んでいる。彼は、収容所や、長い帰還の旅で味わった苦難を、喜んで、生き生きと語ってくれる。だが彼の話はしばしば劇場向けの一人芝居のようになり、しかも、仕方なしに立ち会わされた悲劇的な事実よりも、自分が主人公の冒険を吹聴する傾向がある。

シャルルにも再会した。彼はヴォージュ県の自宅付近の丘陵地帯で、パルチザン活動中に逮捕された。一九四四年の十一月のことだったから、ラーゲルには一カ月しかいなかったことになる。だがこの苦しみの一カ月間に見聞きした恐ろしい事実は、彼の心を深く傷つけ、生きる喜びと未来を建設する意欲を奪ってしまった。彼は私が『休戦』で書いたのとほとんど同じような旅をして帰国し、自分の村の小さな小学校で、また先生の仕事を始めた。彼は子供たちに、蜜蜂の飼い方、樅や松の苗床の作り方まで教えていた。数年前に年金生活に入ったが、最近になってあまり若くない同僚と結婚して、小さいが、きれいで、快適な新居を建てた。私は一九五一年と一九七四年の二回、彼に会いにいった。二回目の訪問の際、さほど遠くない村に住んでいるアルチュールのことが話題になった。アルチュールは年老いて病気になり、昔の苦しみを思い出させる人には会いたがらない、とのことだった。

八四ページと一三二ページで簡単にふれておいた「近代主義者のラビ」のメンディとの再会は、予想もできなかった劇的な出来事で、私にも彼にも大変喜ばしいことだった。彼は一九六五年にこの本のドイツ語訳を偶然に読んで、自分のことが書いてあるのを見つけた。そして私のことを思い出し、トリーノの「ユダヤ人協会」気付で、長い手紙を書いてきた。私たちは長い間文通し、共通の友人の運命をお互いに知らせあった。そして一九六七年に、彼が当時ラビをしていた東ドイツのドルトムントに出かけていった。彼はかつてのように「粘り強く、勇気があって、頭の回転が早」く、驚くほどの教養を積んでいた。アウシュヴィッツの生き残りと結婚していて、大きな子供が三人いた。家族全体でイスラエルに移住する計画を立てていた。

私に冷酷な「国家の試験」を科した、化学者のパンヴィッツ博士とは再会できなかった。だが、私の最新刊の『周期律』で一章を割いた、あのミュラー博士が、彼の消息を伝えてくれた。赤軍がブナ工場の直前に迫った時、パンヴィッツ博士は強権的で卑劣なふるまいをした。彼は民間人の協力者たちに最後の最後まで抵抗するよう命じ、兵站地に発つ最後の汽車に乗るのを禁じた。だが自分は最後の瞬間に、どさくさにまぎれて乗りこんでしまった。彼は一九四六年に脳腫瘍で死んだ、とのことだ。

7　ナチのユダヤ人に対する狂信的憎悪をどう説明しますか？

ユダヤ人に対する反感は、反ユダヤ主義という不適切な名で呼ばれているが、これは実際にはずっと大きな現象の特殊な例だ。つまり、異なるものに対する反感の特殊な例なのだ。これが元来、動物的な行動であるのは間違いない。同種の動物でも、別の群れに属している場合は、お互いを受け入れない、不寛容の行動を見せることがあるからだ。こうした行動は家畜の中にも見られる。たとえばある鶏舎の雌鶏が別の鶏舎に入れられると、何日もくちばしでこづき回されたりする。ねずみや蜜蜂にも同じような行動が見られる。これは社会的な動物にはみな見られる現象だ。そしてもちろん人間も、アリストテレスが言ったように、社会的な動物だ。だが人間の中に生き残っている動物的衝動がすべて認められるとしたら、大変なことになる。だからこそ、人間の法は、動物的衝動を抑える役割を果たしているのだ。

反ユダヤ主義は典型的な不寛容の現象である。不寛容が顕在化するには、接触した二つの集団に明確な違いがなければならない。これは肉体的な違いでもありうる（白い肌と黒い肌、金髪と黒髪）。だが私たちの文明は複雑になっているため、ずっとささいな違いまで感じとれるようになっている。言葉や、方言や、アクセント（イタリア北部に余儀なく移住してきた南部出身者は、よく分かることだろう）。宗教と、その外的表現としての儀礼、そして生活に深く浸透しているその影響。服装やしぐさ。公的、私的習慣。ユダヤの民の苦難の歴史は、ほとんどどこでも、ユダヤ人がこうした違いを一つか二つ示してみせたことから生まれた。

民族や国家が衝突を繰り返して、複雑にからみあう歴史の中で、この民族は特異な性格を見せる。ユダヤ民族は強力な内的絆の貯蔵庫であった（部分的には今でもそうである）。その絆は宗教的かつ伝統的なものであった。ゆえに彼らは、人数的にも軍事的にも劣勢であったのに、ローマ帝国の侵略に絶望的な勇気を奮って対抗し、敗れ、流刑に処され、離散することになった。だがユダヤ人の絆は生き残った。初めは地中海岸の全域に、次いで中東、スペイン、ラインラント、ロシア南部、ポーランド、そしてボヘミアに建設されたユダヤ人のコロニーは、かたくななほどこの絆に忠実であり、やがてこの絆は、成文化された法と伝統、綿密に法典化された宗教、一日の全行動に及ぶ、人目を引く、特異な儀式の巨大な集合体として固まっていった。だからユダヤ人は、定住地ではどこでも、少数民族に留まり、常に異なった存在、異者として区別でき、しかもしばしばその違いを、正しいのか、間違っているのか、誇りにした。

これはユダヤ人をひどく弱い存在にした。事実、ほとんどすべての国で、いつ、いかなる時代にも、ユダヤ人は激しい迫害を受けた。迫害にあって、ユダヤ人の一部分は同化し、周辺の住民にとけこんでいった。一方、大部分はより友好的な国に再度移住していった。だがこうすることによって彼らの「違い」は更新され、新たな束縛と迫害にさらされることになった。

反ユダヤ主義は、本質的には、不寛容という非理性的な現象なのだが、キリスト教が国教としての地位を固めて以来、キリスト教国ではどこでも、主として宗教的で、神学的な衣をまとうようになった。聖アウグスティヌスの主張によると、ユダヤ人は神自身により離散の刑を科せられている。その理由は二つある。第一はキリストを救世主と認めなかったため、第二は、ユダヤ人が世界中に離散することがカトリック教会に必要なため、だ。なぜならカトリック教会も世界中に存在するので、どこででも信者に、ユダヤ人のしかるべき不幸を見せられるからだ。ゆえにユダヤ人の離散と分離を終わらせてはいけない。彼らは、罰として永遠に過ちの証人となり、キリスト教信仰の正しさを示さねばならないのだ。従って、彼らを迫害してもいいが、殺してしまってはいけない。彼らの存在が必要だからだ。

だがいつも教会にこうした節度があったわけではなかった。キリスト教信仰が根を降ろすとすぐに、ユダヤ人にひどく厳しい非難が向けられ始めた。ユダヤ人全体が永遠にキリストはりつけの科を負うべきだ、ユダヤ人は「神殺しの民族」なのだ、という非難である。この公式は遠い昔の復活祭の典礼にすでに現われていたもので、第二回バチカン公議会（一九六二―六五）でようやく廃止された。だが民衆の中に何度も繰り返して現われる、有害な偏見の根本には、常にこの公式がある。たとえば、ユダヤ人は井戸に毒を入れてペストを広める、いつも聖餅を冒瀆している、復活祭にはキリスト教徒の子供をさらい、その血で過ぎ越しの祭り用のパンをこねる、といった偏見である。こうした偏見は、あまたの血なまぐさい虐殺の口実になったが、特に、フランスからイギリス、スペイン（一四九二―九八）、ポルトガルと続いた、ユダヤ人の大規模な追放に大きな役割を果たした。

こうして虐殺と移住が絶え間なく繰り返されながら、十九世紀になると、各国に国民意識が芽ばえ始め、少数民族の権利も認められることになった。ツァー専制のロシアを除けば、ヨーロッパの全域で、キリスト教会の強い要望で作られた、ユダヤ人に不利な法的規制は廃止された（時代と場所によって異なるが、ゲットーや特殊地域に住む義務、服に目印をつける義務、特定の職業に就く禁令、雑婚の禁令、など）。だが反ユダヤ主義は生き残った。特に未熟な信仰心ゆえに、ユダヤ人をキリストの殺害者と指弾し続けた国（ポーランドやロシア）や、国民的な権利要求が、社会の外縁にいるものや外国人への広汎な反感という余波を作り出した国では、根強く生き残った（ドイツや十九世紀末のフランス。ユダヤ人のフランス軍将校アルフレッド・ドレフュスがスパイの汚名を着せられて告発された時、聖職者と国家主義者と軍人は、一丸となって激しい反ユダヤ主義キャンペーンをくりひろげた）。

特にドイツでは、十九世紀を通じて、狂信的な理論をかたくなに主張する哲学者や政治家が絶え間なく現われた。つまり、ドイツ国民は、あまりにも長きにわたって分断と辱めを受けてきたが、実際には、ヨーロッパはおろか世界中の最高位の人々を生み出してきた貯蔵庫であり、古来の高貴な伝統と文化の後継者であり、種族も血統も均一な個人で構成されている国民である。だからドイツ国民は、ヨーロッパの指導者たるべき、神聖な権威を備えた、強力な軍事国家を作らねばならない、という主張である。

このドイツ国民の使命という考えは、第一次世界大戦の敗北で消えるどころか、ヴェルサイユ平和条約の屈辱によって、さらに力を得ることになった。そしてこれを自らの手中に収めたのが、歴史上最も害毒を流した不吉な人物である、政治扇動家のアドルフ・ヒットラーだった。ドイツの中産階級や産業家は彼の炎のような演説に耳を傾けた。ヒットラーには見込みがある、労働者階級が、敗戦と経済的破滅をもたらした自分たち指導階級に抱いている憎悪を、ユダヤ人にそらすことができるかもしれない、と彼らは考えた。事実、ヒットラーは一九三三年を出発点にして数年後には、屈辱を味わわされた国民の怒りと、彼の先駆者であったルーテル、フィヒテ、ヘーゲル、ワグナー、ゴビノー、チェンバレン、ニーチェといった予言者にすでにたきつけられていた国民的誇りから、利益を引き出すことができた。彼が取りつかれていたのは、支配者としてのドイツを作る、それも遠い未来のことではなく今すぐに、しかも文明の布教によるのではなく武力によって作る、という強迫観念だった。彼には非ドイツ的なものはすべて、劣等で、唾棄すべきもの、と見えた。そしてドイツの第一の敵はユダヤ人だった。ヒットラーは多くの理由を、独断的に、激しい調子で述べたてた。ユダヤ人は「異なった血」を持っているから。イギリスやロシアやアメリカのユダヤ人と親戚関係にあるから。盲従する前に、理性的に考え話しあう文化の後継者であるから。偶像崇拝を禁じているから。一方、ヒットラー自身は、偶像のようにあがめられるのを渇望しており、時あるごとに「われわれは知性や意識に信を置いてはならない、本能にこそ全幅の信頼を寄せるべきなのだ」と公言してはばからなかった。そして、ドイツには、経済、金融、芸術、科学、文学の分野で枢要な位置を占めていたユダヤ人が多かったことも、ヒットラーの憎しみの理由になった。画家のなりそこないで、建築家にもなれなかったヒットラーは、敗残者の怒りと恨みをユダヤ人に注いだのだ。

この不寛容の種は、よく耕された土地に落ちて、信じられないほどの勢いで育った。だが、その形態は新しいものだった。ヒットラーの託宣が、ドイツ国民の間に呼びさましたナチ流の反ユダヤ主義は、過去のさまざまな例に比べても、はるかに野蛮なものだった。それは、弱い種族は強い種族に従属すべき、という人為的にゆがめられた生物学理論と、何世紀も前に良識によって葬り去られた迷信と、休みない宣伝が合わさってできたものだった。それは今までに聞いたことのないような極論を生み出した。たとえばこんな具合だ。ユダヤ教はキリスト教の洗礼を受ければ捨てられるような宗教ではないし、代わりを得れば放棄できるような文化的伝統でもない。ユダヤ人は地上の全種族に比べても劣等で異質な、人間の亜種である。ユダヤ人は外見は人間だが、実際は何か違った、おぞましい、いわく言い難い存在で、「人間と猿の距離よりも、ユダヤ人とドイツ人の距離のほうが大きい」。ユダヤ人は罪という罪をすべて犯している。アメリカの貪欲な資本主義、ソ連のボルシェヴィズム、一九一八年のドイツの敗北、一九二三年のインフレ、これらはみなユダヤ人のせいだ。自由主義、民主主義、社会主義、共産主義はユダヤ人の悪魔の知恵が作り出したもので、ナチ国家の一枚岩的団結を脅かしている。

理論の布教から実際行動に至る過程は短く、しかも野蛮な形で行われた。ヒットラーが権力を握ってからわずか二カ月後の一九三三年には、ダッハウに、最初のラーゲルが作られた。同年の五月には、ユダヤ人作家やナチの敵の著作が初めて焚書に処せられた（百年も前に、ドイツ系ユダヤ人の詩人ハイネが、こう書いていたことを思い出してもらいたい。「本を焼くものは、遅かれ早かれ、人を焼くことになる」）。一九三五年には、反ユダヤ主義の膨大かつ細密な成文化がなされた。ニュールンベルク法である。一九三八年には、上部から指導された一夜の暴動により、百九十一のシナゴーグが焼かれ、何千というユダヤ人の店が破壊された。一九三九年には、ドイツ軍占領直後のポーランドで、ユダヤ人がゲットーに押し込められた。一九四〇年にはアウシュヴィッツのラーゲルが作られた。一九四一年から四二年にかけて、この虐殺機械は全開運転をし、一九四四年にはその犠牲者の数が数百万人に達した。

ナチの宣伝によって広められた憎悪と侮蔑は、抹殺収容所の生活の一こま一こまに、実際の行為としてあらわれていた。そこにあるのは死だけではなかった。ある意味を含んだ、細かなきまりが無数にあり、それらがすべて、ユダヤ人とロマとスラブ人は野獣で、わらくずで、ぼろきれであることを偏執狂のように唱え、見せつけていた。たとえばアウシュヴィッツでは、人間にも、牛馬にするように、入れ墨をほどこしたことを思い出してほしい。また流刑者たち（男に女に、子供たち、みな人間だ）を家畜用の貨車にとじこめて旅をさせ、何日も自らの排泄物にまみれさせたこと。名前にかえて登録番号を用いたやり方。スプーンを配給しないで、犬のようにスープをすすらせたやり方（解放の際、アウシュヴィッツの倉庫からは、スプーンが何百キロも発見された）。死体を名もない、ただの原料とみなして、歯の金冠を抜き取り、髪を織物の原料にし、灰を肥料にした、おぞましいまでの死体利用法。そして男や女をモルモットにおとしめ、薬の実験をし、その後殺してしまったやり方。

虐殺用に選ばれた方法自体が（綿密な実験を経たものだった）、はっきりとした象徴的意味を含んでいた。使用されるべき毒ガスは、南京虫や虱のはびこった場所や船倉の消毒に用いられる毒ガスでなければならなかった。過去にはもっと残虐な殺人方法もあったが、これほど人間を侮蔑しばかにしたやり方はなかった。

周知のように、抹殺作業は最優先で行われた。ナチは、すでに防衛戦に転化していた、厳しい戦争を戦っていたにもかかわらず、説明不可能なほど抹殺作業を急いでいた。兵員の輸送をさしおいてでも、ガス室送りの犠牲者や、前線近辺のラーゲルの囚人を輸送していたのだ。この種の輸送はドイツが負けたからこそ、最後まで実行されなかった。だがロシア軍を目の前にして、自殺の数時間前にヒットラーが口述させた政治遺書には、こう書いてある。「特にドイツ政府と国民にはこう命じておく、人種法を有効裡に維持し、全国民を害しているユダヤ国際主義と仮借なく戦うように」

要約すれば、反ユダヤ主義は不寛容の特殊な例と言えるだろう。それは何世紀もの間、主として宗教的な性格をまとってきた。だが第三帝国では、ドイツ国民の国家主義的、軍国主義的傾向と、ユダヤ民族の特異な「差違」が相乗効果を生んで、ひどく残忍なものになってしまった。そしてこの反ユダヤ主義は、ファシズムとナチズムのすぐれた宣伝力のおかげで、ドイツ全域とヨーロッパのかなりの部分にすみやかに浸透した。それは、ファシズムやナチズムが、罪と怒りをすべて注ぎこめる贖罪の山羊を必要としていたからだ。そしてこの反ユダヤ主義は狂気の独裁者ヒットラーに導かれて、発作的行動に走ってしまった。

しかしながら、私自身は、広くゆきわたっているこうした説明に、満足していないことを告白しておきたい。これらの説明は事実を過小評価し、比較検討もしていないため、説明すべき事実との間に落差を作り出しているからだ。ナチズムに関する歴史書を読み返すと、その混沌とした始まりから痙攣的な最後に至るまで、歴史上例を見ない、まったく制御のきかない、狂気の雰囲気が広く蔓延していた、という印象を拭いきれない。この集団的狂気、この方向性の喪失は、普通、一つだけでは説得力のない要因をたくさん集めて、組み合わせ、説明されている。こうした要因の中でも最大のものは、ヒットラーの人間性であり、彼とドイツ国民との間にあった深い相互浸透作用である。確かに彼の個人的強迫観念、憎悪をかき立てる能力、暴力を鼓吹する演説は、挫折したドイツ国民の間に歯止めのきかない共鳴を呼び起こし、それが倍化されて彼のもとに投げ返されてきた。そしてこの倍化された反響が、ニーチェの予言した英雄、ドイツの救世主となるべき超人は自分だ、という妄想を確固たるものに変えたのだ。

彼のユダヤ人憎悪の動機については多くの本が書かれている。たとえば、ヒットラーはユダヤ人に、全人類に対する憎悪を注いだ、と言われている。あるいは、ユダヤ人に自分自身の欠点をいくつか認め、ユダヤ人を憎むことによって、自分自身を憎んだ、と言われている。また、自分の体に「ユダヤの血」が流れている可能性を恐れるあまり、ユダヤ人に激しい反感を抱くようになった、とも言われている。

だがもう一度繰り返して言いたい。私には納得のいく説明には思えない、と。一人の人間に罪をすべてかぶせることで、歴史現象を説明するのは公正とは思えないし（おぞましい命令を実行したものたちが無罪などとは決して言えないのだ）、ある個人の心の奥底の動機を解釈するのは大胆すぎるように思える。提起されたさまざまな仮説は、事実の一部分を説明するだけで、質的な説明になっていても、膨大な量の事実の説明にはなっていない。私自身は、何人かの堅実な歴史家たち（ブロック、シュラム、ブラッヒャー）の謙遜な態度を好ましく思っている、と言っておこう。彼らは、ヒットラーとその背後にあった、ドイツのすさまじい反ユダヤ主義を理解できないと告白したのだ。

おそらくああした出来事は理解できないもの、理解してはいけないものなのだろう。なぜなら、「理解する」とは「認める」に似た行為だからだ。つまり、ある人の意図や行為を「理解する《コンプレンデレ》」とは、語源学的に見ても、その行為や意図を包みこみ、その実行者を包みこみ、自らをその位置に置き、その実行者と同一化することを意味する。ところが、普通の人はだれ一人として、ヒットラー、ヒムラー、ゲッベルス、アイヒマン、といったものたちとの自己同一化ができない。この事実は私たちをとまどわせると同時に安心させもする。というのは、彼らの言葉が（残念ながら彼らの行為も）理解できないことが、おそらく望ましいからだ。彼らの言葉や行為は非人間的であるのみならず、反人間的で、歴史にも先例が見られない。これに匹敵するのは、生存競争を繰りひろげる中で起きた最も残酷な出来事しかない。戦争中だったら、こうした生存競争の状態も発生したかもしれない。だがアウシュヴィッツは戦争とは何の関係もない。戦争中の出来事でもないし、戦場の極限状態で起きたことでもない。戦争とは、恐ろしいが、常に存在してきたものだ。あってほしくはないが、私たちの中に存在するものだ。戦争にはそれなりの理由があり、「理解できる」。

だがナチの憎悪には合理性が欠けている。それは私たちの心にはない憎悪だ。人間を超えたものだ。ファシズムという有害な幹から生まれた有毒な果実なのだが、ファシズムの枠の外に出た、ファシズムを超えたものだ。だから私たちには理解できない。だがどこから生まれたか知り、監視の目を光らすことはできる。またそうすべきである。理解は不可能でも、知ることは必要だ。なぜなら一度起きたことはもう一度起こりうるからだ。良心が再度誘惑を受けて、曇らされることがありうるからだ。私たちの良心でさえも。

だからこそ何が起きたかよく考えるのは、万人の義務なのだ。ヒットラーとムッソリーニが公衆を前にして演説した時、あたかも神のように賛美され、崇拝され、信頼をかちえ、歓声を浴びせかけられたことを、万人が知り、思い出さねばならない。彼らは「カリスマ的な頭領」だった。人を引きつける秘密の力を持っていた。だがそれは言っていることの正しさや信憑性から来るのではなかった。本能的だったのか、あるいはたゆまぬ訓練の結果だったのか、いずれにせよ、挑発的な言い方や、雄弁や、大根役者の演技力からきていた。彼らが公言していた思想はいつも同じとは限らなかったが、普通は、真実からかけ離れた、ばかげた、おぞましいものだった。しかしこうした思想は喝采を浴び、彼らが死ぬまで、何百万人もの信者を引きつけた。こうした信者たちが、非人間的な命令の忠実な実行者も含めて、生まれながらのサディストでも、(少しの例外を除いて)怪物でもなかったことは、記憶にとどめておくべきである。彼らは何の変哲も無い普通の人だった。怪物もいなかったわけではないが、危険になるほど多くはなかった。普通の人間のほうがずっと危険だった。何も言わずに、すぐに信じて従う職員たち、たとえば、アイヒマン、アウシュヴィッツの所長だったヘス、トレブリンカの所長だったシュタングル、二十年後にアルジェリアで虐殺を行ったフランスの軍人たち、三十年後にヴェトナムで虐殺を行ったアメリカの軍人たち、のような人々だ。

だから、理性以外の手段を用いて信じさせようとするものに、カリスマ的な頭領に、不信の目を向ける必要がある。他人に自分の判断や意志を委ねるのには、慎重であるべきである。予言者を本物か偽物か見分けるのは難しいから、予言者はみな疑ってかかったほうがいい。啓示された真実は、たとえその単純さと輝かしさが心を高揚させ、その上、ただでもらえるから便利であろうとも、捨ててしまうほうがいい。もっと熱狂を呼び起こさない、地味な、別の真実で満足するほうがいい。近道をしようなどとは考えずに、研究と、討論と、理性的な議論を重ねることで、少しずつ、苦労して獲得されるような真実、確認でき、証明できるような真実で満足すべきなのだ。

こうした処方は、単純すぎるから、どんな場合にもあてはまるとは限らない。たとえば、不寛容と圧政と隷属をともなった新しいファシズムが外国で生まれ、新たな名を持って、しのび足で、導入されるかもしれない。あるいは国内で突発的に発生して、防壁をすべて打ち壊してしまうかもしれない。そんな時は、理性の忠告は役に立たない。抵抗する力を見つけなければならない時だからだ。だがそんな時でも、さほど遠くない昔に、ヨーロッパの中心で起きたことを記憶にとどめておくのは、心の支えといましめになるかもしれない。

8　もしラーゲルで囚人生活を送っていないとしたら、あなたは今何になっていましたか？　あの時代を思い出して何を感じますか？　生き残れたのはどんな理由からだと思いますか？

厳密に言えば、もしラーゲルにいなかったら、今何になっていたか、分からない。これを知ろうとするのは不可能だ。自分の未来を知っている人はいないし、存在しなかった未来は語りえないからだ。ある人間集団の行動を、大まかに予見しようとするのは、ある種の意味を持つことだろう。だがある個人の行動の予見は、数日間という尺度をとってみても、非常に難しいか、不可能だ。同じように、物理学者は、一グラムのラジウムがその放射線量を半減させるのに要する時間をかなり正確に予想できるが、そのラジウムの一つの原子がいつ崩壊するか、予言することはできない。もしある人が分岐点にさしかかって、左の道をとらないなら、もちろん右の道を行くのだろう。だが私たちに、選択が、たった二つしか許されないことはほとんどありえない。それに一つの選択にはまた別の選択がいくつか連なり、すべてが何倍にもなって、無限に続いてゆく。また私たちの未来は、慎重な選択とはまったくかかわりのない、外的要因にも大きくかかわっており、意識にのぼらない内的要因にも依存している。従ってこうした周知の理由から、自分の未来も、隣人の未来も、知ることはできない。そして同じ理由から、自分の過去の「もし」がどうなったか、言うことは不可能なのだ。
だがはっきりと言えることはある。もし私がアウシュヴィッツのラーゲルに入れられなかったなら、おそらく何も書かなかっただろう。書くべき動機も、刺激もなかったことだろう。私はイタリア語は中くらい、歴史はまったく駄目な学生で、物理学や化学に強く引かれていた。それに、後には、書き言葉の世界とはまったく関係のない、化学者の職業を選んだ。私に物を書くよう強いたのはラーゲルでの体験だった。そして執筆に際しては、なまけ心と闘う必要もなく、文体は少しも問題にならず、奇跡的にも、日々の仕事から一時間も削ることなく、書く時間を見つけられた。この本はもう頭の中に準備万端整っていて、ただ外に引き出して、紙に書くだけでいいのだ、と思えていたからだ。

あれから多くの時が流れた。この本も多くの出来事を経験した。そして私の現在のまったく正常な生活と、アウシュヴィッツでの非人間的な過去との間に、作りものの記憶としてだけでなく、奇妙にも、防御壁として、介在している。私は皮肉屋と思われたくないから、ためらいつつこう言っておこう。今日ラーゲルのことを思い出しても、怒りや悲しみはもう感じない、と。まったく正反対だ。私の短くも悲劇的だった囚人としての経験には、その後の作家＝証人としての長く複雑な経験が続いていて、その勘定は確実にプラスになっている。全体的に見るなら、この過去は、私を豊かで、確かな人間にしてくれた。若くしてラーフェンスブリュックの女性収容所に入れられた私の友人は、収容所は私にとって大学でした、と語っている。私も同じことを言えると思う。つまりあの出来事を生き抜き、後に考え、書くことで、私は人間と世界について多くのことを学んだのだ。

しかしこうした前向きの結果はわずかな人にしか訪れなかったことを、すぐにつけ加えておこう。たとえばイタリアの流刑囚では、わずか五パーセントが帰還できただけで、しかもその中の多くは、家族、友人、財産、健康、精神的安定、若さを失ってしまった。私が生きのび、無傷で帰還できたのは、私の考えでは、幸運によるところが大きい。あらかじめ備わっていた要因、たとえば山の生活に慣れていたことや、化学者であったこと（囚人生活の最後の数カ月にはある程度の特典を授けてくれた）などは、わずかの役割しか果たさなかった。おそらく、人間の魂への関心を決して絶やさなかったことや、単に生きのびるだけでなく(大多数はこうした考えだった)、体験し、耐え忍んだことを語るために生きのびるのだ、というはっきりした意志を持っていたことが、私を助けてくれたのだろう。そして、最も苦しくつらい日々にも、仲間や私は、物ではなく人間だ、と考える意志を執拗に持ち続け、こうすることによって、多くのものに精神的な難破をもたらした、完全な屈服状態と道徳的堕落をまぬがれえたことが、役に立ったのだろう。

一九七六年十一月

プリーモ・レーヴィ

注

（1）国防志願軍は、ファシストの突撃隊とともに生まれた半軍事組織で、一九二三年に軍隊の一部として合法化された。国防志願軍は、第二次世界大戦中、各地の前線に送られた。一九四三年の七月にいったん解散になったが、同年九月八日、急遽再編成され、数多くあったパルチザン運動弾圧用の軍団を補助した。

（2）ファシスト政権下のイタリアでは、ナチの人種法を模倣して（いわゆるニュールンベルク法）、一九三八年に、当時約四万五千人ほどいたユダヤ系少数民族の諸権利と尊厳を大幅に制限する一連の措置が制定された。これらの措置はファシズムの決定的崩壊まで（一九四五年四月二十五日）効力を持ち続け、民衆の支持はなかったにもかかわらず、約八千人のイタリア系ユダヤ人の生命を奪った。この約八千人のイタリア系ユダヤ人は、著者と同じように、ファシストやナチに捕えられたり、スパイの密告を受けたりして、抹殺収容所に送られたのである。その中で帰還できたものは数百人にすぎなかった。

（3）ルネ・デカルト（一五九六－一六五〇）はフランスの哲学者、数学者。彼は認識を体系化し、論証を明瞭、明確にすることに絶えず努めたことで知られている。ここで言う「デカルト流の妄想」とは、理性的で、論理的で、あいまいなところはないのだが、実現は難しいような夢や計画を指す。

（4）「正義と自由」とは、一九二九年に、カルロとネッロのロッセッリ兄弟によって組織された運動体で、進歩的で近代的な自由主義的社会主義を唱え、ファシズムに対して強固な抵抗運動を展開した。

(5) もちろん、皮肉の意味で使っている。ここでは、戦争時の、怠惰な行動を許さない、非人間的な「正義」のことを指す。

(6) 空襲から逃れるため、大都市から離れること。

(7) SS (Schutz-Staffel [シュッツ・シュタフェル] の略で「親衛隊」を意味する) は一九二九年にヒットラーのボディーガードとして創設された。その後、ドイツ軍の内部で、ナチ・イデオロギーを狂信的なまでに体現した軍隊としての性格を持つようになった。SSの任務には、ナチの敵やユダヤ人の探索、逮捕、強制収容所の管理、運営が含まれていた。

(8) 元来はフランス語で、今ではイタリア語の軍隊用語となっている言葉。命ぜられた仕事、あるいはある仕事に携わる部隊、を意味する。

(9) 軍用列車とは、本来は兵員輸送用列車のこと。ドイツ軍占領地区から、何百万人という労働奴隷用の囚人を強制収容所に送りこんだ輸送隊も、広義の意味で、こう呼ばれるようになった。

(10) アウシュヴィッツ (ポーランド語ではオシフィエンチム) は高シレジア地方の小都市。その近郊に、一九四〇年からひそかに、今では悲しいまでに有名になった、ナチ最大の抹殺収容所が建設された (巻頭の地図参照)。アウシュヴィッツ収容所はいくつかの収容所で構成されていたが、その中でもビルケナウ収容所は、大量虐殺と死体処理用の巨大な装置をそなえていた (ガス室と焼却炉)。アウシュヴィッツの犠牲者は、痕跡も残さず消えてしまったため、正確な数が分からないのだが、およそ百五十万人から四百万人と見積もられている。

(11) Reich (ライヒ) (王国、あるいは帝国、の意) とはナチ支配下のドイツ国の公式名。

(12) どちらもアウシュヴィッツの付属収容所。

(13) 「ガス室行き」とは、ビルケナウの収容所にあったガス室で殺されることを、恐ろしいまでに簡潔に述べた言葉。封印された軍用列車で運ばれてきた囚人の大部分は、このガス室で、シアンガスをかがされて殺された。その外に、病気や衰弱のため、労働に適さなくなった囚人も、少しずつ殺されていった。

(14) 普通とは変わっている、の意。ナチズムの犠牲者に同情や連帯意識を示すドイツ人はほとんどいなかった。だからこの機関士は例外的な存在だった。

(15) 彼らは到着した囚人の荷物整理用部隊に属していた囚人で、特権的地位を占めていた。彼らは厳しい禁制にもかかわらず、獲物の一部を盗み、収容所の内外でこっそり売り払っていた。彼らは富裕であったがゆえに、「カナダ部隊」と呼ばれていた。

(16) ダンテ『神曲』地獄篇、第三歌、八十四行からの引用。アケロン川の対岸に亡者を渡す、渡し守のカロンは、ヴィルジリオとダンテを亡者と間違えて、この言葉を投げつけてきた。このドイツ兵も、神話上の渡し守と同じように、乗客が渡船料の「オブロス」をくれることを期待していた。このように、本書のいたるところに『神曲』地獄篇の反映が見られる。

(17) 「フランク語」とは、イタリア語、フランス語、ギリシア語、アラビア語などがまざってできた、未発達の俗語で、十八世紀の初頭くらいまで、地中海沿岸の港で、水夫や商人たちに使われていた。ここではイタリア語とドイツ語をごちゃまぜにした言葉、の意味で使われている。

(18) この章の初めの部分では動詞の時制をわざと混乱させてあるが、それは収容所の過酷な現実に初めて接した囚人たちの心の中で、感情や思い出が混乱したまま交錯する様を描いている。

(19) 彼らは床屋で、やはり特権的な地位を占めていた。監獄では、今でもそうだが、何か職務についていると、それがどんなにつまらない仕事であっても、大きな物質的利益が得られた。

(20) この床屋たちはポーランド人だった。

(21) 「ラーゲル」というドイツ語には、寝床、倉庫、収容所といったさまざまな意味があるが、最後の意味から今日では最も良く知られている Konzentrationslager(コンツェントラツィオーンスラーゲル)(強制収容所、KL、KZと略される)という用語が生まれた。

(22) ブナという名は、収容所と工場以外に、製造される合成ゴムにも使われていた。その成分であるブタジエンとナトリウムの頭文字をとったもの。

(23) 三五ページでも述べられるのだが、アウシュヴィッツの収容所には、ユダヤ人と政治犯以外に、ドイツの監獄から選抜されてきた普通犯罪者も収容されていた。彼らは「アーリア人種」であるがゆえに、さまざまな特権を享受し、他の囚人を支配する地位についていた。
(24) だが強制収容所での究極の位階剝奪が、近い将来や遠い未来に十分に理解されなくなるのは、おそらくいいことなのだ。それはたぶんそうした位階剝奪が、世界に存在する物事の中から消え去ったしるしだろうからだ。だが本当に消え去っているのか？　すべての国から？
(25) ドイツ語で、囚人、拘留者の意。だが第二次世界大戦中は、特に「強制収容所の囚人」の意味で使われていた。
(26) ゲットーとは、ユダヤ人を強制的に住まわせた地区のことで、十四世紀の初頭から十九世紀の解放まで、ヨーロッパの数多くの都市に見られた。イタリアで記録に残っている最古のゲットーは、トリーノのものである。ドイツ軍は、一九四〇年から、東欧の主要都市にゲットーを再建し始めた。これらのゲットーは、飢え、病気、強制収容所への連行によって、悲劇的な大量死の舞台となった。ワルシャワのゲットーでは一九四三年の春に大規模な蜂起が起こり、ドイツ軍を何週間も劣勢に追いやった。だが、結局、そこに閉じ込められていたユダヤ人のほとんど全員が虐殺されることで終結した。
(27) 煙突、とはビルケナウの焼却炉の煙突のこと。ビルケナウには、ガス室以外に、死体を焼く巨大な焼却炉があった。今となってはあまりにもおぞましくて信じ難いだろうが、一九四四年の八月に、この焼却炉は、一日で二万四千もの死体を焼いた。
(28) 『神曲』地獄篇、第二十一歌、四十八行。マレボルジェ（後出訳注8参照）の悪魔たちは、地獄に着いたばかりの、ルッカ市のある亡者に、この悪意に満ちた皮肉を投げつけ、地上と地獄の違いを強調する。
(29) ここでポーランド人の少年は、ブナが化学工場だから、筆者が化学者として、いい仕事を得られるという可能性を述べている。
(30) シュロメは聖書に出てくるソロモンのイディッシュ語名。イディッシュ語は、ドイツの古い地方語が元になってできた言語で、今でも東欧のユダヤ人の間で用いられている。
(31) Frisör（フリゼール）はフランス語の friseur から来たドイツ語で、字義通りでは、縮らせるもの、髪をカールさせるもの、理髪師を指す。ラーゲルでは、毎週、囚人の頭をつるつるに剃り上げる床屋を、皮肉にもこう呼んでいた。

(32) この種の傷は、清潔さが保てないため、膿んでしまい、治るのがひどく遅いか、まったく治らなかった。

(33) パンをそれぞれ、イタリア語、ドイツ語、イディッシュ語、ロシア語、フランス語、ヘブライ語、ハンガリー語で繰り返したもの。パンはラーゲルにいるさまざまな国の人々の頭を常に支配していた。

(34) これは、誇張ではなかった。衣服についた虱は、特に寒い時期には、「発疹チフス」を広める可能性があった。この伝染病は、二年前に方々のラーゲルでいっせいに発生し、民間人にまで広まってしまった。このためドイツ当局は、ひんぱんに囚人の「虱の検査」をするよう、命じていた。

(35) ここでは陰鬱な風景が極端に人間化されて表現されている。それは雲、鉄、鉄条網が共謀して、囚人たちの労苦を募らせているかのようである。

(36) ジャック・ロンドン(一八七六—一九一六)。北米出身の多作な作家で、冒険小説や社会批判的小説を書いた。二つの代表作(『野性の呼び声』『白い牙』)で、ゴールドラッシュに浮かされた、北米の自然の中の動物や人間を、明確かつ、驚嘆すべき共感を込めて描いた。

(37) 囚人はだれも時計を持っていなかったが、決まった時間に移動する労働部隊がたくさんあったので、時を知ることができた。

(38) 旧約聖書の最初の五書、モーセの五書のこと。

(39) つまりパンを代価に。収容所には貨幣はなかった。

(40) 浸出液でふくれたヘルニアのこと。

(41) 休息バラック、の意。軽い症状の患者が収容された。

(42) 上演される舞踏の説明や進行計画のことを言うが、上演される舞踏そのものを指す場合もある。明らかにここでは、苦い皮肉の意味が込められている。

(43) シュムレクの見積もりは少なすぎだ。このころ、アウシュヴィッツとビルケナウには、合計八万人ほどの囚人がいたと推定される。どこのラーゲルでも、他のラーゲルについては、漠とした不確かな情報しか得られなかった。だがそれでも彼の論法は正しかった。

(44) 実際、ドイツの全面的な軍事的破局が明らかになりだした時、(おそらくヒットラー本人から)ラーゲルをすべて清算するよう命令が出された。もし可能なら、囚人をドイツの中心部に移送する。不可能なら、その場で抹殺する。この命令はあまたの収容所で忠実に実行された。アウシュヴィッツで起きたことは、この本の最終章で述べられている。

(45) この部分は貝類や陸貝を意識して書いている。たとえばカタツムリは、周知のように、特殊な腺から液体を分泌し、それが硬化して殻になる。

(46) 文字通りには、バラックの最年長者、の意で、棟長を指す。大概は古参の「刑事犯」か「政治犯」の囚人だった。

(47) つまり、悪の力に屈服させられない、の意。『夜の武器』とはフランスの作家ヴェルコール(本名ジャン・ブリュレル。一九〇二–一九九一)が強制収容所を舞台に書いた有名な短編小説の題名。

(48) ドゥコーヴィル型鉄道(発明者の名をとった)とは狭軌の簡易鉄道で、作業場などで用いられる。

(49) ギリシア神話によると、リューディアの王タンタロスは、神々をひどく侮辱した罪で、永遠に飢えと渇きに責めさいなまれる罰を受けた。彼は腰まである水に漬けられ、目の前に果実の実った枝をあてがわれた。だが腰をかがめて水を飲もうとすると水は引き、果物に手を伸ばすと、果物は遠ざかってしまうのだった。

(50) ラーゲルの用語で、高級な任務についている囚人のことを指す。

(51) ドイツ軍は、フランス国内で逮捕し、ラーゲルに移送するユダヤ人を一時的に収容するため、パリ近郊のドランシーに大規模な収容所を作った。ドランシーの収容所のおぞましい状況は、フランスの作家アンドレ・シュワルツ・バールの小説『最後の義人』に見られる。

(52) 聖書、特に旧約聖書には、ユダヤの民の捕囚、流刑、虐殺についての、数多くの逸話がある。

このページや、この本の他の箇所で、著者は、かつての迫害と、今日の、いまだかつてなかった、最も血なまぐさい迫害との間に、悲劇的な連続性を見て取っている。
(53) おそらく二つの気体を配合するためのパイプで、気体はそこを高圧力で通り抜けるはずだった。
(54) 特に宗教的な「教師」を意味するヘブライ語。
(55) 「律法」を意味するヘブライ語。特にモーセの戒律の基本を述べている旧約聖書の初めの五書を指す。
(56) この「小さなヴァフスマン」は、今ではもう姿を消してしまったハスィディズム・ユダヤ教の世界に属している人物だ。ハスィディズムとは十八世紀の後半にポーランドで生まれた宗派で、その信者は、時には迷信になってしまうほどの深く純粋な信仰心を抱き、貧しさに甘んじ、現実世界や正統ユダヤ教から孤立してしまうような、歓喜に満ちた神秘的な熱狂状態の中に生きていた。
(57) タルムードとは、三世紀から五世紀にかけて編纂された膨大な百科辞典で、ユダヤ教の教義に関する研究と注解を含んでいる。
(58) 八二ページで書いた「後ろ向きの、束の間の」という表現との対比で、この「前向きの」という言葉が使われている。前者は労苦と痛みが終わっただけのための恍惚感だった。
(59) 囚人はその生活をドイツ語で発せられる命令や禁令に規定されていたから、眠りや夢の中でも、この外国語の言葉に責めさいなまれていた。
(60) 八〇ページで書いたように、レスニクはフランス語がうまくしゃべれなかったので、この部分の表現も正確なフランス語ではない。
(61) テッサロニキのギリシア系ユダヤ人については二九ページでもふれている。彼らはギリシアで最古最大のユダヤ人共同体を作っていた。十五世紀末にスペインから追放されたユダヤ人の子孫だったため、大多数はスペイン語の方言を話した。
(62) 煙突とはビルケナウの焼却炉の煙突のこと。この言葉は、ユダヤ人が数千年にわたって、過ぎ越しの祭りの時にかわしてきた「来年はイエルサレムで」というあいさつをもじったもの。
(63) これは収容所の彼方に見えた、アウシュヴィッツ市の鐘楼であった。

(64) ラーゲルでの言葉の混乱状態は神経を消耗させるほどひどかった。ここではそれを強調するため、煉瓦という言葉が七カ国語で繰り返されている。周知のように、聖書の挿話や、それに続く伝説によると（創世記、第十一章、一－九）、ニムロド王が天に挑戦しようとして建てた塔は完成しなかった。神が「言葉を混乱させ」、建設者同士の意思を通じなくさせたからだった。この箇所でも、昔の聖書につながるような「新しい聖書」の状態が生起したことに、著者や仲間たちは、束の間だが、大きな慰めを得た。

(65) 不法に得ること。この言葉は第二次世界大戦中、ラーゲルだけでなく、ヨーロッパ中で、この奇妙な意味で使われていた。おそらく有名なドイツ軍の「組織」が、しばしば、盗みや詐欺を働いて、被占領国に損害しか与えなかったことを、皮肉って言ったものなのだろう。

(66) すぐ後で説明があるように、普通は動物にしか使われない、ドイツ語の fressen（フレッセン）という動詞がここでは使われているが、それはイタリア語では表現のしようがないような、野卑な色合いを付け加えている。

(67) 「応報」（『神曲』地獄篇、第二十八歌、百四十二行）とは、罪と罰を、類比や対比で関係づけることを言う。たとえば、地上の生活で人に暴力をふるい、血を流させたものは、たぎり立つ血の川に永遠に漬けられる罰を受ける。

(68) 収容所の古参囚人は衰弱し、力を失った、選別の候補者のことを、その理由は定かではないが、「回教徒」と言っていた。

(69) ラーゲルでは、焼却炉で作られた灰は農業用肥料として周辺に配られている、という噂が流れていた。あとでこの情報は間違っていることが分かった。ビルケナウの灰はひそかに近くの川に捨てられていた。

(70) 国家社会主義ドイツ労働者党のこと。ヒットラーのドイツの唯一の政党だった。

(71) 「ポグロム」とはロシア語（「略奪」の意）で、ツァー時代のロシアで、民衆が、少数民族のユダヤ人を攻撃、略奪した、痛ましい行動のことを指す。このポグロムは、時には自然発生し、時には政府や教会に扇動されて、しばしば恐ろしい虐殺を招いた。

(72) 章の題にも使われているこの言葉は、苦い皮肉の響きを帯びている。ラーゲルでは有徳の士は生き残れなかった。「組織化」したもの、隣人を抑えつけたり、その地位を奪ったもの、思いやりや連帯意識をすべて捨て去ったものだけが生き残った。このL技師は、まさにその典型だった。

(73) 北イタリアのピエモンテ地方出身の画家ジョヴァンニ・A・バッツィ（一四七七―一五四九）のあだな。フィレンツェのウッフィーツィ美術館にある、彼の描いた聖セバスティアヌスの像は、女性的な容貌を見せている。

(74) 膜翅類に属する昆虫で、毛虫を麻痺させるだけでなく、その無防備の体に卵を産み付ける。卵から生まれた幼虫は宿主を食べて成長する。

(75) ドイツ生まれのドイツ人のことで、おそらく「純血種」に属していたと思える。

(76) カルパト・ウクライナとも言い、スロヴァキアの東に位置する地方で、現在はソビエト領である（訳注　二〇一七年の時点ではウクライナに属している）。

(77) シオニズム運動は一八九六年にテオドール・ヘルツルにより創設された運動で、迫害されている少数民族のユダヤ人をパレスチナに移住させ、社会主義と協同組合主義を基盤とするユダヤ人国家の建設を推進した。めまぐるしい、劇的な出来事を経て、それはイスラエル建国（一九四八年）につながった。

(78) この箇所で著者は『神曲』（地獄篇、第五歌、四行）の「そこにミノス、恐ろしげに立ち、歯をむいてうなる」を念頭に置いている。著者はパンヴィッツ博士に、自分の運命を決める地獄の法官を認めた。彼もまたミノスのように、判決を言葉で述べずに、「訳の分からない記号」で言いわたした。

(79) ナチのイデオロギーは、人種の持つ価値の違いと品位について、強迫観念的な、狂信主義的主張をした。最も高貴で、あらゆる美徳の貯蔵庫であるのはインド・ゲルマン人種である。彼らは遠い古代にインドから発して、ヨーロッパとドイツを征服したとされた。

(80) 著者は奴隷状態にあって品位を落とされ、「人間」ではなかった。パンヴィッツもその冷酷で科学的な狂信主義で本性を損なわれていたため、「人間」ではなかった。

(81) 著者の大学卒業論文の題目。
(82) アレックスの行動には侮蔑以上にひどいものが含まれていた。彼が囚人を人間とは見ず、ものと見なしていたことを示しているからだ。しかしパンヴィッツとは異なり、アレックスはナチの体制の共犯であり犠牲者でありながら、そのことに無自覚なので、「無邪気な」と表現したのである。
(83) 工場の一つの部門を監督していたSSの兵士は、こう呼ばれていた。
(84) この章で引用されている『神曲』の詩句はもっぱら記憶によるもので、不正確なところがたくさんある。「オデュッセウスの歌」は地獄篇の第二十六歌にある。
(85) 直前に引用したこの有名な三行句は、著者と友人のピコロにとって、恐ろしいほど現実的な意味を持った。ラーゲルでは「けだもののごとく」生き、人間の「生の根源」は踏みにじられ、「徳と知」はめったにない平安な時間に追いやられていたからだ。
(86) 前掲の詩句には「時代錯誤」が含まれている。つまり事件が起きた時には関係がなかった考え方が入っているのだ。非キリスト教徒で、しかも地獄に堕とされたオデュッセウスに、キリスト教信者にしかあてはまらない表現が使われているからだ(「かの人の心のままに」、つまり「神の意のままに」)。だがダンテの描いたオデュッセウスは、中世が終わり近世が始まる過渡期であったダンテの時代の、不安と勇気を一身に集めた、近代的な英雄だった。しかも我々の時代の不安と勇気さえも一身に担えるだけの英雄なのだ。
(87) この瞬間、著者は、オデュッセウスの難破と、囚人たちの運命との間に類似を見てとって、心を揺り動かされた。両者とも逆説的な形で「罰せられて」いたからだ。オデュッセウスは伝統という障壁を打ち破ったため、囚人たちは当時のヨーロッパを支配していたファシズム体制にあえて戦いを挑んだため、だ。また、ドイツの反ユダヤ主義のいくつかの原因の中には、ユダヤ主義の知的「正確さ」への嫌悪と恐れがあった。著者とピコロは、オデュッセウスの仲間たちも、さらなる知を求めたことを思い出し、この時、自分たちこそ、こうした知的伝統の後継者、代表者だと感じたのだった。
(88) 煉獄の山を遠望しながら、悲劇的な難破をするという、「オデュッセウスの歌」の章を閉じる詩句は、もう一つの「狂気の飛翔」をも締めくくっている。つまり束の間の人間的な逸脱を、囚人生活の殺伐とした地平線の上に一瞬顔を出すという、著者とピコロの努力を締めくくっているのだ。

(89) 高いところを飛ぶ爆撃機の爆音。

(90) 正しくは「カー・ツェット」と言い、ドイツ語のKとZを組み合わせてできた言葉。Konzentrations-Zentrum（コンツェントラツィオーンス・ツェントルム）（強制収容所）の頭文字をとったもの。

(91) この文章に、この本とその題名が持つ深い意味が込められている。ラーゲルは否定の世界で、人間性を、つまり人間の尊厳を抹殺する。それは犠牲者だけでなく、抑圧者の側でも同じだ。

(92) 軍隊用語で、遮蔽物に身を隠し、敵弾を避ける、の意。

(93) これが、一人一人の囚人の、無意識のうちの、利己的な希望だった。

(94) 『神曲』地獄篇、第二十四歌、九十二行の、「おびえた裸の亡者たちが走った。逃げこむ穴や、身を隠す石を見つける望みもなしに」を念頭に置いた文章。

(95) ユダヤ教の儀式では、祈禱中は頭をおおうように定められている。上体を揺らすのは、東欧のユダヤ人の、儀式の時の習慣。

(96) 一五七ページの、「この本に登場する人物たちは人間ではない」という文章を思い起こしてもらいたい。苦しみと窮乏がわずかに矛先を収める、束の間の一瞬、著者は自分のかたわらに「人間クラウス」を認めたのだった。

(97) どんな国も遠くから見れば矮小化する。イタリアをよく知らない多くの外国人にとって、イタリア全体がナポリかヴェネツィアと同一視されていた。

(98) イタリア式に書くと、パーリ（パオロ）・クラウス。ハンガリーでは姓を前に、名を後に書く。

(99) servus（セルヴス）はハンガリー語のくだけたあいさつの言葉。この言葉はイタリア語のciao（チャオ）と同じ語源で、schiavo「奴隷」という言葉に由来する。両方とも「あなたのしもべです、あなたに仕えます」という意味である。

(100) 「フェニル・ベータナフティル・アミン」の略で、ゴム工業に用いられる化学製品。アニリンとよく似ていて、やはり有毒である。
(101) 著者の登録番号をドイツ語で発音したもの。
(102) ドイツの空襲警報は、サイレンの高音と低音を間断なく交互に鳴らすことで発令されていた。それは犬のほえ声を思わせた。
(103) 勝利（victory）のサインで、当時のイギリス首相ウィンストン・チャーチル（一八七四－一九六五）によって有名になった。
(104) つまり囚人に隠れて食べなかったのだ。これは飢えた囚人にとっては、苦痛で、残酷な光景だった。
(105) 工場の厨房で作られたスープで、ブナの「民間人」、つまり囚人でないもの用に割りあてられていた。
(106) この表現は、第二次世界大戦中に、敵対する双方が、計画中の軍事作戦に秘密の名前を、暗号名をつけたやり方を、ふざけてまねている。たとえばドイツ軍は一九四一年夏のソビエト攻撃を「バルバロッサ作戦」と、あらかじめ取り決めて呼んでいた。
(107) 『オデュッセイア』にある有名な話。オデュッセウスに目をつぶされた、キュクロープスのポリュペーモスは、ギリシア人たちが羊の群れにまぎれて洞窟から逃げると思い、洞窟の入り口に立ちはだかって、外に出てゆく羊を手探りでさわった。
(108) 化学実験室で使われる道具で、鋼鉄製か真鍮製の筒の一方の側に取っ手があり、その反対側は刃先になっていて、コルクやゴムの栓に穴を開けるのに用いられる。
(109) つまり、一日あたり少量ずつで。もしパンがいっぺんに渡されたら、アルベルトはそれを全部食べることができないし、保存もできない。囚人にはものを隠せるような場所はなかったからだ。
(110) この本の刊行後に公表された証言によると、反乱を起こした囚人たちは、自動小銃一丁、ピストル数丁、それに、兵器コマンドーで働いていた四人の囚人から手に入れた爆弾しか持っていなかった、とのことだ。焼却炉が爆破された後は、肉弾戦になった。SSの兵士は四人殺された。反乱を起こした囚人はみな殺しになった。この事件の後、ガス室はドイツ人の手で閉鎖され、選別は行われなくなった。
(111) 高名な、国際的通信社。
(112) 健康な囚人が病室に入るのは禁じられていた。伝染病棟に近づくのはさらに厳しく禁止されていた。
(113) アウシュヴィッツからの、ばかげた狂気の退避行は、軍事的敗北による混乱の中で行われ、悲惨な経過をたどった。囚人たちは三、四日間、雪の上を休みなしに歩かされた後、無蓋の貨車に乗せられてマウトハウゼンとブーヒェンヴァルトのラーゲルに運ばれ、労働を再開するよう命じられたのだ。この退避行の話を実際に書いたものはまだいない。著者のもとに届いた個人的な通信から計算すると、アウシュヴィッツを出た囚人の中で、寒さと飢えとSSの射撃を生き抜けたのは、その四分の一もいなかったようだ。SSは、一人も生きたまま残すな、という命令を受けていたからだ。この本に出てくる登場人物では、ピコロとラビのメンディ(八四、一三二ページ)が退避行に参加して生き残った。
(114) パラシュートに取り付けられた照明弾のこと。夜間爆撃の際、目標を照らし出すために用いられた。
(115) 三四ページで書いた第七ブロック、名士用のバラックのことである。
(116) 国防軍とは、第三帝国の軍隊の正式名称。
(117) ドイツ軍の戦車で、重量が五十六トンあり、八十八ミリ砲を備えていた。
(118) シャルルと著者はもう囚人(ヘフトリング)ではなかった。無為を捨て、行動と相互責任の荷を再び負った「人間」に戻った。
(119) ジュールとはパリの暗黒街で使われていた、ふざけた、隠語的言い方。
(120) ジフテリアは喉頭の筋肉を麻痺させる。
(121) SSの戦闘用部隊はこう呼ばれていた。
(122) この二人のイタリア人のうちの一人は生きのび、著者が帰国する際の長い旅の仲間になる。つまり本書の続篇、『休戦』の登場人物の一人、チェーザレである。

(123) 事実、腸チフスは主に排泄物から感染する。
(124) 仲間を勇気づけ、意気を揚げるためだった。樟脳油はジフテリアには薬効がない。
訳注1　イタリア社会共和国（別称サロ共和国）のこと。一九四三年七月二十五日、ファシスト党を率いていたムッソリーニは失脚し、逮捕され、バドリオ政府が誕生した。バドリオ政府は連合国とひそかに休戦協定を結び、同年九月にそれを公表した。一方イタリアが枢軸国側から脱落することに危機感をおぼえたドイツは、ムッソリーニを救出し、ガルダ湖畔のサロに新たな国を作らせた。それがイタリア社会共和国だが、一九四三年九月から四五年四月までしか、命脈を保てなかった。
訳注2　八ページには「モーデナ近郊のフォッソリ」とあるが、フォッソリの抑留収容所は実際にはカルピ市の北方五キロの場所にあった（フォッソリは現在、カルピ市の一部になっている）。カルピまでは鉄道の線路が敷かれていたので、カルピ駅まで車で移動し、貨車に乗せられたのである。
訳注3　ヴァンダ・マエストロのこと。彼女はレーヴィと同じパルチザン部隊に属しており、レーヴィとともに逮捕されていた。彼女は強制収容所生活に耐えられず、一九四四年十月にビルケナウで死亡している。本書のこの箇所では、レーヴィはヴァンダ・マエストロの名前を挙げていないが、『休戦』（第二章「大収容所」）で、彼女の消息を伝えている。
訳注4　イタリア北東部のヴェネト州を流れる川。第一次世界大戦で激戦地となった。
訳注5　Kapo とは労働部隊（コマンドー）を指揮する長のこと。その語源については諸説があるが、プリーモ・レーヴィはイタリア語の capo（頭領）に由来するとしている（『溺れるものと救われるもの』邦訳42ページ参照）。
訳注6　辺獄（リンボ）とは、キリスト教の洗礼は受けなかったが、それ以外の罪は犯していないものが堕ちる地獄。『神曲』によると、この辺獄は地獄の外周に位置し、古代の賢人たちが、神の祝福を受けられないということ以外は、何の責め苦も受けずに、平安に暮らしている場所とされている。
訳注7　ヴァンダ・マエストロ、ルチャーナ・ニッシム、フランコ・サチェルドーティのことを指す。

マエストロとニッシムはレーヴィとともに逮捕され、フォッソリ抑留収容所に送られていた。フランコ・サチェルドーティはユダヤ人で、別の場所で逮捕され、やはりフォッソリに送られていた。サチェルドーティとニッシムは恋人同士であったと言われている。
訳注8 『神曲』によると、地獄の第八圏は十の悪の濠（マレボルジェ）に分かれていて、人を欺くさまざまな罪を犯した罪人たちが、残虐な責め苦を受けている。地獄篇の第二十一歌では、罪人を肩にのせたまま翼をひろげ、軽々と走る悪鬼が出てくる。
訳注9 ロジェ・ヴェルセル（一八九四－一九五七）著の『曳航』（一九三五）を指す。この作品を元に、ジャン・ギャバン主演のフランス映画『曳き船』（一九四一）が作られている。
訳注10 ポーランド南部のカトヴィーツェには外国人用の収容所が作られ、ソビエト軍が管理していた。レーヴィはアウシュヴィッツから解放された後、当地の収容所で数カ月間を過ごした。

プリーモ・レーヴィ年譜（一九一九―八七）

西暦	月日	できごと
一九一九年	七月三十一日	北イタリアの工業都市トリーノで生まれる。両親ともユダヤ人の家系で、父のチェーザレ・レーヴィは電気技師、母のエステル・ルッツァーティは裕福な服地商の娘だった。
一九二一年		妹のアンナ・マリーアが生まれる。
一九三〇年	十月	トリーノの名門校、マッシモ・ダゼリオ古典高校中等部に入学。同校は中高一貫制で、トリーノの裕福な家庭の子弟が通っていた。レーヴィは同校で文学作品に親しんだが、科学の持つ明晰性にひかれ、化学を専攻しようと決意した。また高校時代にアルピニズムの魅力にとりつかれ、トリーノ周辺の山々に通うようになった。

一九三七年	六月	マッシモ・ダゼリオ古典高校卒業。
	十月	トリーノ大学理工学部に入学し、化学を専攻する。
一九三八年		人種法が制定され、ユダヤ人は公教育から締め出される。ただすでに大学に入学していたものは、例外として、学業が続けられた。レーヴィは卒論執筆のため、実験室に受け入れてくれる教授を探したが、みなに断られた。だがニコロ・ダッラポルタ助手が彼を受け入れてくれ、卒業論文を書くことができた。
一九四一年	七月	トリーノ大学を卒業。卒論の評価は満点で、賛辞付きだったが、卒論の評価書の余白に「ユダヤ人種」と但し書きが付けられた。
	十二月	ユダヤ系であるため、卒業しても就職は難しかったが、父が病気で、家計が逼迫していたので、どうしても働く必要があった。レーヴィはユダヤ人であるという事実が知られないような形で、トリーノから二十キロほど北方にあるバランジェーロの石綿鉱山で働くこととなった。レーヴィはそこで鉱滓からニッケルを分離する実験に携わった。
一九四二年	七月	ミラーノにあったヴァンダー社（スイスの製薬会社）に新たな職を見つけ、そこで糖尿病の新薬を開発する実験に携わった。レーヴィはミラーノで反ファシズム思想を持つ若者たちと交際し、反ファシズム的志向を強めていった。
	十二月	反ファシズム活動を行う自由主義思想の政党、行動党の地下組織に入党。反ファシズム活動に参加。

一九四三年	十月	同年九月、イタリアの休戦発表とともに、ドイツ軍がイタリアを占領したため、レーヴィはレジスタンス活動に加わり、パルチザン部隊の仲間とヴァル・ダオスタの山岳地帯の小村、ブルッソンにこもる。
	十二月	隣の谷にこもっていた強力なパルチザン部隊を掃討しに来たファシスト軍に、明け方、隠れ家を急襲され、捕らえられる。アオスタの憲兵詰め所で尋問された後、ユダヤ人であることを明かしたため、フォッソリの抑留収容所に送られる。
一九四四年	二月	アウシュヴィッツ強制収容所に送られる。
	十一月	ブナ合成ゴム工場の研究所で働く。
一九四五年	一月二十七日	アウシュヴィッツ強制収容所、ソ連軍により解放される。レーヴィはカトヴィーツェの収容所に滞在中に、第二次世界大戦の終結を迎えたが、すぐに帰国できず、ベラルーシのスターリエ・ダローギの収容所に滞在後、帰国の列車に乗ることができた。
	十月	イタリアに帰国。アウシュヴィッツに送られた六百五十人の中で、帰国できたのはわずか二十三人だった（二十四人という説もある）。
一九四六年	一月	ドゥーコ社（塗料会社）に入社。塗料の硬化の問題を解決。
一九四七年	六月	ドゥーコ社を退社。

一九四七年	六月	友人のサルモーニと、物質の化学的分析を行う研究所を作る。
	九月	ルチーア・モルプルゴと結婚。
	十月	『これが人間か』の原稿をエイナウディ社に持ち込んだが、出版を断られる。その後、デ・シルヴァ社を紹介され、同社から出版される。初版は二千五百部印刷されたが、千四百部しか売れず、レーヴィは作家として立つことをあきらめた。
	十二月	シーヴァ社（塗料会社）に入社。レーヴィは電線を被覆する絶縁体の開発に携わり、満足すべき製品を作り出した。後に技術主任、さらに総監督になる。
一九四八年	十月	長女リーザ・ロレンツァ誕生。
一九五七年	七月	長男レンツォ誕生。
一九五八年	六月	『これが人間か』第二版をエイナウディ社から出版。好意的な批評が出て、販売も好調で、その後は絶えることなく出版され続けた。
一九六三年	四月	『休戦』出版。高名な文学賞カンピエッロ賞を受賞し、レーヴィの作家としての名声は高まった。
一九六六年	九月	それまでに様々な媒体に発表されていた短編を集め、『博物誌』（短編集）という題で出版。ただ『博物誌』出版当時はダミアーノ・マラバイラという筆名を使っ

		ていた。
一九七一年	五月	SF的で幻想的な短編を集めた短編集、『形の欠陥』を出版。
一九七四年	十一月	シーヴァ社を退職し、作家活動に専念する。ただ相談役になって、同社との関係を保つ。
一九七五年	四月	元素の周期律表にある様々な元素を題材にした、ユニークな短編集『周期律』を出版。この短編集は他のものと違って自伝的要素が濃い。
一九七七年	九月	シーヴァ社相談役の職を辞す。
一九七八年	十二月	あるクレーン技師を主人公に、技術と労働の関係を独特の視点で捉えた短編集『星形のスパナ』を出版。権威ある文学賞であるストレーガ賞を受賞。
一九八一年	十一月	過去、現在、未来と三つの部分に分けて短編を配した短編集『リリス』を出版。
一九八二年	四月	ロシアのユダヤ人パルチザン部隊が第二次世界大戦を戦い抜き、パレスチナに移住するまでを描いた長編小説『今でなければ　いつ』を出版。レーヴィの唯一の長編小説で、権威ある文学賞であるヴィアレッジョ賞、カンピエッロ賞をダブル受賞した。
一九八四年	十月	一九四〇年代から書きためた詩を集めた詩集『不定の時』を出版。

一九八六年	四月	レーヴィのアウシュヴィッツ強制収容所に関する考察の集大成ともいうべき評論集『溺れるものと救われるもの』を出版。
	十月	鬱病が悪化したため、薬を飲み始める。
一九八七年	三月	前立腺肥大症のため、手術を受ける。
	四月十一日	自宅のあった、集合住宅の三階（日本式には四階）の階段の手すりを乗り越え、階下に飛び降り、死亡。

訳者解説

1．本書の成り立ち

まず本書『これが人間か』の成り立ちについて述べておきたい。本書は一九八〇年に朝日新聞社から刊行された『アウシュヴィッツは終わらない』の改訂完全版である。

『これが人間か』の原書 *Se questo è un uomo* は、一九四七年にデ・シルヴァ社から刊行された。しかしこの初版は広く読者を獲得することなく、時の流れに忘れ去られた。著者のプリーモ・レーヴィはこの失敗にめげず、トリーノの大出版社エイナウディ社に再刊を提案し、一九五八年に現在流布している第二版の『これが人間か』が刊行された。この版は好評裏に読書界に迎えられ、アウシュヴィッツの記録文学として現在でもイタリアのみならず、世界中で広く読まれている。プリーモ・レーヴィは一九七三年に、中高生用の副読本的な本として『これが人間か』の学生版を作った。この学生版には、ヨーロッパにあった強制収容所の場所を記した地図以外に、「若い読者に答える」という付録と、著者による詳細な注が付けられていた。ただし本文の一部は、読者が若者であることを考慮して、著者の手により削除されていた。

一九八〇年に朝日新聞社から刊行された『アウシュヴィッツは終わらない』はこの学生版を底本としていた。それは付録として付けられた「若い読者に答える」が、アウシュヴィッツ強制収容所に関して、広範な問題を論じており、読者にとってまたとない指針になると判断したからである。また著者自身が付けた注も、作品理解に大きく貢献するという判断もあった。ただし本文でレーヴィが削除した部分はそのままになっており、原注も、わずらわしさを避けるため、自明なものは省かれていて、すべてが訳出されたわけではなかった。また題名も原題をそのまま踏襲したものではなかった。

本書『これが人間か』は、現在普及している第二版の『これが人間か』の本文をテキストとしており、本文の中で、旧版の『アウシュヴィッツは終わらない』で省かれた部分も訳出されている。そして読者の便宜のため、「若い読者に答える」と地図はそのまま収録されている。さらに原注は、外国語をイタリア語に直してある注以外は、ほとんどすべてが訳出されている。また本の題名も、原著者の意図を尊重して、原著の題を直訳したものに変更されている。このような経緯から、本書は副題として、『改訂完全版 アウシュヴィッツは終わらない』と銘打っているのである。現在イタリアで出版されている普及版の『これが人間か』には付録として「若い読者に答える」が付けられているが、地図と注はない。従って本書『これが人間か』は、本国のイタリアで出されている普及版より、読者に親切な版と言えると思う。

2. プリーモ・レーヴィの生涯

プリーモ・レーヴィは一九一九年七月三十一日に、北イタリアの工業都市トリーノで生まれた。ユダヤ人の家系で、父のチェーザレ・レーヴィは電気技師であった。プリーモ・レーヴィは幼少時から頭脳明晰で、トリーノの名門校マッシモ・ダゼリオ古典高校の中等部に入学し、そのまま高等部に進学した。学生時代は文学にも親しんだが、化学に興味を持ち、一九三七年、トリーノ大学の理工学部に入学して、化学を専攻した。しかし一九三八年に、ファシズム政権によって、ユダヤ人の市民的権利を制限する人種法が制定され、大学での勉強が難しくなった。レーヴィは苦労して卒業論文執筆のための指導教官を見つけ、何とか大学は卒業できたが、ユダヤ人であるため、就職は難しかった。彼は身分を隠して働いたが、一九四三年九月にイタリアがドイツ軍によって占領されると、レジスタンス運動に加わり、ピエモンテ州の山岳地帯でパルチザン部隊を結成したが、同年十二月に逮捕され、一九四四年二月にアウシュヴィッツ強制収容所に送られた。

レーヴィはいくつかの偶然が重なって、強制収容所の地獄のような生活に耐え、生きのびることができた。一九四五年十月に帰国すると、すぐに本書『これが人間か』の執筆を始めたが、一九四六年に化学技師としてドゥーコ社という塗料会社で働き始め、翌年シーヴァ社に移り、やはり化学技師として働いた。そして働きながら執筆活動を続け、小説家として高い評価を得るようになった。一九七四年にシーヴァ社を退職してからは、執筆に専念し、精力的に作品を発表したが、鬱病が悪化し、一九八七年四月十一日に自宅で自死を遂げた。

以上、レーヴィの生涯を簡単にまとめた。なお彼の作品については年譜を参照していただきたい。レーヴィの生涯について考えると、注目すべきなのは、ファシズムの統治下で青春時代を送ったことである。ムッソリーニのファシスト党は一九二二年に政権を握った。そして一九二五年から一九二六年にかけて、出版、表現の抑圧、結社の禁止など、一連の市民的自由を奪う法措置を制定し、独裁体制の基礎固めをした。そして一九三五年のエチオピア侵略を皮切りにして、スペイン内戦に干渉し、一九四〇年には第二次世界大戦に参戦した。しかしイタリア軍はギリシアでも、北アフリカでも、ロシアでも、次々に敗北を重ねた。そして一九四三年七月にムッソリーニは失脚して逮捕された。その後にできたバドリオ政府は連合国側とひそかに休戦協定を結び、同年九月八日に休戦の成立を発表した。しかしナチス・ドイツはイタリアが枢軸国から離脱するのを許さず、ムッソリーニに新たな国を作らせ（イタリア社会共和国）、イタリアに軍隊を送り、国土を占領した。このドイツ軍に対して、イタリア国内で抵抗運動が活発化し、北イタリアは内戦状態になった。こうした状況下で、レーヴィもパルチザン部隊に加わったのである。

ファシズムは市民的権利を制限した独裁政治を行ったが、戦争を鼓舞するため、古代ローマの軍事的偉大さを称揚した。そして青少年に軍事教練を施すため、年代別の組織を作り、戦争につながる美徳を、大げさな修辞学的美辞麗句を駆使して並べ立てた。当時の青少年の一部はこうした組織に熱狂したが、そうでないものたちもいた。レーヴィは後者で、彼によるとファシズムは「何も考えずに、ひたすら信ずるよう求め」たのである。だがレーヴィは「あらゆる独断、証明のない断言、有無を言わさぬ命令」に嫌悪感をおぼえていた。そして化学や物理学がファシズムへの対抗手段になると考えた。「それは明白明瞭で、一歩一歩が証明可能だからだ」（『周期律』、工作舎、六七―六八ページ）。若き日のレーヴィは化学者として、それが持つ明晰さで、ファシズムと戦おうとした。彼はどちらかと言えば温厚な性格で、戦闘には向いていなかった。だが一九三八年の人種法制定以降は、ユダヤ人としてさらに市民的権利を奪われ、勉学も就職もままならない状態に追い込まれた。そうした中で、レーヴィは一九四二年に自由主義的立場の反ファシズム政党、行動党の地下組織に入党して、反ファシズム活動を行い、ドイツ軍のイタリア占領以降は、銃を持つ道を選んで、パルチザン闘争に加わったのである。ある意味で、彼は歴史の糸に導かれてパルチザン闘争に加わったと言えるかもしれない。しかし後に述べるが、レーヴィはパルチザン闘争について否定的な見解を持っていた。だから本書では、自分の経験が声高に語られることはない。しかし彼はファシズムの時代に政治活動をしていなかったのではなく、むしろ積極的に反ファシズム活動をしており、それがパルチザン闘争へとつながり、最終的には逮捕され、アウシュヴィッツ強制収容所に送られたのである。積極的な政治活動はしていなかったが、ユダヤ人であるがために逮捕され、強制収容所に送られた人たちは大勢いたと思えるが、レーヴィがそうした人たちとは違った経歴を持っていたことは、本書を読む上で留意すべき点であると思う。

3．『これが人間か』が書かれるまで

《初めての報告書》

プリーモ・レーヴィが初めてアウシュヴィッツ強制収容所について書き、発表した文章は、「モノヴィッツ・ユダヤ人強制収容所の保健・衛生組織」と題された報告書である。レーヴィは一九四五年にアウシュヴィッツ強制収容所から解放され、ポーランドのカトヴィーツェ抑留収容所に滞在していたが、この文章はその時に書かれた。それは収容所を管理していたソビエト軍の要請に応えたもので、やはりモノヴィッツ強制収容所に収容されて生き残った友人の医師レオナルド・デ・ベネデッティとの共作である。「モノヴィッツ・ユダヤ人強制収容所の保健・衛生組織」は三〇ページほどの報告書で、モノヴィッツ強制収容所で囚人の健康状態はどのようであったか、いかなる病気にかかったかなど、囚人を取り巻く衛生状態の記述を主眼としたものである。だが報告書の初めと終わりの部分には、囚人が置かれた全般的状態についての記述がある。この部分はプリーモ・レーヴィの手によると目されている。そこではイタリアの抑留収容所からアウシュヴィッツまで貨車で旅をさせられ、到着したプラットホームでおざなりな選別を受けて、移送された人々の大半がビルケナウのガス室に送られたことが述べられ、さらに労働適格と判断されたものたちはモノヴィッツ強制収容所に送られて、衣服を奪われ、体毛をすべて剃られ、粗製の布地の囚人服が与えられ、強制労働をさせられたことが書かれている。さらに木造のバラックに押し込められ、木製の寝台を他の囚人と分かち合い、栄養分の乏しい食事を与えられ、日々消耗してゆく様が描かれる。そして

飢えと寒さのため、様々な病気にかかることが述べられ、具体的な病状と、その治療について書かれるが、衛生状態が劣悪で、医薬も乏しいため、治癒するものが少ないことが述べられる。この部分は医師であったデ・ベネデッティの筆によると思える。

それから病棟の内部での病人の生活、衛生状態、そして病人への虐待についての言及があるが、この部分はプリーモ・レーヴィの手によると考えられている。この後半部分で注目すべきなのは、ビルケナウのガス室と焼却炉に関する言及である。レーヴィは『これが人間か』を書く際、自分が見て体験したこと以外は書かないという原則を作った。そのため『これが人間か』では多くのユダヤ人がガス室で殺され、焼却炉で焼かれたという事実には直接触れられていない。しかしこの論文ではガス室でツィクロンBという毒ガスが使われ、シャワーを浴びるとだまされた人たちが大量に殺戮され、九つあった焼却炉で焼かれたこと、処理能力は一つの焼却炉で一日二千体であったことなどが書かれている。この部分は抑えた文体で書かれているが、こうした事実を知らせたいという切実な願望が見て取れる。

「モノヴィッツ・ユダヤ人強制収容所の保健・衛生組織」はもともとはフランス語で書かれたと推定されており、長さも短かったようだ。プリーモ・レーヴィは一九四五年十月にイタリアに帰国するやいなや、すぐさまアウシュヴィッツ強制収容所について執筆を始めたのだが、この報告書もイタリア語で書き直して、トリーノで刊行されていた医学雑誌「ミネルヴァ・メディカ」(一九四六年十一月二十六日号)で発表した。だが医師を対象とした雑誌であったためか、大きな反響を呼ぶには至らなかった。

《『これが人間か』初版》

本書の一七四ページで、ブナの研究所に作業員として選別されたレーヴィが、重労働から逃れた環境の中で、「ものごとを思い出す苦しみ」に責めさいなまれる場面がある。その時著者は「鉛筆とノートを取り上げ、だれにも言えないようなことを書きつらねる」。この場面で、レーヴィはアウシュヴィッツ強制収容所について執筆を始めた。だが二三一ページで書かれているように、強制収容所の中ではノートや原稿は持ち得なかった。見つかったら厳罰を受けることになっていたからだ。従って解放後、メモや日記は残していたとしても、本格的執筆は一九四五年の帰国以降であったと考えられる。

レーヴィは序文（六ページ）でこう書いている。「この本の意図と構想は、もちろん実際には書いていなかったのだが、ラーゲルにいた時に生まれていた。そして『他人』に語りたい、『他人』に知らせたいというこの欲求は、解放の前も、解放の後も、生きるための必要事項をないがしろにさせんばかりに激しく、私たちの心の中で燃えていた」この文章の通り、レーヴィは帰国後、生活のために働く必要がありながら、執筆に努力を傾注していた。そして『これが人間か』を構成する章が次々に書かれていった。レーヴィはさらに序文で、「各章は時の経過通りに書かれたのではなく、切迫度に応じて書かれた。つなぎあわせ、はりあわせる作業は、ある計画に基づいてなされたが、あとになって行われた」と書いている。実際のところ、本書は時系列に沿って書かれたわけではなかった。

最新版の全集（Primo Levi: *Opere complete*, 2016, Einaudi）の末尾に付けられている解説によると、初めに書かれたのは「十日間の物語」で、彼は書いた原稿を友人や関係機関に送っていた。従って残されている「十日間の物語」にはいくつもの版があるが、トリーノのユダヤ人協会に保存されているものには一九四六年二月の日付があった。この頃レーヴィは詩をいくつも書いていたが、『これが人間か』を構成する章の執筆も進めていた。やはり全集の解説によると、一九四六年二月には「オデュッセウスの歌」、「クラウス」が書かれ、同年三月には「化学の試験」、四月には「一九四四年十月」、六月には「カー・ベー」が書かれた。『これが人間か』の最後の章が初めに書かれたというのは興味深いが、その後ですぐに「オデュッセウスの歌」が書かれているのは注目に値する。ダンテの『神曲』の一節を思い起こすことで、囚人たちの日常生活に亀裂が入り、自分たちの運命の意味がかいま見えるというこの章は、悲惨な奴隷的生活の中で文学作品が持つ力を肯定的に描き出している。レーヴィがこの体験をいかに大切に思い、それを読者に伝えたいと切実に願っていたか、この執筆の順番から推測できる。

レーヴィは一九四六年一月に、トリーノの塗料会社ドゥーコ社に就職している。そして週日は会社で寝泊まりし、週末に家に帰る生活をしていたという。彼は仕事をしながら、空いた時間に、会社のタイプライターで原稿を書いていた。レーヴィは一九四七年六月までドゥーコ社に勤めていたが、それは仕事に励むのと同時に、執筆にも精を出す時期だった。

レーヴィは一九四六年末には、『これが人間か』を構成する章をすべて書き終えていたと推測されている。彼は当時トリーノの新興出版社で、後に大出版社に成長するエイナウディ社に原稿を持ち込んだ。編集部にマッシモ・ダゼリオ古典高校で、短期間イタリア語とラテン語を教えたことのある作家のチェーザレ・パヴェーゼ、家族の友人であった作家のナタリーア・ギンズブルグなどがいたからである。だが編集部ではレーヴィの原稿に否定的な意見が出て、出版はしないとの結論が出た。それをレーヴィに伝えたのはナタリーア・ギンズブルグであった。レーヴィは気落ちしたが、妹の紹介で、フランコ・アントニチェッリが主宰するデ・シルヴァ社に出版の検討を依頼することになった。アントニチェッリは原稿を読んで、そのすばらしさに感動し、すぐに出版を決めた。

その間、レーヴィは一部の章を雑誌に出すことを計画していた。友人であったシルヴィオ・オルトーナが主宰していた「人民の友人」という雑誌に、一九四七年の三月から五月にかけて、「旅」、「地獄の底で」、「囚人（ヘフトリング）」、「私たちの夜」、「ある事故」が掲載された。もちろんこれらの章は『これが人間か』と同じではなく、「囚人（ヘフトリング）」は「地獄の底で」の後半部分であり、「ある事故」は「カー・ベー」の前半部分である。また雑誌「イル・ポンテ」にも「一九四四年十月」が掲載された。

そして一九四七年十月に『これが人間か』の初版二千五百部がデ・シルヴァ社から刊行された。フランコ・アントニチェッリはその宣伝の文章で、「戦後最も重要な、特別な作品」と、『これが人間か』を絶賛した。また批評家たちの評判も良かった。だが本は売れなかった。当時は戦争体験、強制収容所での抑留体験などの本が多数出版されていて、レーヴィの本はそうした中に埋もれてしまったのである。レーヴィはこの挫折により、職業作家になることをあきらめた。彼は一九四七年六月にドゥーコ社をやめていたが、同年十二月にやはり塗料を扱うシーヴァ社に入社し、一九七四年まで同社で化学技師として働いた。

《『これが人間か』第二版》

一九五二年、レーヴィはエイナウディ社の編集者パオロ・ボリンギエーリに招かれ、科学書の編集顧問として協力することになった。外国の科学関係の本や持ち込まれた原稿を読んで、出版を助言する仕事だった。彼はボリンギエーリを通じて、『これが人間か』の再刊をエイナウディ社に打診した。だが同年七月の編集会議では、この提案は受け入れられなかった。一九五五年に第二次世界大戦期の抑留や抵抗運動に関する展覧会がトリーノで開かれ、大きな反響を呼んだ。この時レーヴィは再度再刊の打診をし、提案は受け入れられた。彼はさっそく本の改訂に着手し、全体の約一割ほどの文章を書き加え、第二版の原稿を整えた。だが編集作業はすぐには進まず、一九五八年六月にようやく『これが人間か』第二版が出版された。この第二版は二千部刷られたが、批評家にも読者にも好評裏に迎えられ、すぐに再版され、その後も順調に版を重ね、アウシュヴィッツ強制収容所に関する古典的な書物として評価されるようになった。そして一九七三年には学生版が出版されて、さらに読者層が広がり、イタリアでは必読書と目され、海外でも続々と翻訳された。初版の時と違って、レーヴィは作家として高く評価されるようになった。

《初版との違い》

第二版が広く受け入れられたのには、レーヴィの改訂、加筆が寄与したと思える。初版が白黒の版画なのだとしたら、第二版は随所に鮮やかな色彩がちりばめられた活気ある絵画を思わせる。このことを可能にしたのは、まず第一に、登場する人たちの具体的な人物描写である。例えば一七ページに書かれている三歳の少女エミーリアである。彼女は初版には出てこないが、第二版でこのように描かれている。「こうして三歳のエミーリアは死んだ。ドイツ人にとって、ユダヤ人の子供を殺す歴史的必然性は自明のことだったからだ。ミラーノの技師アルド・レーヴィの娘、エミーリアは、好奇心にあふれ、見えっぱりで、ほがらかで、頭のよい女の子だった。旅行中、人のひしめく貨車で、父と母はブリキの桶に温かな湯を入れて、エミーリアに湯浴みさせた。そのお湯は、堕落したドイツ人の機関士が、私たち全員を死にひきずってゆく当の機関車から、取り出すのを許したものだった」この文章を読むと、読者の頭には、活発な少女の姿が浮かび、こうした子供が殺されたことに対する何とも言えない思いが湧くのである。

また二一ページに登場する、フレッシュという人物については、二四ページの二行目から六行目にかけて文章が追加されている。そして「彼は顔に大きな切り傷のある五十歳ぐらいのドイツ系ユダヤ人だ。顔の傷はピアーヴェ川でイタリア軍と戦った時にできたものだ。内向的な、無口な男で、それゆえ私は本能的に尊敬の念を抱いてしまう。というのも、彼が私たちのだれよりも先に苦しみ出したのが感じとれたからだ」と、どのような人物なのか具体的に語られていて、より印象深い存在に変化している。また二九ページに登場するフランス語をしゃべる少年も新たに書き加えられた人物だ。彼は「縞模様の服を着た、背の低い、やせた、礼儀正しそうな、金髪の少年」だが、収容所に関する質問には進んで答えようとしない。そしてレーヴィの質問には、ひどく軽蔑した顔つきで、「家にいるんじゃないぞ」とフランス語でののしり、古参囚人の冷たさを著者に知らしめるのだ。

そしてその直後に出てくるシュロメも書き加えられた登場人物だ。彼は「顔と手を煤で黒く汚していい」たが、レーヴィにいろいろと話しかけ、「水は飲むな」と忠告をしてくれる。そして化学者であると紹介したレーヴィに、「化学者はいいよ」と励ましの言葉を投げかける。シュロメは前の少年と違って、地獄の入り口でレーヴィを温かく迎えてくれるのだ。こうした例を見れば、書き加えられた部分が読者の頭の中で具体的イメージを膨らませる役割を果たし、作品全体に新たな魅力を作り出していることが分かるだろう。

そして特筆すべきはアルベルトに関する部分である。彼は初版では、何度か登場する仲のよい友人なのだが、第二版では語り手に次ぐ重要人物になっている。彼についての加筆があるのは、まず六九ページの一三行目から、七〇ページ一四行目まで、次に一七七ページ一四行目から一七八ページ五行目まで、そして一八八ページ四行目から一九〇ページ一六行目までである。六九ページから始まる加筆では、彼の人物像がより細かく語られる。「ここでの生活は戦争だ、と彼はだれよりも早く理解した。従って彼は自分を甘やかしたり、ぐちをこぼしたり、嘆いたりして時間をむだにすることなく、第一日目から戦いを始めた。彼を支えているのは知性と本能だ……彼は一瞬のうちにすべてを理解する。片言のフランス語しか知らないのに、ドイツ語やポーランド語で言われたことが分かるのだ。イタリア語と手まねで答えを返し、相手にも分からせてすぐに仲よくなる。もちろん生きのびるために戦っているのだが、それでもみなの友達だ。だれを買収すべきか、だれを避けるべきか、だれに同情していいか、だれに抵抗すべきか、彼は『よく心得ている』。／だが彼は陰険な人間になったわけではない……私はいつも、彼という人物に、まれにしかいない、強くやさしい男の典型を見てきた」アルベルトとはいかなる人物か、以前の版ではよく分からなかったが、知性を駆使するだけでなく、本能にも導かれて、アウシュヴィッツ強制収容所という戦場で戦っていることが分かるように書かれている。

そして一七七ページからの加筆ではこう書かれている。「仲間の多くは祝福してくれる。その筆頭がアルベルトだ。心から喜んでいて、うらやみの影もない……この私の飼い馴らしえない友人は、体をめぐる血があまりにも自由すぎるので、ある体制に安住しようなどと考えつきもしないのだ。彼の本能は自らを別のところへ導く。別な解決法、予想外の手段、新たな思いつき、新奇な手へと向ける。アルベルトは安定した職よりも、不安定な『自由業』をためらいなく選び、闘いを始める男なのだ」こうしてアルベルトが非常に個性的な男であることが述べられる。彼は強制収容所の体制に屈することなく、敢然と闘いを挑んでいるが、知性と同時に本能にも導かれている。彼は知らない外国語を一瞬のうちに理解する。そしてとても自由な人間で、ある体制に安住することを好まず、常に予想外の解決法、新奇な手を探している。アルベルトは重い主題を扱っている本書の中で、積極的な明るさを体現した人物として提示される。彼が登場するとその場面が明るくなるのである。レーヴィはアルベルトという人物を細かく描写することで人物像に厚みを加え、文学作品としての、本書の価値を高めている。

アルベルトはレーヴィのある種の理想を体現した人物だ。レーヴィは一五三ページに登場するロレンツォのような人物を一つの理想としていた。「人の好い純朴な人間」、「気どらず淡々と好意を示してくれ」る人間を理想としていた。このことは短編集『リリス』に収録されている短編、「ロレンツォの帰還」（『リリス』、晃洋書房、七六―八六ページ）を読むとよく分かる。だがもう一方では自由、気ままで、本能を支えに行動するものにもあこがれていた。このあこがれが第二版でアルベルトという人物の輪郭をよりくっきりと描き出すことに寄与したのだが、この種の人物像はさらに発展させられて、『休戦』に登場するチェーザレになる。

だが実際のアルベルトはレーヴィが描いたような人物ではなかったようだ。本名はアルベルト・ダッラ・ヴォルタといい、ブレシャ大学で化学を専攻する大学生だったが、ドイツ語に堪能で、非常に知的な人物だったとのことである。そして温和で、どちらかと言えば控えめな性格だったという証言もある。彼は父のグイードとともに捕らえられていて、ともにアウシュヴィッツ強制収容所に送られた。そしてグイードは十月の選別まで、ずっとアルベルトと一緒だったのである。だが『これが人間か』には父のグイードへの言及はない。レーヴィがグイードについて書くのは四十年後のことで、『溺れるものと救われるもの』の第一章「虐待の記憶」に彼のことが出てくる。ここに作者のある種の作為が見て取れるだろう。『これが人間か』に書かれていることが、作者の体験したことに限られるにしても、体験を取捨選択して作品内に配するのは作者の主観と価値判断にゆだねられる。レーヴィは再版を出版するにあたって、作品全体を見渡し、こうした人物を配すれば全体が活気づくと考えたのである。アルベルトという人物をより生き生きと提示することで、レーヴィは作家として成熟した姿を示した。そして作品にはより文学的な魅力が付与された。

さらに『神曲』からの引用も増えている。一八ページに登場する三途の川の渡し守カロンや、三一ページに出てくるセルキオ河の引用がそれである。これらの引用も文学的魅力を付け加えているが、この点については後述する。

《大きな加筆》

『これが人間か』で大きく加筆されているのは以下の五つの箇所である。（1）七ページ冒頭から八ページ一二行目まで、（2）二八ページ七行目から三三ページ一六行目まで、（3）「通過儀礼」の章全部（四二ページから四七ページまで）、（4）六八ページ冒頭から七〇ページ一四行目まで、そして（5）一八八ページ四行目から一九〇ページ一六行目まで、の五カ所である。（2）と（4）についてはもう述べた。（5）については後述する。従ってここでは（1）と（3）について考えたい。

（1）でレーヴィは自らの反ファシズム活動、レジスタンス闘争について語っている。この部分をレーヴィは喜んで書き加えたとは思えない。レジスタンス闘争については、初版では作品の末尾近くで書かれた部分しかなかった（本書二二二ページから二二三ページ）。「私がイタリアの休戦のこと、混乱した絶望的状態で、パルチザンのレジスタンス闘争が始められたこと、私たちを裏切った男のこと、山でいかに捕らえられたかを話すと、シャルルはほとんど涙を流さんばかりになった」このように初版では最後に少しだけ、パルチザン闘争について触れられているだけで、読者は具体的なことは何も分からないままであった。第二版では冒頭部分の加筆によって、やや詳しく事情が語られるが、物足りない印象が残る。なぜならファシズムと戦ったパルチザン闘争はイタリア現代史の輝かしいエピソードであり、この経歴を誇示すれば、第二次世界大戦後のイタリアで、社会的に有利な立場に立てた可能性があるからである。しかしレーヴィはこの経験をさらに書くことはなかった。

レーヴィがパルチザン闘争についてより詳しく語ったのは、実体験から三十年ほどの年月をへた一九七五年のことだった。彼は短編集『周期律』の「金」という章で、パルチザン体験に触れている。だがその書き方は決して過去の栄光を振り返るというものではなかった。「ある痛ましい秘密が重荷になっていた」「私たちは良心において刑罰を実行するよう強いられ、事実実行したのだが、心は破壊され、空虚となり、すべてが終わり、自分たち自身の生も終わらせたいと思うようになっていた」（『周期律』、工作舎、二〇四ページ）パルチザン闘争はレーヴィにとって否定的な体験だった。準備のないまま山にこもり、たいした活動もできないまま、裏切り者の内通でファシスト軍に捕らえられたことは確かに屈辱であったろう。だが『周期律』で曖昧な書き方しかできなかった出来事が彼の心を押しつぶしていたのである。それは部隊の規律を破った仲間を、自分たちの手で処刑したことだった。しかし生涯を通じて、彼はこれについて具体的に書くことはなかった。後の研究により、どのようなことが起きたのか、分かってきたのである（この種の研究書としては、例えば Frediano Sessi: *Il lungo viaggio di Primo Levi*, 2013, Venezia がある）。彼はもちろんファシズムと戦ったことを誇りに思っていただろう。だが一方では語り得ない重荷を心の中に抱えながら、アウシュヴィッツ強制収容所を生き抜き、戦後の社会で生の糸を紡いだのである。

《シュタインラウフ》

「通過儀礼」はまるまる書き加えられた章である。ここでは四五ページに登場するシュタインラウフが注目される。彼は「体をきれいにしておく本能を失ってしまった」主人公にかなりまともな忠告をする。彼はこう言う。「証拠を持ち帰り、語るため」に生きのびなければならない、「そして生きのびるには、少なくとも文明の形式、枠組、残骸だけでも残すことが大切だ」そのためにただ一つだけ残っている能力を守らなければならない。「つまり同意を拒否する能力のことだ」それゆえ「石けんがなく、水がよごれていても、顔を洗い、上着でぬぐわねばならない」それは「プロシア流の規律に敬意を表するのではなく、生き続けるため、死の意志に屈しないためだ」

だが彼の意見にレーヴィは同調しない。それはアルプスの向こう側で練り上げられた思想体系だというのである。これはおそらく共産主義、あるいは社会主義を指していると思える。それはアルプスのこちら側のイタリアに住むレーヴィには、異質な思想なのだ。この部分にレーヴィの基本的な姿勢が示されている。彼は四七ページでこう書く。「外国で、他人の手で練り上げられた思想体系を、すべてうのみにしようとすることほどむだなことはない」「ある思想体系を練り上げ実行することが本当に必要なのだろうか？　思想体系を持たないという自覚を得ることのほうが、ずっと有益ではないだろうか？」レーヴィはシュタインラウフに対して疑問を投げつけている。この「通過儀礼」という章は、『これが人間か』では例外として、疑問文で章が締めくくられている。彼は疑問を提示しているが、ここでは明確な答えを示していない。それでは彼はここで何を考えていたのだろうか。

四十年後に書かれた『溺れるものと救われるもの』の第六章「アウシュヴィッツの知識人」で、レーヴィはイデオロギーや宗教について次のように考察している。「選別や空襲といった危機の時期だけではなく、すり減らすような毎日の生活の中でも、信仰のあるものたちはより良く生きていた……それがいかなる信仰であろうと、宗教的なものであろうと政治的なものであろうと、関係なかった。カトリックや改革派の聖職者たち、様々な正統派のラビたち、戦闘的なシオニストたち、無邪気なマルクス主義者たち、あるいはより進歩的なマルクス主義者たち、エホバの証人たちは、彼らが信奉する、救済をもたらす力によって結ばれていた。彼らの宇宙は私たちのものより広大で、時空間により広く広がっており、とりわけより理解しやすかった。彼らは、自分自身の犠牲に意味をもたらす鍵を、支点を、千年至福の明日を持っていた。彼らは、正義と慈悲が勝利を収めているか、遠い未来に確実にそうなるべき、地上や天上の場所を持っていた。それはモスクワか、天上のエルサレムか、地上のエルサレムだった。彼らの飢えは私たちのものと違っていた。それは神の罰か、罪の贖いか、神への奉納物か、資本主義の腐敗した果実であった。苦痛は、彼らの内部やその周辺では、解釈が可能であり、それゆえ絶望の中で際限なく広がることはなかった。彼らは私たちを哀れみの目で見たり、時には軽蔑して見ていた。彼らの何人かは、労働の休憩時間に、私たちを教化しようとした。しかし不信心なおまえよ、ただ好都合だという理由だけで、その場で『好都合な』信仰を作り上げたり、受け入れたりできるだろうか」（『溺れるものと救われるもの』、朝日新聞出版、一五九―一六〇ページ）

レーヴィによれば、信仰を持つもの、イデオロギーを信奉するものは、強制収容所のもたらす飢えや苦痛を「解釈」、説明することができ、それゆえ際限なく絶望することがなかった。従って「権力の誘惑により良く抵抗でき」、「ラーゲルの試練により良く耐え、より高い比率で生き残った」(同書、一五八ページ)。レーヴィはこうした現実をよく知っていた。だが彼はこう書いている。「私もアメリーと同様に、ラーゲルに無信仰者として入り、無信仰者として解放され、今日まで生きてきた。そしてラーゲルの体験は、その恐ろしい邪悪さは、私の無信仰をさらに固めた」レーヴィは信仰やイデオロギーを信じるのを拒否しているのである。なぜならそれは強制収容所の「邪悪さ」を、自分たちの信仰やイデオロギーに従って、容易に解釈、説明できてしまうからだ。

それではなぜレーヴィはそこまでして容易な解釈や説明を拒否しようとするのだろうか。この点について、彼の考えが明確に読み取れる箇所がある。それは一三四ページで、化学の試験を受けるため、パンヴィッツ博士の前に立つ場面だ。「パンヴィッツは金髪で、背が高く、やせてい」て、「複雑な作りの机の向こう側に、恐ろしげな様子で座っている」。この場面でレーヴィはパンヴィッツを地獄の法官ミノスと同一視しており、自分の将来の運命が決められることを恐れている。だがここで注意すべきなのは、レーヴィがナチの強制収容所に入れられて以来、ナチの体制を支える上層部の人間に直接対峙したのは、この時が初めてであったことである。

「書き物を終えると、彼は目を上げて私を見た/その日から私はパンヴィッツ博士のことを、いろいろな角度から、何度も考えてみた。彼の人間としての心の動きはいかなるものか、問い返してみた……(それは)復讐のためではなく、人間の心に対する興味のためだ/なぜならあの視線は人間同士の間で交わされたものではなかったからだ。別世界に住む生き物が、水族館のガラス越しに交わしたような視線だったのだ。もし私があの視線の性格を徹底的に究明できたなら、第三帝国の大いなる狂気の本質をも説明できたに違いない」

レーヴィは初めて接した、ナチ体制の上層部の人間であったパンヴィッツ博士の視線に、相互理解がとうてい不可能な、異質な「何か」を感じ取った。その「人間同士」ではなく、「別世界に住む生き物」の視線に恐怖し、その理解不可能性におののいた。そしてそれを究明できたら、ナチの狂気の本質を説明できると考えたのだ。

この部分でレーヴィは重要な書き換えを行っている。初版では「もし私があの視線の性格を徹底的に究明できたなら、なぜ人類が戦争をするのか、説明できたに違いない」となっている。つまり書き換えにより、パンヴィッツの視線は、戦争全般ではなく、ナチの狂気により強く結びつけられたのだ。

ここでなぜ彼がこの書き換えを行ったのか、理由がはっきり分かる。「第三帝国の大いなる狂気」は、イデオロギーや信仰に依拠する立場から、容易に解釈、説明が出来るようなものではない、とレーヴィは直観的に判断したのである。だから彼はシュタインラウフの意見に同意しない。彼はナチの「大いなる狂気の本質」を、その非人間的な残虐さの根源を、宗教やイデオロギーに依拠しない立場から、つまり簡単に答えが導き出せない立場から、徹底的に考えようとしたのだ。その立場を明確にするために、章を一つ付け加え、大事な文章の書き換えを行った。彼はこの簡単には答が見つからないであろう問題の考察を生涯の課題にした。既成の宗教やイデオロギーに依拠せずに、こうした問題を考え続けるのはかなり困難な作業だったと思えるし、特に晩年は大きな精神的負担になったと思えるが、彼はその点で妥協をしようとはしなかった。

4.『これが人間か』について

『これが人間か』第二版は文学性の豊かさに特徴がある。初版も聖書やギリシア神話に関連する箇所を入れて、文学を意識した書き方になっていた。またダンテの『神曲』を引用し、文章に厚みを付け加えていた。だが第二版ではダンテの『神曲』からの引用をさらに増やし(一八ページに登場する三途の川の渡し守カロンや、三一ページに出てくるセルキオ河の引用がそれである)、『これが人間か』がイタリア文学の伝統に連なる作品であることをより明確に示した。そして「オデュッセウスの歌」の章では、『神曲』「地獄篇」の有名なエピソードであるオデュッセウスの冒険を引用して、一章を書いている。この章では未知の境界に挑んだオデュッセウスが神に罰されて、難破する様と、ファシズムに挑んだ囚人たちが強制収容所で苦難の生活をする様が重ね合わされる。そしてそれが「苦しむ人間のすべてに関係がある」ということが、一四五ページの九行目から一三行目までの加筆により明確にされる。この部分は、極限状態の中で文学作品がいかに人間の心を揺さぶり、勇気を与えるのか、説得力のある形で書かれていて感動を呼ぶ。文学者とはその国の文学的伝統を意識し、自分の作品がその伝統の中でどのような位置を占めるのか、意識しながら創作を行うものである。その意味で第二版では、作者の文学に対する意識がより尖鋭になったことが見て取れる。

『これが人間か』は読みやすさを意識した作品である。まず各章のエピソードはほぼ時系列通りに提示されている。イタリアの抑留収容所を出発してアウシュヴィッツを目指す旅から本書は始まり、ドイツ軍が強制収容所を引き払った際に取り残され、ソ連軍に助けられるまで、各エピソードはほぼ時系列に沿って書かれ、読者は目の前に提示される強制収容所の生活の厳しさとおぞましさに心を揺さぶられながら、最後までレーヴィの運命につきあうことになる。

レーヴィは恨みや憎しみといった感情を抑えて、各エピソードを抑えた調子で語る。その書き方が、本書の内容により強い説得力を与えている。そして時々挿入される詩的比喩を用いた文章が、詩的イメージを喚起して、文学的感興を味わわせてくれる。彼は各章の書き方に工夫を凝らしている。初めにある「地獄の底で」、「カー・ベー」などの章はそうでもないが、後のほうに出てくる章は、それ自体が短編小説として読めるような書き方がされている。

例えば「最後の一人」の章だが、初めにスープを入れる大型の容器「メナシュカ」のことが語られる。この部分を読むと読者は、レーヴィとアルベルトの飢えの問題が解決されそうな気がしてほっとした気分になる。そして二人の組織化のエピソードが三つ語られる。この部分は第二版で加筆されたのだが、ややピカレスク的な色彩があり、読んで楽しめるのと同時に、やはり安らかな気分にさせられる。加筆は大きな効果を発揮している。ところが後半になると、束の間の幸せな気分が不意に壊される。囚人が一人絞首刑になるのだ。だがこの囚人は特別で、困難な状況下で組織された、強制収容所内での反乱に加担していたのだ。ここで事態は一気に深刻になる。そして死刑に立ち会わされた作者は「心が恥に押しつぶされ」るのである。この章の前半のほっとする暖かさと、後半の冷え冷えする冷たさの対比は見事で、読者は文章に引き込まれてしまう。それは一つには、章の構成がよく考えられているからであり、作家としてのレーヴィの力量は初版当時よりも上がっている。だがそれだけではない。ここでは本書の中心となるテーマが書かれているのだ。つまり囚人はみな内面を破壊されていて、もはや人間ではなく、たとえ死んだとしても、それは人間の死ではないのだ。ところが運命にあらがったその囚人は、自分が違う存在であることを示した。レーヴィはその強さにあこがれ、自分にその強さがないことを悲しみ、恥じている。そのことが読者の共感を呼ぶのである。

『これが人間か』では非常に興味深い事実が語られている。それは囚人たちが見る夢で、「私たちの夜」に出てくる。それはまず、みなが見るという食事の夢だ。豊かな食事が口に入りそうになると、そのたびに何か障害が起きて食べられなくなる。それが果てしなく続く。だが印象的なのは、話しても聞いてもらえないというもう一つの夢だ。家族や友人が集まっている場所で、強制収容所の体験を語るのだが、みな無関心で、だれも耳を傾けないという夢だ。そしてほかの囚人も同じ夢を見る、みなが同じ夢を見る、ということが語られる。

だがレーヴィはこのことを夢だけでなく、実生活でも体験した。そのことを彼は『休戦』(『休戦』、岩波文庫、八七ページ)で書いている。彼はアウシュヴィッツ強制収容所から解放され、カトヴィーツェの抑留収容所に向かう途中、ポーランドの小さな町の駅に降りた。すると縞模様の囚人服を着ていたため、人々が集まってきて、質問し始めた。彼は通訳をしてくれる弁護士を得て、アウシュヴィッツ強制収容所での苦役と虐殺について熱心に語り始めた。だが弁護士が正確に通訳してくれないことに気づいた。そのことをとがめると、「『その方があなたにとっていいからだ。戦争はまだ終わっていない』」と弁護士は答えた。レーヴィはその答えの後にこう書いている。「私は自由だと感じ、人間として人の中にいると感じ、生きていると感じてきた。こうした温かな波が、逆流して私から離れていくのを感じた。私は突然年老いて、生気を失い、人間のあらゆる尺度を越えて、疲れきっている自分を発見した……聴衆は少しずつ散り始めた。どうも事情を理解したらしかった。アウシュヴィッツでの夜に、私はこうしたことをすでに夢に見ていたし、私たち全員がそうだった。話しても聞いてもらえない、自由になってもひとりぼっちでいる、という夢だった」

レーヴィはイタリアに帰国してから、化学工場で技師として働きながら作家活動を続けた。そしてアウシュヴィッツ強制収容所について語るのを義務と考え、中学校、高校から講演の依頼を受けると断らずに出かけていって、体験談を話し、その後の質疑応答と討論に参加していた。そうした場でのやりとりは「若い読者に答える」を読めば想像できると思う。だが年月を経て、晩年になると、世代間の断絶があらわになる場合もあり、若者たちと話しても、話がかみ合わないということもあったとのことだ。レーヴィはそのことに傷ついていたという。そしてそのたびに、この話しても聞いてもらえないという夢が悪夢としてよみがえったことは容易に想像できる。

『これが人間か』で中心的な主題として提示されているのが、人間の内面の破壊だろう。レーヴィは序文（五ページ）で次のように書いている。「この本は新たに告発条項を並べるために書かれたのではない。むしろ人間の魂がいかに変化するか、冷静に研究する際の基礎資料をなすのではないかと思う」と。つまり飢えと強制労働という極限状況の中で、人間はいかに変化するのか、特にその内面がどのようにして破壊されるのか、そしてそうされた人間はどうなるのか、という問題が提示されているのだ。アウシュヴィッツ強制収容所についてまず第一に語られるのは、膨大な数の人間をガス室で殺し、死体の歯から金冠を抜き、髪の毛を切り取って粗製の布にしたなどの、ナチが行った残虐行為である。だが労働奴隷にされた人たちもいて、彼らは栄養価の低い食物を与えられ、重労働に追い使われ、消耗して死んでいった。その過程で、肉体とともに精神も破壊された。これはある意味では、瞬間的な死よりもさらにナチの残虐さを示すものなのだが、その過程が非常に克明に書かれているところに本書の特徴がある。

内面の破壊の結果はものを考えないことにつながる。本書を読んで驚かされるのは、ものを考えると精神と肉体が消耗し、それはやがて死につながるということだ。レーヴィは「カー・ベー」の章でそのことを書いている（六六ページ）。「カー・ベーとはラーゲルから肉体的不自由を除いたものなのだ。それゆえ、まだ意識の核を失っていないものは、ここでまた意識を取り戻す……（そして）何とみじめな状態にいることとか、どれだけのものが奪われたか、この生活は何とひどいことか、などと考えてしまうのだ。カー・ベーで束の間の平安を味わって、私たちははっきりと学ぶことができた。人の人格は崩れやすい、特にここでは、命よりもずっとあやうい状態にさらされている」さらに六七ページでも次のように書いている。「このカー・ベーに入って、ののしり声と殴打から一時的に解放されると、私たちは自分の内側に入り込んで、ものを考えてしまう。すると、もう戻れないことがはっきりする……自分たちは奴隷にされ、何百回となく無言の労働へと行進を繰り返した。だが、無名の死がやって来る前に、もう心は死んでいるのだ」

彼はカー・べーを「辺獄」のようなものととらえたが、そこでは眠らされた意識が戻ってきて、囚人は絶望状態に陥る。そしてものを考える苦しみに責めさいなまれる。だから古参の囚人は自衛のためにものを考えなくなる。例えば一三一ページではこのように書かれている。「私たちは一日に数分も、ものを考えないし、その時もよそよそしい他人ごとのような考え方しかできないのだが、それでもいつか選別されることは分かっている。私は自分に、もちこたえられるような素質がないことが、よく分かっている。あまりにも都会的で、ものごとを考えすぎていて、作業で消耗しているのだ」そして一四九ページではこう書かれている。「私たちは古参の囚人になっていた。私たちの知恵は、『分かろうとしないこと』、未来のことを考えないこと、いつ、どのように終わりが来るか考えて、身をさいなまないこと、質問をしないこと、されないことだった」ものを考えることがやがて死につながるという状況はとても恐ろしい。だがこうした極限状況は、通常の生活の経験からは理解できず、想像力を巡らしても、なかなかうまくイメージできない。

強制労働で消耗し、やがて選別され、ガス室送りになる人たちを、レーヴィはダンテの表現を借りて「溺れるもの」と呼んでいる。またラーゲルの隠語から「Muselmann《ムーゼルマン》」(回教徒)とも呼んでいる。レーヴィは一一三ページで彼らについてこう書いている。「打ち負かされるのは一番簡単なことだ。与えられる命令をすべて実行し、配給だけ食べ、収容所の規則、労働規律を守るだけでいい。経験の示すところでは、こうすると、良い場合でも三カ月以上はもたない。ガス室行きの回教徒はみな同じ歴史を持っている……彼らの生は短いが、その数は限りない。彼らこそが溺れるもの、回教徒であり、収容所の中核だ。名もない、非人間のかたまりで、次々に更新されるが、中身はいつも同じで、ただ黙々と行進し、働く。心の中の聖なる閃きはもう消えていて、本当に苦しむには心がからっぽすぎる。彼らを生者と呼ぶのはためらわれる。彼らの死を死と呼ぶのもためらわれる。死を理解するにはあまりにも疲れきっていて、死を目の前にしても恐れることがないからだ」体も心も消耗しきっていて、何も感じず、考えられない人たち、心が完全に死んでいる人たち。これが「溺れるもの」だ。ナチの強制収容所体制の人間破壊が生み出した、究極の産物だ。レーヴィはさらにこう書いている。「顔のない彼らが私の記憶に満ちあふれている。もし現代の悪をすべて一つのイメージに押しこめるとしたら、私はなじみ深いこの姿を選ぶだろう。頭を垂れ、肩をすぼめ、顔にも目にも思考の影さえ読み取れない、やせこけた男」これこそ、レーヴィがアウシュヴィッツ強制収容所で見た、最も恐ろしい虐待の結果だった。そしてレーヴィもこうした人たちに連なる道を着実に歩んでいた。彼が助かったのは本当に僥倖の結果に過ぎない。

一方特権を持ったものたちは生き残った。一一二ページに書かれているが、一九四四年の一年間で、古参のユダヤ人囚人で強制収容所を生きのびたものはわずか数百人ほどであったが、「普通のコマンドーで働き、普通の配給を受けていた普通の囚人は一人もいなかった。医師、仕立て屋、靴直し、楽士、コック、若くて魅力的な同性愛者、収容所当局者の友人、同郷者、こうしたものたちだけが生き残った」

この生き残りの問題は、アウシュヴィッツ強制収容所から解放された後も、レーヴィの心の中でわだかまりとして残った。本書でそのことが読み取れるのは一六六ページだ。ガス室送りの候補者を選ぶ選別の際、主人公は選別を免れたが、若くて強壮なルネがガス室に選ばれてしまった。このことについて、一六六ページの二行目以降で次のように書かれている。「ルネは走り抜ける順番が私のすぐ前だったから、用紙の取り違えが起きたのかもしれない。私は何度も考えた末に、この考えをアルベルトに話す。ありうることだ、と二人の意見が一致する。私はこのことを将来どう考えるようになるか分からない。ただ、今のところは、いささかもはっきりした感情が湧いてこないのだ」この部分は第二版で書き加えられたものだ。つまり解放から十年以上たった時点で、彼はこの取り違えの可能性を、つまり自分は他人に取って代わって生きているということをまだ考えていたのであり、死ぬまでそうするのである。

後年の評論『溺れるものと救われるもの』の中の、「恥辱」という章で、レーヴィは生き残りの問題を考察している。「最悪のものたちが、つまり最も適合したものたちが生き残った。最良のものたちはみな死んでしまった」と彼は書いている（『溺れるものと救われるもの』、朝日新聞出版、八六ページ）。そして自分の心の奥底を探るようにして、こう書いている。「おまえはだれか別の者に取って代わって生きているという恥辱感を持っていないだろうか。特にもっと寛大で、感受性が強く、より賢明で、より有用で、おまえよりももっと生きるに値するものに取って代わっていないか。おまえはそれを否認できないだろう。おまえは自分の記憶を吟味し、点検するがいい。記憶がすべてよみがえり、そのどれもが偽装されたり変形されていないことを願うがいい。いや、はっきりした違反はないし、だれの地位も奪っていないし、だれも殴らなかったし……だれのパンも奪わなかった。しかしそれでもそれを否認することはできない。それは単なる仮定だし、疑惑の影である……これは仮定だが、心をむしばむ。これは木食い虫のように非常に深い部分に巣食っている。

それは外からは見えないが、心をむしばみ、耳障りな音をたてる」(同書、八四―八五ページ)

この身を切り刻むような文章を読むと、胸が苦しくなる。だれかに取って代わって生きているという考えは、本書を読んだ読者なら、理にかなった考えではないと判断するだろう。レーヴィは数々の偶然が重なって、生きのびられたのだ。だがレーヴィは生涯この考えに苦しめられた。彼は一九八七年に自死を遂げた。重度の鬱病にかかっていたためだとされている。その鬱病の原因として多くのことが指摘されている。自分の母の看病以外に、妻の母の面倒も見ていて、疲れきっていたこと、前立腺の手術の予後が思わしくなく、それを悲観していたことなどである。だがこうしたことと並んで、「アウシュヴィッツの毒」が彼の鬱病を悪化させた可能性は否定できないと思う。

5. 現在のプリーモ・レーヴィ

本書の旧版である『アウシュヴィッツは終わらない』は一九八〇年に刊行されているので、すでに三十七年の年月がたっている。プリーモ・レーヴィが死んでからは三十年の月日が流れている。その間に冷戦体制が崩壊して、資本主義国ブロックと社会主義国ブロックの激しい対立はなくなった。だが各地にテロリズムがはびこり、戦争は小規模なものが常にどこかで起きていて、その状態が日常化している。そうした中で、ある確実な歩みを見せているのが、プリーモ・レーヴィの作品である。特に一九八七年の自死以降、プリーモ・レーヴィの作家としての声望は高まるばかりで、イタリアのみならず、世界中で彼の作品が数多く出版されているが、それだけではなくて、彼の伝記や研究書も絶え間なく出版され、その勢いは衰えを知らないのである。こうした状態には驚くばかりなのだが、もしも生きていたら、レーヴィ本人が一番驚いたことだろう。また彼に関して、大部の詳細な評伝が何冊も出版され、それがみな高いレベルのものであることも注目される。そしてそれらがイタリア人ではなく、外国人の手で書かれていることにも驚かされる。レーヴィは非常に謙虚な人で、内気なところもあったから、自分だけでなく、家族や祖先のことまで細かくほじくり返されるのは、決して望まなかっただろう。彼の研究書は文学として作品を分析するものが圧倒的に多いが、それ以外にユダヤ文化との関係、言語学的分析、科学との関係など、多方面からのアプローチのもとに書かれているものも出てきている。もちろんアウシュヴィッツ強制収容所との関係を論じたものの数が多いのは事実だが、かつてとは違って、レーヴィは何よりもアウシュヴィッツを体験した作家であるという評価だけでなく、さらに大きな広がりを持った作家であることが認識され、研究が進められている。

また本書『これが人間か』はアウシュヴィッツ強制収容所に関する基本的文献として、強制収容所に関する歴史的研究書にも必ずと言っていいほど取り上げられ、引用され、文献目録にあげられている。さらに二〇世紀の末から二一世紀の初めにかけては、多くの哲学者の注目するところとなり、デリダ、レヴィナス、アガンベンなどが競ってレーヴィについて考察を行っている。今では世界三十四カ国で訳され、イタリア語の書物として、最も成功した本の中に数え上げられている。また新聞や雑誌など、マスメディアが作る必読書リストの中にも『これが人間か』は入れられている。例えばル・モンドが選んだ「二〇世紀の一〇〇冊」（一九九九年）、デイリー・テレグラフが選んだ

「一一〇冊の必読書」（二〇〇八年）などに本書の名がある。

一九八〇年代の初頭に、イタリアで知り合った頃のプリーモ・レーヴィはアウシュヴィッツ強制収容所の体験記を書いた記録文学者という位置づけで、どちらかと言えば文壇の外縁にいる存在だった。名前は知られていたが、大作家とは目されていなかった。当時は駆け出しで、小僧っ子のイタリア文学者でしかなかった私とも、簡単に会ってくれて、歓待してくれた。その気さくな態度に甘えて、私は留学生として滞在していたローマから、何度となくトリーノまで出かけた。そして彼はそんな私に友人の文学者たちを紹介してくれた。だがそうした友人たちも、どちらかと言えば、文壇の外縁にいた人たちだった。

トリーノの町は、かつて、私にとっては、作家のチェーザレ・パヴェーゼの町だったが、レーヴィと知り合って、レーヴィの町になった。ローマと違って、道が碁盤の目のように整然と整備されているトリーノは、ローマのやや混沌とした町並みに慣れていた私の目には、とても新鮮に映った。頭上をアーケードが覆う中心街の道を当てもなく歩き、違った都市の空気に触れたのは、またとない新鮮な体験だった。

一九八七年の自死の報には本当に驚いた。アウシュヴィッツ強制収容所を生きのびて自殺した知識人は何人もいたが、レーヴィだけはそうした道をたどらないと私は思っていた。彼はアウシュヴィッツを体験して、その後自殺した哲学者ジャン・アメリーと手紙のやりとりをしていたが、彼の自殺には批判的だった。だからレーヴィの自死はショックだった。そして彼の作品をきちんと読めていなかったのではないかという反省を迫られ、作品を新たな角度から読み直す作業を強いられた。

彼の自死からしばらくして、トリーノの墓地で彼の墓を訪ねた。大きな一枚岩のブロックが置かれただけの、とてもシンプルな墓だった。墓石にはレーヴィの名前と、アウシュヴィッツ強制収容所の囚人番号が刻まれていた。それを見て何とも言えない気持ちになった。彼の自死から三十年の月日が流れ、彼の作品をまた新たな視点から読み直す作業はまだ続いている。レーヴィのことを考えると、これは自分が死ぬまで続けなければならない宿題であるような気がしている。

二〇一七年八月

竹山博英

補遺　本書で使われている「囚人」という言葉は、ドイツ語のHäftling《ヘフトリング》を念頭に置いたもので、「強制収容所に囚われた人たち」の意で用いられている（注25参照）。第二次世界大戦当時、強制収容所に囚われた人たちは、犯罪を犯したわけではないので、「抑留者」と表現されることもあるのだが、本書では原著者の言葉遣いを尊重して「囚人」という言葉を用い、イタリア語が使われている場合はルビをつけず、ドイツ語が使われている場合、ヘフトリングという単数形のルビをつけている。

本書では「ロシア」という国名が使われているが、本書が書かれた時代を考えれば、これは現在のロシア連邦を指すのではなく、一九二二年から一九九一年まで存続したソビエト連邦を指している。だがレーヴィは本文では、歴史的には「ソ連」（ソビエト連邦）という国名が正しいのに、この言葉を使わず、「ロシア」と書いている。しかし二三二ページからの「若い読者に答える」では、今度は「ロシア」と書かずに、「ソ連」という言葉を使っている。このように表記にばらつきがあるのだが、本書では原著者の言葉遣い通りに「ロシア」「ソ連」という国名を訳し分けているので、ご了承いただきたい。

謝辞　本書の出版に当たって書籍編集部長の友澤和子さんと、書籍編集部の大原智子さんのお世話になった。特に大原さんは原稿の隅々まで細かいチェックを入れ、様々な角度から助言をして下さり、大いに助けられた。この場を借りて感謝の言葉を捧げたい。

[著者]
プリーモ・レーヴィ
(Primo Levi)
1919年トリーノに生まれる。44年2月アウシュヴィッツ強制収容所に抑留。45年1月ソ連軍に解放され、同年10月イタリア帰還。戦後は化学者として働きつつ自らの体験をまとめ、イタリア現代文学を代表する作家の一人となる。87年自死。主な著書に『休戦』(竹山博英訳、朝日新聞社、岩波書店)、『周期律』(同、工作舎)、『今でなければ いつ』(同、朝日新聞社)、『溺れるものと救われるもの』(同、朝日選書)など。

[訳者]
竹山博英
(たけやま・ひろひで)
1948年東京に生まれる。東京外国語大学大学院ロマンス系言語専攻科修了。現在立命館大学名誉教授。主な著書に『マフィア シチリアの名誉ある社会』(朝日選書)、『プリーモ・レーヴィ アウシュヴィッツを考えぬいた作家』(言叢社)他、主な訳書にC・ギンズブルグ『ベナンダンティ』(せりか書房)、L・シャーシャ『真昼のふくろう』(朝日新聞社)、『溺れるものと救われるもの』(朝日選書)など。

朝日選書 965

改訂完全版 アウシュヴィッツは終わらない
これが人間か

2017年10月25日　第1刷発行
2024年10月30日　第6刷発行

著者　プリーモ・レーヴィ
訳者　竹山博英

発行者　宇都宮健太朗

発行所　朝日新聞出版
〒104-8011 東京都中央区築地5-3-2
電話 03-5541-8832 (編集)
03-5540-7793 (販売)

印刷所　大日本印刷株式会社

Published in Japan by Asahi Shimbun Publications Inc.
ISBN978-4-02-263065-0
定価はカバーに表示してあります。

カウンセリングとは何か
平木典子

実践の現場から現実のカウンセリング過程を報告する

生きる力 森田正馬の15の提言
帚木蓬生《ははきぎほうせい》

西のフロイト、東の森田正馬。「森田療法」を読み解く

ネガティブ・ケイパビリティ 答えの出ない事態に耐える力
帚木蓬生《ははきぎほうせい》

教育・医療・介護の現場でも注目の「負の力」を分析

改訂完全版 アウシュヴィッツは終わらない
これが人間か
プリーモ・レーヴィ／竹山博英訳

強制収容所の生還者が極限状態を描いた名著の改訂版

long seller

飛鳥むかしむかし
飛鳥誕生編

奈良文化財研究所編／早川和子絵

なぜここに「日本国」は誕生したのか

飛鳥むかしむかし
国づくり編

奈良文化財研究所編／早川和子絵

「日本国」はどのように形づくられたのか

新版 雑兵たちの戦場
中世の傭兵と奴隷狩り

藤木久志

戦国時代像をまったく新たにした名著に加筆、選書化

日本人の死生観を読む
明治武士道から「おくりびと」へ

島薗進

日本人はどのように生と死を考えてきたのか？